BIBLIOTHÈQUE CONTEMPORAINE

Berthe Sigelin

par

Édouard Cadol

C - L

PARIS

CALMANN LÉVY, ÉDITEUR

ANCIENNE MAISON MICHEL LÉVY FRÈRES

RUE AUBER, 3, ET BOULEVARD DES ITALIENS, 15

A LA LIBRAIRIE NOUVELLE

1877

NOUVEAUX OUVRAGES EN VENTE

Format in-8°.

Boulogne (Seine). — Imprimerie JULES BOYER.

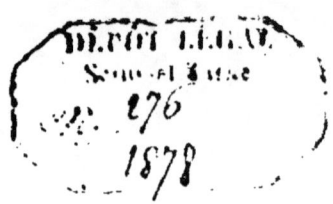
BERTHE SIGELIN

CALMANN LÉVY, ÉDITEUR

DU MÊME AUTEUR

Format grand in-18

F. AUREAU. IMPRIMERIE DE LAGNY.

BERTHE SIGELIN

PAR

R. ÉDOUARD CADOL

PARIS

CALMANN LÉVY, ÉDITEUR

ANCIENNE MAISON MICHEL LÉVY FRÈRES

RUE AUBER, 3, ET BOULEVARD DES ITALIENS, 15

A LA LIBRAIRIE NOUVELLE

—

1878

BERTHE SIGELIN

I

Montmorillon est un petit pays du Poitou ; une toute petite ville assez gentille d'aspect, qu'arrose une *riviérette :* la Gartempe, un des affluents de la Creuse.

Autour, des pâturages, des vignes, quelques moulins, et les forges des frères Kolb, dont les produits vont à Châtellerault.

Le caractère de la population est enjoué, plutôt plaisant.

L'aristocratie, qui semble avoir pris son parti de l'état actuel des choses, — quels que soient d'ailleurs ses regrets et ses espérances, — a l'abord cordial. La bourgeoisie n'y a point de rôle marqué ; mais le paysan tient sa place, avec une rondeur familière et boire, sans soif, le clairet du cru,

— le vin gris, — rapproche encore les distances. Au résumé, de bonnes gens, qui font aisément bon ménage.

Or, à ces forges des frères Kolb, il y avait un employé, à titre d'ingénieur, bien qu'il n'eût point passé d'examens et ne fût pourvu d'aucun diplôme, — tout comme était Eugène Flachât, que les ingénieurs diplômés consultaient, sur les cas difficiles. Cet employé, un jeune homme, s'appelait Philippe de Solanges.

C'était un enfant du pays. Ses parents, jadis propriétaires d'un des châteaux voisins, à Saulge, étaient morts, après s'être ruinés, lui laissant huit maigres cents francs de rente, et il s'était trouvé, à quatorze ans, tout seul au monde ; pas un oncle, pas un cousin.

On s'en émut à Montmorillon ; en sorte que, sur l'initiative du juge de paix, quelques personnes s'entendirent pour composer un semblant de conseil de famille, et le médecin de la localité, le docteur Sigelin, qui avait assisté M. et madame de Solanges à leur lit de mort, accepta de gérer les petites affaires de l'orphelin, en tuteur officieux.

A cette époque, Philippe, encore adolescent, poursuivait le cours de ses études, à Poitiers. On en était content. Il se montrait attentif, soigneux, très-appliqué, et même un peu plus réfléchi que son âge ne le comportait.

Aux vacances, il arrivait par la patache, l'embranchement qui dessert Montmorillon n'étant point encore achevé. On l'installait dans une chambrette, au second étage de la maison du docteur, et, durant les deux mois qu'il passait là, on l'entendait à peine souffler.

C'était, alors, un grand garçonnet, en pleine et disgracieuse crise de croissance, chez qui, mouvements, paroles, tout était incertain et gauche. La voix muait, passant, sans transition, des notes graves aux sons criards. Ses bras, en apparence trop longs, terminés par des pattes rougeaudes, pendaient, ballants, le long de son torse fluet, et, une fois assis, ses jambes semblaient l'embarrasser. Enfin, pour peu qu'on lui adressât la parole inopinément, son front devenait cramoisi; puis, souriant sans raison, ses beaux yeux bleus avaient l'air de demander grâce.

Levé au petit jour, il étudiait dans sa chambre, descendant juste à l'heure du déjeuner, propre comme un sou neuf, *astiqué* comme un sergent-major à *sardines*, et, gêné dans sa tunique de collégien, il présidait la table.

Présidence facile, car il n'avait, à ses côtés, que les deux enfants du docteur; Berthe, une fillette de huit ans. et Adrien, un bambin de vingt-deux mois à peine, qui, juché sur une haute chaise, pataugeait dans son assiette, en se barbouillant jusqu'aux sourcils de ce qu'on y servait.

Le déjeuner fini, Philippe prenait les enfants par la main, et l'on faisait une promenade hygiénique, poussant parfois jusqu'à Lussac-les-Châteaux,

dans l'un desquels on trouvait à faire une bonne
partie avec mademoiselle Angèle d'Orvil, une grande
personne de onze ans qui, prenant au sérieux, sa
qualité de marraine d'Adrien, jouait à la maman, et
lui inculquait les belles manières, en se roulant
dans l'herbe avec lui.

Berthe et son frère avaient perdu leur mère,
comme elle venait de donner naissance à ce dernier.

Quant au docteur, en route dès le matin, dans
un vieux cabriolet qui sonnait la ferraille, on ne le
revoyait à Montmorillon qu'au milieu de l'après-
midi, sa tournée faite, au petit trot d'un biquet
jaunâtre et bon enfant, qui arpentait allégrement
ses huit lieues de pays par tous les temps.

En dehors des vacances de Philippe, la nourrice
de Berthe, devenue servante et majordome, prenait
soin des deux enfants du médecin, ainsi que de sa
propre fille, Aline, qui grandissait auprès de sa
sœur de lait.

Avec les années, Philippe devint de plus en plus
l'enfant de la maison. Ses études terminées, il entra chez les frères Kolb; mais il cessa d'occuper la
chambrette du second étage. Et comme Berthe s'en
étonnait:

— Ce ne serait pas convenable, lui répondit le
docteur Sigelin.

C'est que Philippe et Berthe n'étaient plus des
enfants, et qu'en province on est volontiers soup-
çonneux.

Voilà pourquoi le jeune homme s'était meublé, tant bien que mal, un réduit, composé de deux pièces, dans une maison sur le quai, au-dessus d'un café, — à l'instar de Paris, — disait l'enseigne, — où, le dimanche, on donnait le bal aux grisettes. — Le Poitou en garde encore quelques échantillons, dont les grâces simples font d'autant regretter l'extinction de l'espèce.

Tout le jour à l'usine, dirigeant sans effort le travail de plus de deux cents ouvriers, Philippe rentrait en ville vers sept heures, dînait à la pension du Grand-Hôtel de Montmorillon, « au rendez-vous des Poitevins, » juste en face de la Sous-Préfecture; après quoi, on était sûr de le voir arriver à la maison du docteur.

Il entrait là comme chez lui, disait bonjour, et s'asseyait à une table, sur laquelle des cartes étaient préparées, pour le piquet de son tuteur.

La partie commencée, Berthe s'installait entre eux, munie d'un livre ou d'une tapisserie, et, sans mot dire, on attendait que onze heures sonnassent pour aller se coucher.

Parfois le docteur était mandé en ville, toute affaire cessante; Philippe l'accompagnait et se promenait devant la porte du malade, jusqu'à la fin de la consultation.

Le dimanche, on dînait ensemble et, pendant l'automne, quand, à son tour, Adrien était en vacances, on allait faire un grand tour, en famille, poussant encore, comme autrefois, jusqu'à ce châ-

teau de Lussac, dont l'héritière, mademoiselle Angèle d'Orvil, avait épousé depuis peu un certain M. de
Prailles, dont on parlait diversement en Poitou.

C'était un Parisien, grand chasseur, grand bu-
veur, qui, déterminé à ne pas engendrer la mélancolie, faisait volontiers venir de la capitale toute
sorte de gens, qu'on hébergeait largement au château.

La vie passait ainsi, pour Philippe et la famille
de son tuteur: paisible et monotone; mais agréable, à leur gré, sans qu'on pût pressentir qu'il dût
y être rien changé.

Rien à l'extérieur sans doute; mais au fond du
cœur de Philippe un sentiment profond était venu
porter la révolution. Il s'était, peu à peu, épris de
Berthe; épris comme un homme de son caractère
pouvait l'être; c'est-à-dire avec une puissance de
concentration telle que, tout au monde en dehors
de cet amour, lui était maintenant d'une indifférence absolue.

Cependant la jeune fille était loin de s'en douter.
Comment, d'ailleurs, imaginer chose pareille, d'un
garçon tel qu'était celui-ci!

Ce n'est pas qu'il fût laid; au contraire. Ses yeux,
on l'a dit, étaient beaux et d'une expression de
tendresse si douce! Le front haut et large dénotait
de l'intelligence, et sa parole avait quelque chose
de voilé, d'un timbre discrètement sympathique,
qui charmait l'oreille. Sans s'en rendre compte,
Berthe aimait à l'entendre lire, ce qui occupait

deux ou trois soirées par quinzaine, quand arrivait le numéro de la *Revue des Deux-Mondes*.

Mais qu'il était drôlement affublé avec une certaine jaquette marron ! Il avait si vite grandi que
la taille lui remontait dans le dos, et que, gêné aux
entournures, il montrait des mains étonnantes au
bout des manches écourtées. Pour le pantalon,
même affaire ; faute de tomber sur la chaussure,
il laissait voir des bas bleus quelque peu déteints,
et, en dépit de la tension des bretelles, la ceinture
ne parvenait que bien rarement à rejoindre la base
du gilet.

Le pis, c'était quand le brave garçon, ayant à accompagner sa famille adoptive à quelque réunion,
au château de Lussac, par exemple, chez madame
de Prailles, endossait un maître habit noir qui datait
de trois ans. Alors, il était véritablement comique,
avec ses longs cheveux plats, tombant sur le collet.
La bonne Angèle, si indulgente pourtant, si habituée, de longue date, à l'extérieur guindé du jeune
homme, ne pouvait tenir de s'en égayer un moment,
renonçant à en empêcher ses amies de s'en faire
des gorges chaudes.

Qu'eût-ce été, mon Dieu ! si l'on eût soupçonné
le secret amour de ce grand dadais, si mal habillé,
pour une jeune fille telle que Berthe ! Non que
Berthe fût d'une beauté exceptionnelle ; mais, en
elle, tout était grâce native et charme parfait.

Une seule personne avait pénétré les sentiments
de Philippe ; son tuteur : le docteur Sigelin.

Et loin d'en sourire, loin de s'en inquiéter, il en avait été ravi au fond de l'âme. C'est qu'il avait des raisons d'apprécier à leur juste valeur, les qualités de cœur et la supériorité d'intelligence de ce garçon qui, pour n'être guère aux yeux des autres qu'une non-valeur, n'en restait pas moins, pour lui, « un homme. »

Cet amour, à tout prendre, constituait la sécurité intime du docteur.

Veuf, déjà « d'un certain âge, » n'ayant que peu de chose à laisser à ses enfants, rien à donner de son vivant à sa fille, il pouvait, grâce à ce penchant, songer, dès maintenant, et sans appréhension, à l'établissement de Berthe.

Elle avait le sens droit, l'âme haute et sensible. Le jour, donc, pensait-il, où l'affection de Philippe lui serait dévoilée, elle ne pourrait manquer d'en être touchée. Les bonnes raisons que le docteur se réservait de lui donner, au moment voulu, achèveraient de la convaincre, et, de bon cœur, en brave et digne enfant qu'il la savait être, elle épouserait son ami d'enfance : ce grand diable de Philippe, si bon, si discret, si affectueux !

D'ailleurs, rien ne pressait, et cependant, sans intention suivie, le docteur fournissait parfois, au jeune homme, des occasions de se montrer sous un jour favorable.

Berthe ayant remarqué qu'il lisait bien, — un don de nature, plutôt qu'un talent, — Sigelin sacrifiait, de temps en temps, son piquet, pour faire

faire au jeune homme la lecture de quelque ouvrage nouveau, pris à la librairie de Montmorillon.
Il l'entraînait à causer, à plaisanter ; ce qui provoquait des réparties, où Berthe était agréablement
surprise de trouver de l'esprit à son ami.

Un dimanche, Philippe, arrivé trop tôt pour le
déjeuner, ouvrit le piano du salon, et en attendant,
à mi-voix, il déchiffra un fragment de la *Flûte en-
chantée*. L'attrait l'entraînant, il donna plus de so-
norité à son chant, sans s'apercevoir de la présence
de la jeune fille qui venait d'entrer et l'écoutait
étonnée de l'entendre.

— Ah ! sournois ! lui dit-elle quand il eut
achevé.

Et comme il restait tout penaud :

— Est-il drôle ! reprit-elle familièrement. Mais
je ne me moque pas, Philippe ; vous avez la voix
fort belle, mon ami, et je voudrais savoir chanter
avec autant de sentiment et de goût, je vous
assure.

Dans la suite, elle le pria si souvent de chanter
encore qu'il domina son émotion et ne fut plus
épouvanté du son de sa propre voix.

Le docteur augurait le mieux du monde de tout
cela.

Restait un point : Philippe était pauvre, et dans
une position plus que médiocre, à l'usine.

Ce n'était pas sa faute, à vrai dire. Les frères
Kolb, appréciant son savoir, l'avaient rétribué le
plus qu'il leur était possible : 3,000 francs d'ap-

pointements. Mais, hélas ! c'était tout ce qu'ils pouvaient faire, étant donné le peu d'importance de leur établissement.

D'eux-mêmes, ils reconnaissaient l'insuffisance du traitement, comparé aux grands services que le jeune ingénieur leur rendait.

— Mon cher docteur, avaient-ils dit à Sigelin, la probité nous oblige à vous conseiller de nous retirer le concours de M. de Solanges. Tel qu'il est, il doit arriver aisément à la fortune, mais il lui faut un champ d'action que nous ne pouvons lui offrir.

Le soir, on en parla devant Berthe.

Tout d'abord, Philippe fit des objections. La pensée de s'éloigner lui était pénible.

— Croyez-vous sincèrement, dit-il, que je puisse avoir de si hautes prétentions ? « Tel brille au second rang qui s'éclipse au premier. » D'ailleurs, il ne faut pas oublier que je n'ai ni titres ni diplômes. J'ai contre moi l'obligation de me proposer, partout, à l'essai, car, pour faire blanc de mon épée, il y aurait grave mécompte à l'attendre de moi. Or, faute de sortir d'une école du gouvernement, l'Administration m'est fermée. Fermés de même, les chemins de fer, où seuls, ont accès les lauréats de l'École centrale. Reste donc l'industrie. Il y a bien de l'encombrement !...

Il en dit long, dans le même sens, suivant son idée de rester à Montmorillon, si bien que Berthe elle-même le querella un peu sur son indifférence et l'excès flagrant de sa modestie.

— Prenez garde, Philippe, lui dit-elle, qu'il n'y ait, à votre insu, un peu de paresse là-dessous !...

— De paresse ?...

— Entendez-le comme vous le dit une amie d'enfance ; la meilleure qu'il vous soit probablement donné de jamais avoir ! Paresse à faire le nécessaire pour percer ; paresse à vous sortir d'un train d'existence qui vous satisfait dans le moment. Pour moi, je suis de l'avis de mon père, mon ami, il ne faut pas s'enfermer dans le présent ; il ne faut pas penser qu'à soi ; il est d'un homme intelligent de préparer l'avenir, et de prévoir que l'on ne sera pas toujours seul. Pensez aux autres, Philippe.

— Les autres ?... Qui ?

— Que sais-je !

— En effet, ajouta le docteur. Tu te marieras un jour...

A ce mot, la jeune fille ne put réprimer un sourire. L'idée que ce garçon, si singulièrement accoutré, pût assez plaire à une femme pour qu'elle l'épousât, lui semblait plaisante.

De son côté, Philippe sourit, mais d'une si étrange façon qu'on eût dit qu'il allait pleurer.

— Et encore, reprit le docteur, pense que je ne suis pas éternel, moi ! Je puis m'en aller avant d'avoir établi mes enfants. Eh bien, je te l'avoue sans embarras, ami Philippe, le départ me serait plus léger, si je te savais en passe de me remplacer un peu.

Par un mouvement irrésistible, le jeune homme se jeta presque aux genoux de Sigelin, lui baisant la main qu'il avait saisie.

Si longs et plats que fussent ses cheveux, il ne parut ridicule à personne, en cet élan spontané, et cédant, elle aussi, à l'attendrissement, Berthe, après son père, lui prit la tête à deux mains et l'embrassa au front.

A quelques jours de là, l'aîné des frères Kolb, entrant dans le cabinet du jeune ingénieur, lui remit une lettre ouverte, en l'engageant à la lire attentivement.

Elle était datée de New-York. Un des correspondants de la maison demandait un ingénieur jeune et entendu, pour remettre en bonne voie un établissement métallurgique de Boston, que l'incapacité du dernier directeur avait fait péricliter.

« Vous nous avez parlé de M. de Solanges, ajoutait le correspondant; serait-il disposé à venir en Amérique ?... »

Philippe fut extrêmement troublé à la lecture de cette lettre ; mais cette fois ce fut de joie et d'espérance.

Les avantages qu'on offrait lui semblaient si beaux! Il y avait, là, l'occasion de faire fortune, en peu d'années, et alors...

Alors, il serait riche ; alors il oserait déclarer son amour ; il pourrait venir mettre aux pieds de la jeune fille le fruit de son activité et de son application : une fortune, le luxe, le bonheur !

Un comte de fée !

Eh ! oui ; car c'était si éblouissant que cela tenait du rêve, et, pour lui, Poitevin, dont le regard et l'imagination n'avaient jamais dépassé l'horizon circulaire de Montmorillón, Boston était si loin, si loin !... que ça n'existait peut-être pas !

Le soir même, Sigelin et sa fille furent mis au fait de la proposition. On lut, on relut la lettre, puis on en causa gravement. On aurait désiré avoir le temps d'y réfléchir ; mais le correspondant disait qu'il y avait telle urgence d'enrayer le désastre, qui s'aggravait de jour en jour, qu'en cas d'acceptation, il fallait télégraphier et partir sur-le-champ.

— Attends, s'écria tout à coup le docteur, je vais aller voir les frères Kolb. Ils me donneront des renseignements sur lesquels nous prendrons notre parti.

Philippe se leva pour l'accompagner.

—Non, dit le père de Berthe. Entre quatre-z-yeux, les explications seront plus précises et plus concluantes : reste là, je reviens.

Le docteur sortit, et les deux jeunes gens gardèrent le silence un long moment.

Quand Philippe leva les yeux sur la jeune fille, il la surprit à le contempler avec une étrange persistance.

Elle ne détourna pas son regard, et, bientôt, deux grosses larmes roulèrent au bord de ses paupières.

— Ah ! s'écria Philippe, d'une voix égarée, ne

pleurez pas, Berthe ! Pour Dieu ! ne pleurez pas !...

Elle lui tendit sa petite main, et lui souriant sous ses larmes :

— J'ai tort, dit-elle, je le sais ; mais la volonté ne peut rien là, mon bon Philippe, et j'ai bien de la peine à penser que vous pouvez nous quitter si vite.

Au retour du docteur, la conférence reprit. Les renseignements qu'il apportait étaient, selon lui, d'une telle nature que, tout considéré, la raison, l'intérêt de Philippe, tout concourait à se résoudre au départ de celui-ci.

Seule, Berthe n'en était pas d'accord. Et comme son père prétendait la convaincre de contradiction, en lui rappelant ce qu'elle avait dit précédemment à ce sujet, elle répondit qu'on ne l'avait pas comprise. Jamais elle n'avait entendu que Philippe s'expatriât. Pour s'y décider, surtout si promptement, il aurait fallu, à son sentiment, quelque raison majeure.

— Et qui te dit que ce ne soit pas précisément le cas ? répliqua Sigelin.

Plus encore que Berthe, le jeune homme en fut interdit. Pendant qu'elle cherchait ce que pouvait être cette raison, qu'elle n'avait soupçonnée à aucun moment, Philippe se demandait si son tuteur n'avait pas pénétré son secret. En ce cas, l'avis du docteur n'entraînait-il pas la désapprobation de cet amour ?

Les jeunes gens n'osèrent insister, et l'acceptation des offres fut dès lors résolue.

Sur l'heure, une dépêche fut envoyée.

Le lendemain un nouveau télégramme arriva, portant confirmation des avantages offerts, et quatre jours après, Philippe se trouva, dès l'aube, prêt à se mettre en route.

La diligence ne passait qu'à dix heures, et il avait été convenu qu'on déjeunerait ensemble afin de ne se séparer qu'à la dernière des dernières minutes. Tant pis pour les malades ! Le docteur s'était dit qu'une fois dans sa vie, il avait bien le droit de les faire attendre quelques heures, pour embrasser un grand diable de garçon qui avait été pour lui, le meilleur des fils et qui, après tout, emportait une large part du cœur de chacun des membres de la famille !

En entrant dans l'antichambre, Philippe entendit comme une dégringolade de gros souliers à travers les escaliers, et avant qu'il eût pu s'y reconnaître, il se sentit enlacé et embrassé avec effusion.

C'était Adrien, le frère de Berthe, qu'en dépit de la règle du collège, le docteur avait fait venir de Poitiers. Ses dix ans comprenaient le chagrin de la maison et le petit homme s'efforçait de retenir ses larmes.

Le déjeuner fut lamentable. Chacun s'évertuait à paraître content de ce qui arrivait, bien que tous eussent le cœur crevé, meurtri ; à souhaiter que l'heure de la séparation sonnât, qu'on en finît, qu'on eût liberté de pleurer son soûl !

Ils ne purent rester immobiles à attendre ; on partit au-devant de la voiture.

Du haut de la côte elle apparut enfin, dans un nuage de poussière, que soulevaient les pieds traînants de trois haridelles abêties de fatigue.

Plus à douter ; c'était vrai ; Philippe allait partir ; sa place allait rester vide, et durant presque un mois, on serait sans nouvelles de lui !...

L'excès du chagrin les secoua, leur rendit un peu d'énergie apparente, et quand la voiture fut là, on s'embrassa à plein cœur, encore et puis encore une fois !

En ces pays, les services publics se relâchent de la rigidité des administrations des grandes villes, où le public a la bonhomie de se laisser mener avec une brutalité toute militaire.

A Montmorillon, il n'en allait pas encore de cette façon. Le conducteur connaissait tout le pays, colportait les nouvelles ; aussi, voyant l'émotion du docteur et de ses enfants, les yeux bouffis de M. Philippe, il leur donna le temps de s'épancher.

— Allez ! allez ! avait-il dit ; on a de l'avance. D'ailleurs, tenez, ajouta-t-il, voilà ces dames de Lussac-les-Châteaux qui viennent souhaiter bon voyage à M. de Solanges.

En effet, un phaéton attelé de deux fringants chevaux, descendait la côte, conduit, haut la main, par le mari d'Angèle : M. de Prailles, qu'on fut un peu surpris de voir levé de si bon matin ; le jour ne commençant guère pour lui qu'à midi.

En attendant l'arrivée des survenants, le docteur attira Philippe à l'écart, comme pour lui faire de dernières recommandations. Puis fouillant dans sa poche, il lui glissa, plutôt qu'il ne lui remit, un tout petit paquet.

Le jeune homme y jeta les yeux.

C'étaient deux billets de mille francs.

— Mais, dit Philippe étonné.... pourquoi ?

— Que sait-on ! fit le docteur. Boston est loin, il faut pouvoir faire face à l'imprévu.

— C'est trop, balbutia le jeune homme.

— Bah ! reprit Sigelin avec un regard vers Berthe, tu rendras cela à ta femme !

Philippe ne put répondre que par un sanglot.

— Chut ! fit le docteur en mettant un doigt sur ses lèvres.

Le phaéton venait de s'arrêter. Angèle de Prailles et la vieille grand'mère qui l'accompagnait, n'avaient point de raisons d'être émues ; au contraire, leurs adieux furent plutôt félicitations, encouragements et bons souhaits.

Enfin, il fallut partir.

— Philippe monta dans le coupé, et la lourde machine s'ébranla.

Longtemps encore on fit des signes au voyageur; puis, au tournant de la route, la diligence disparut.

— Eh bien, docteur, dit de Prailles, il y a du bruit dans Montmorillon.

— Quoi donc ? demanda distraitement celui-ci,

encore sous le coup du départ de son enfant
adoptif.

— Le sous-préfet est enfin dégommé !...

— C'est peut-être tant pis !

— Bah ! un « monsieur » du 4 septembre qu'on
avait oublié là ! C'est un de mes amis qui le rem-
place, le fils d'une dame que vous avez vue, au
château, à l'occasion de mon mariage : le comte
Robert de Laïr, le fils d'un ancien chambellan.

— Qu'est-ce que ça me fait ! pensa le docteur.

II

Le docteur Sigelin avait le plus grand tort de croire que la nomination, à Montmorillon, de M. Robert de Laïr, dût lui être indifférente.

Cependant quand, à huit jours de là, il le vit arriver et prendre possession de son poste, il n'y fit pas plus attention. La seule chose qui le frappa fut l'exiguïté de son bagage.

C'est que défunt le père de celui-ci, fort de sa situation à la dernière cour, n'avait vu aucune imprudence à croquer le vert et le sec, ne supposant pas que jamais les choses pussent changer; en sorte que, à la chute du régime impérial, il se trouva littéralement sans ressources.

Le déplaisir, ou la surprise, s'ajoutant à l'épuisement d'un organisme surmené par toutes sortes d'excès, enleva notre homme en huit jours, laissant l'obligation d'une liquidation si embrouillée que c'était un gâchis à ne jamais s'y reconnaître.

Cependant, à force d'y regarder, un fait se dégagea lamentable, mais lumineux : non-seulement il ne restait pas un sou vaillant de l'apport des époux, des acquets ou des héritages, mais encore un tas de gens réclamaient, — et, par hasard, en toute justice, — un bel et bon demi-million.

Par bonheur, la veuve avait de la philosophie. Au lieu de se laisser abattre, elle se gendarma à tout hasard, et, bien qu'elle ne s'entendît point à ce que l'on appelle « les affaires », elle tourna la difficulté avec un instinct admirable. Sans formuler sa pensée, elle comprit qu'en certaines circonstances, gagner du temps est, à tout le moins, un palliatif, et qu'on ne risque guère à embrouiller davantage ce qui n'est pas clair.

Apurer les comptes eût été reconnaître qu'elle était ruinée, et il n'y aurait plus eu qu'à quitter la place. Soit. Mais pour aller où? Pour vivre comment? Pas si simple!

De débiteur, elle se transforma subitement en créancier de la succession, réclamant sa dot, son apport, des droits de ci, des reprises de là; ce qu'on aurait pu lui devoir et ce à quoi elle n'aurait jamais dû prétendre, avec arrérages, intérêts, compensations, indemnités et mille autres choses encore; le plus possible, c'est-à-dire le tout, avec un peu de surplus.

On allait, sans doute, lui opposer son acquiescement à ceci, sa participation à cela, telles et telles signatures; tels renoncements et garanties entraînant, en droit, son consentement formel à l'ensemble des opérations et engagements du défunt?
Possible! Mais puisqu'elle n'en tombait pas d'accord, c'était à la justice de prononcer : plaidons !

Plaidons, et en attendant, elle touchait partie
des revenus, vivait à sa guise, et gardait son train
de maison: la seule chose qui la touchât !

Quelque jour, il est vrai, il faudrait s'entendre
condamner, il faudrait lâcher prise, et se retrouver
« comme un petit Saint-Jean, » avec des dépens et
des honoraires en plus.

Eh bien, soit encore! Mais quand ça? Plus tard;
car la mise au rôle, les oppositions, les jugements
par défaut, les appels, les délais légaux, les arbi-
trages, les vices de forme, etc.; lui donnaient
plus que des mois de répit : des années! Voilà
tout ce qu'il fallait; sait-on jamais ce que demain
amène?

Subissant, comme de raison, l'influence de sa
société, elle se disait avec confiance et bonne foi:

— La République, — c'est bien connu!... La République est impossible en France, pas vrai? Ce
n'est donc qu'une affaire de temps pour s'en débarrasser. Mais alors quoi? Henri V? C'est pour
rire ! Le duc d'Aumale et le Stathoudérat? Ridicule ! Non! Mais l'Empire, à la bonne heure ! c'est-
à-dire : Nous!

Et rien que sur ce « nous », elle se tenait pour
tirée de passe ; sauvée !...

Voyez-vous qu'en cas de restauration impériale,
on laissât dans l'embarras, une dame comme elle,
ancienne familière des Tuileries, la veuve d'un
dignitaire qui, en dépit de sa maturité, ne l'avait
cédé à personne pour conduire le cotillon et orga-
niser des charades?

— Vous plaisantez! faisait-elle en riant de tout
son cœur.

Pas de doute là-dessus, d'où suit que sa politique
se résumait en un mot : — Attendre.

Ses procès lui en donnaient les moyens. D'ailleurs, quels risques? Au cas même où, épuisant
tous les atermoiements et perdant sur toute la ligne, elle se verrait condamner à des cent mille
francs de dépens, eh bien, après?

— Si fort, disait-elle avec une liberté de langage
qui lui était devenue un cachet, si fort qu'on soit
décidé à peigner le diable, pour y parvenir, il faut
nécessairement qu'il ait des cheveux !...

Or comme en ce cas, elle devait se trouver sans
l'ombre de ressources, elle pourrait défier condam-
nations, poursuites et avanies.

Donc, plaidons, ici et là, partout, quand même,
jusqu'à extinction de souffle d'avocat.

Pour son fils, l'héritier du nom : M. Robert de
Laïr, il voyait tout cela d'un œil froid. Les agisse-
ments de sa mère, dont il ne comprenait pas bien
l'objectif au surplus, ne lui inspiraient qu'une mé-

diocre confiance; mais ne demandant pas mieux
que de profiter du hasard qui les eût fait réussir,
il se tenait coi, se réservant, *in petto*, de renoncer
carrément, par acte extra-judiciaire, à la succession
paternelle, si les choses tournaient finalement à
mal. Il avait, diantre ! bien assez de ses propres
créanciers, sans s'embarrasser de ceux de son noble
père !

Toutefois, maigrement défrayé par la comtesse,
dont les rentrées s'effectuaient avec d'étranges difficultés et voyant, d'autre part, que ses fournisseurs
apportaient de la mauvaise grâce à augmenter leur
« découvert » à son égard, le prudent jeune homme
avait cru sage de se créer sans déchoir, des ressources personnelles, en attendant le résultat de pro-
messes à lui faites par d'anciens amis de son père.

Faisant donc vendre, à petit bruit, une vingtaine
de tableaux, achetés, jadis, au prix de camarade, à
des artistes qu'il connaissait, il s'était fait ainsi,
une bourse de jeu, dont assez longtemps il tira
bon revenu, à son cercle, en jouant la bouillotte et
l'écarté; jeux qu'il pratiquait en maître.

Mais, encore une fois, ce n'était là qu'un pis-aller,
un moyen d'attendre les événements.

— Il va y avoir du nouveau ! lui avait-on dit.

Parole un peu vague sans doute. « Du nouveau ! »
Ce n'est pas rare chez nous, et un autre se serait
peut-être demandé dans quel sens ce « nouveau »
se produirait.

Robert n'y songea même pas: que ses amis re-

prissent du crédit, c'est tout ce qu'il souhaitait, et
en prévision de ce revirement, il voulut n'être pas
pris à court, se fixer sur ce qu'il aurait à leur demander. Un souci d'abord. Mais en somme, tout lui
était à peu près égal: l'administration, la diplomatie ; qu'importe ! Ne sachant pas grand chose, il
s'estimait bon à tout, et pourvu qu'on le gratifiât,
comme de juste, d'un bon traitement, en rapport
avec sa qualité et le genre d'existence auquel il
était habitué, il se déclarait satisfait.

Peut-on être plus modeste; plus « arrangeant?... »
Il ne le pensait pas, et d'après cela, il se persuadait
de la facilité de la réussite.

— Que le ministère change, et ça ira tout seul !
se disait-il ; ces messieurs savent bien quels sont
mes besoins !

Enfin, une crise se produisit et aboutit dans le
sens désiré par lui; sur quoi les nouveaux ministres entrèrent en fonctions.

Il fut bien un peu surpris de ne pas figurer, dès le
lendemain matin, à l'*Officiel*, admettant difficile-
ment qu'il y eût rien de plus urgent que de le
pourvoir ; pourtant et quoique à contre-cœur, il
leur fit crédit de quelques jours.

Six longues semaines avaient déjà passé ; rien !...
Cependant, tous les soirs dans le monde, il rencontrait ses protecteurs.

— Patience ! lui faisait-on d'un côté.

— Il est question de vous, mon cher ! lui glissait-
on d'un autre.

— Lisez l'*Officiel*, demain, cher ami, lui dit-on enfin.

Et il lut sa nomination à la sous-préfecture de Montmorillon.

Tout d'abord, il n'eut que le pressentiment de sa déception. Mais quand il se fut renseigné, il se tint « pour attrapé », joué, et le premier mouvement fut de refuser.

Par malheur, ayant compté sur beaucoup mieux, à bref délai, il s'était permis quelques fantaisies, où son épargne s'était fondue, et, — comble de *déveine!* — sa mère venait de perdre un de ses procès.

A quel saint se vouer?

A quelle branche se raccrocher?

Au ministère, on s'excusa du peu, forcé qu'on était de satisfaire à mille et mille considérations de coalition conservatrice.

— Allez toujours! lui dit-on. C'est un point de départ. On ne vous oubliera pas.

Force lui fut de faire contre fortune bon cœur, et l'oreille basse, l'appréhension dans l'âme, il prit possession de son poste.

A peine avait-il débouclé sa valise qu'un visiteur se présenta.

— Tiens! fit-il, enchanté, en apercevant celui-ci. C'est l'ami de Prailles !

Eh! oui, de Prailles, un de ces « vieux amis » qu'on s'est mis à tutoyer au cours d'un souper de femmes, avec qui l'on a fait la partie, au cercle, qu'on a présenté dans le monde, et dont on n'a jamais su l'adresse; un importun le plus souvent.

Mais là, dans ce trou perdu, la rencontre était bonne fortune. On aurait à qui parler, un compagnon, un Parisien !

— « Mieux encore ! se dit le sous-préfet, en apprenant pourquoi et comment de Prailles était maintenant du pays. »

— Oui ! oui ! parfaitement ! répondit-il, à celui-ci, qui s'étonnait de son ignorance. Ma mère m'a conté ton mariage en détail. Je l'avais oublié. On vit si singulièrement à Paris. Ah çà ! belle dot, belle affaire ?

— « Je le crois !... » répliqua de Prailles. Fille unique, orpheline de père et de mère, et attendant la succession de grand'maman, qui n'en a pas pour longtemps.

Le soir même, Robert dîna à Château-Lussac.

Cet intérieur, ce luxe plantureux, cette jeune femme, jolie, gracieuse et de grand ton, firent impression sur les idées du nouveau fonctionnaire.

Il y repensa en rentrant, et son horizon s'éclaircit. Pourquoi ne ferait-il pas comme l'ami de Prailles ? Pourquoi ne se marierait-il pas en province ? Les héritières n'y manquent pas, Dieu merci !

Un mariage dans ces conditions aurait pour premier avantage de le soustraire à cette condition de salarié si aléatoire, si précaire, et, si humiliante pour un garçon de sa sorte; un homme qui n'avait admis l'autorité de personne, et souffrait à l'idée de dépendre d'un chef, d'avoir des comptes à rendre à qui que ce fût.

Mais, endetté, menacé de prendre sa mère à sa charge, — et quelle mère ! Pis qu'un panier percé; encore qu'elle eût prêté à la médisance ! — pourrait-il se faire agréer ?

Pourquoi pas ? L'ami de Prailles s'était bien marié, avec un passif du double. Et si l'on n'avait rien à dire de sa mère, à lui, il avait occupé lui-même la chronique scandaleuse, avec une certaine liaison qui s'était dénouée en justice, entraînant des considérants assez déplaisants pour son honorabilité !

En outre, Robert représentait autrement que de Prailles.

Grand, souple, élégant, il portait fièrement un visage régulier, dont les traits harmonieux appelaient l'attention. Le pied et la main, délicatement attachés, se faisaient remarquer par leur petitesse aristocratique, et, sa tenue avait un cachet de distinction hautaine, tout à fait comme il faut.

Était-ce tout ? Non pas ! Robert avait reçu du ciel une voix sympathique et étendue, que des maîtres lui avaient fait cultiver. Il chantait fort bien, en s'accompagnant au piano, et sur tous les albums des dames de son monde, il y avait un croquis, une sépia, ou une aquarelle de lui.

Enfin, il était sous-préfet ! C'est-à-dire qu'à ses différents charmes naturels, il s'ajoutait un semblant de position.

Tout cela, Robert fut amené à le constater, non

par vanité, mais par obligation de s'examiner, de
dresser le bilan de ses forces, d'apprécier les chances qu'il pouvait avoir de contracter un « bon mariage » qui le sortit de passe.

Rassuré, s'en fiant aussi au prestige de son nom :
« comte Robert de Laïr; » d'autre part, d'Esterelle,
par sa mère, cousin germain de tous les d'Esterelle de Seine-et-Oise, dont l'un, ancien sous-
secrétaire d'État, en 1846, s'était fait nommer
député, le jeune homme s'appliqua uniquement à
se créer des relations dans l'aristocratie poitevine.

Il y réussit. Il avait le don de plaire à première
vue, et un mois après son installation à Montmorillon, on se l'arrachait de tous côtés ; c'est à peine
si une fois par semaine, il parvenait à dîner chez lui.

Son centre, c'était le château de Lussac, où de
Prailles, qui ne le quittait guère, l'attirait constamment.

C'est là que, pour la première fois, il entrevit la
fille du docteur Sigelin. Elle lui fit une impression
extraordinaire dont il ne put s'empêcher de parler à
de Prailles.

— Tu es fou, s'écria celui-ci, en haussant les
épaules. La fille d'un méchant médecin de campagne et pas le sou !...

— Tant pis ! répondit le sous-préfet.

Puis y revenant :

— Mais... dis donc, de Prailles... en attendant
l'héritière ?...

— Ah ! *ben* ouiche ! Un type de province d'une

fermeté inattaquable, mon cher. Et puis !... diable !... se méfier !...

— De quoi?

— Le papa Sigelin n'est point d'humeur accommodante, et, à la moindre fantaisie, tout préfet que tu sois, il te casserait les reins, sans scrupule !...

— Bah ! fit Robert en souriant.

Depuis, quand celui-ci rencontrait le docteur et sa fille, il les saluait avec un empressement marqué ; mais si assidu qu'il fût au château de Lussac, il ne s'y rencontra bientôt plus avec eux.

A mesure, Sigelin et Berthe s'y faisaient rares. Le pied sur lequel de Prailles avait mis la maison leur convenait de moins en moins.

— Hélas ! dit un jour Angèle à son amie, je comprends trop qu'on m'abandonne ; pourtant c'est une aggravation de peine ; je suis déjà si malheureuse !...

— Toi ? demanda Berthe, avec une surprise affligée. Madame de Prailles lui avoua ce qu'était au juste le personnage qu'elle avait épousé : une âme de laquais, des mœurs de goujat ; un être dépravé, abject et répugnant, à tous égards !...

Sur ces entrefaites, le docteur rentra un jour, tout grelottant. Le temps était doux et humide, ce qui avait provoqué une épidémie d'angine sur les petits enfants du pays. L'un d'eux, qu'il soignait, lui donnait de l'inquiétude.

On eut quelque peine à réchauffer le docteur. Mais dès qu'il se sentit mieux, il voulut retourner à son petit malade.

2.

Berthe lui fit des représentations, dont il fut sans doute touché, mais qui ne le dissuadèrent pas.

Elle parla des risques aussi.

— Il y en a peut-être bien, répondit doucement Sigelin : mais que veux-tu, chère enfant?... Tu connais ma devise : « Le devoir doit tout dominer !... »

C'était sa règle de conduite en toutes choses ; le fond de sa philosophie, et Berthe, élevée dans le respect de ce principe, ne se permit pas de répliquer.

Cinq jours après le docteur était mort. L'enfant lui avait communiqué son mal ; le sauvé avait tué le sauveur.

Ce fut comme un deuil public à Montmorillon. Toute la population se porta au convoi, en tête duquel marchait Adrien, le fils du défunt.

Le pauvre enfant fut pris de défaillance au milieu du chemin ; il chancela, et sans le sous-préfet, qui se trouvait à ses côtés, il fût tombé.

Robert le prit dans ses bras, et, comme il voulait l'emporter :

— Non! fit Adrien, ça va passer, donnez-moi la main seulement.

Le jour même, on apporta une lettre de Boston.

« Mon bien-aimé tuteur, écrivait Philippe.

» Votre dernière lettre m'a rendu courage, et, grâce à vous, mon parti est pris ; quoi qu'il advienne, les difficultés ne me déconcerteront plus.

» Elles sont sérieuses, pourtant, car l'affaire était aux mains de gens tarés qui poussaient à la faillite, pour s'assurer la possession de leurs malversations·

Il faut, pour en triompher, leur faire rendre gorge, leur arracher ce qu'ils ont détourné, et ce n'est pas assez que j'aie à diriger les travaux de l'usine, il faut que je me fasse administrateur. C'est là ce qui m'épouvantait, crainte de n'y avoir pas d'aptitudes suffisantes.

» Vous m'en blâmez, vous me dites qu'un esprit droit, une probité attentive peuvent y suffire, je dois vous croire, et je me mets à la tâche, déterminé à poursuivre jusqu'à la dernière extrémité;

» Mais je ne puis m'y tromper, il faudra plus de temps que je ne pensais à la réalisation du *cher projet* que vous approuvez, et qui m'emplit le cœur. C'est votre approbation qui me donne la force de lutter, la volonté de réussir, le courage de rester si loin de vous trois. »

Philippe continuait en exposant au docteur le détail de la situation dans laquelle se trouvait l'affaire qu'il avait à tirer de la ruine. Il lui demandait ses avis sur certains points, sur certaines résolutions à prendre.

Puis, faisant lui-même la réponse :

« Au fait, ajoutait-il, j'ai tort de vous questionner, puisqu'aussi bien je n'ai pu oublier votre formule : « le devoir doit tout dominer. « Oui, mon cher père, puisque, si tendrement, vous m'avez donné une raison de plus de vous appeler ainsi; oui, ce principe sera ma loi. Grâce à lui je marcherai en confiance dans la voie qui m'est ouverte, et, si j'arrive au but, ce sera en restant digne de votre affection et de votre bonté.

» Votre bonté! reprenait-il, avec une explosion de reconnaissance. Que ne lui dois-je pas déjà! Vous m'avez fait une âme et une intelligence; vous m'avez fait indépendant et fier, et, comme si ce n'était pas assez, vous voulez me faire heureux!... »

A plusieurs reprises, ces mots : le « *cher projet* » se retrouvaient au court de ces douze pages; si souvent que la jeune fille le remarqua. Mais le chagrin ne lui permit pas de s'y arrêter à ce moment. Tout au plus eut-elle le courage de répondre à cette lettre affectueuse et navrante, par les quelques mots suivants :

« Pleurez mon ami, votre perte égale la nôtre, et vous n'avez plus que nous au monde; mon père est mort.

» Il est mort, comme il lui appartenait de mourir, en se dévouant aux autres.

» On vient de l'enterrer, et tout ce que je puis vous dire aujourd'hui, Philippe, se résume ainsi : — Orphelin comme nous, aimez les deux orphelins qui vous aiment.

» Votre sœur,

» BERTHE. »

III

La succession des pauvres gens est facile à régler ; aussi le notaire eût-il vite fait d'improviser pour la forme, un conseil de famille, et d'établir la situation.

Pour tout avoir à partager à ses enfants, le docteur laissait la maisonnette de Montmorillon, un pré au bord de la Gartempe, et deux enclos de vigne dont le produit total ne dépassait guère mille écus ; quinze cents francs de rente à chacun.

Dans le secrétaire, on trouva environ cinq mille francs, dont on employa la majeure partie en titres au porteur.

Puis, sur une lettre de Philippe, le notaire ajouta à l'avoir des orphelins une somme de deux mille francs, que le jeune homme reconnaissait avoir reçue en prêt ; et dont on ne trouva nulle trace dans les papiers de Sigelin.

Berthe, consultée à ce sujet, dit souhaiter qu'on laissât les choses en l'état, offrant de garder la créance à son compte, — elle venait d'être émanci- pée, — au cas où le conseil de famille d'Adrien ne croirait pas pouvoir en prendre sa part, au nom de son frère.

Le tout se passa en conversations amicales ; des signatures furent échangées, après quoi la vie re- prit son train ordinaire, calme, paisible, et d'une régularité monotone.

Adrien suivait ses classes à Poitiers. Berthe res- tait seule dans cette maison, chère par les souve- nirs paternels qui l'emplissaient, occupée de soins intérieurs entre sa nourrice et la fille de celle-ci ; sa sœur de lait, Aline, que Berthe avait fait revenir de la ferme où elle servait.

Du vivant du docteur, on l'a vu, les habitudes étaient déjà bien sédentaires ; maintenant elles l'é- taient encore plus. Sauf Angèle de Prailles qui venait pleurer avec elle, Berthe ne recevait per- sonne, et son deuil l'empêchait de se montrer au de- hors. Le dimanche, elle allait à la messe ; le jeudi, on l'apercevait au marché ; mais à cela près, tou- jours chez elle, travaillant, ou songeant, et, satis- faite, en somme du calme qui régnait autour comme au dedans d'elle-même. Il y a des natures ainsi faites pour qui la paix est une jouissance, un bonheur.

Elle recevait des lettres de Philippe, elle y répondait en le félicitant de ce que, — si lentement que ce fût d'ailleurs, — les difficultés qui d'abord avaient déconcerté le jeune homme, se résolvaient peu à peu.

Une fois, se souvenant de la dernière lettre de celui-ci au docteur, elle demanda ce que c'était que ce « cher projet », qui y revenait à chaque page, et dont depuis il n'avait jamais reparlé.

La question resta sans réponse. Était-ce oubli ou abandon de ce « cher projet » mystérieux ? Elle ne sut qu'en penser, et, par discrétion, elle n'y revint pas.

A quelques mois de là, il lui parut que Philippe y faisait allusion. Il venait d'obliger les anciens directeurs de l'usine à un arrangement, accepté par eux, crainte d'une action correctionnelle, et, l'avenir lui paraissant meilleur, capable d'amener, pour lui, des résultats plus prochains, il écrivait :

« Alors, il suffira que la mise en route soit nettement accusée pour que je me donne congé, et que j'arrive vous apprendre bien des choses que vous ignorez. »

— Le « cher projet ! » se dit la jeune fille. Sais-tu ce que ce peut être? demanda-t-elle un jour à Adrien.

— Non! répondit celui-ci, après réflexion.

Aline, qui rangeait dans le salon, se laissa aller à sourire d'une façon dont Berthe remarqua la singularité. Mais comment se fût-il fait que sa sœur

de lait en sût plus long qu'elle sur un tel sujet?
Elle pensa s'être trompée et ne fit point de nouvelles questions.

L'été était venu, on vivait les fenêtres ouvertes.
Plusieurs fois il se trouva qu'en longeant la maison,
le sous-préfet aperçut la jeune fille. Il salua. Elle
rendit la politesse par une inclinaison de tête.
L'occasion s'en présentait peut-être bien souvent.
Mais quoi de plus simple? La sous-préfecture est
tout proche, et il n'y a guère qu'une rue à Montmorillon. D'ailleurs, bien d'autres longeaient tout autant la maison et saluaient de même. Pourqoi accorder plus d'attention à ce passant qu'aux
autres?

Tout à coup, la rumeur publique se donna carrière. Des châteaux aux échoppes, on parla du grand
scandale de la localité. Madame Angèle de Prailles,
qui venait de perdre sa grand'mère, et dont le mari
était absent depuis plusieurs mois, avait déposé au
tribunal, une demande en séparation de corps,
arguant de faits odieux à la charge du Parisien.

Cet homme, après qu'on lui eut pardonné d'avoir
dissimulé des dettes déshonorantes, des lettres de
change à des coquines et à des créatures qui dé-
bauchent les filles d'artisans, avait extorqué la
signature de sa femme par menaces et par mauvais
traitements, — il était allé jusqu'à la frapper au
visage, disait la requête, — pour se procurer des
pouvoirs, grâce auxquels il dilapidait l'avoir de
celle-ci en débauches sans nom.

Tout le pays tint à honneur de donner à la malheureuse jeune femme un témoignage de sympathie. Les anciens amis de la famille, que les allures de de Prailles avaient éloignés, revinrent au château. Berthe fut la première à y accourir, et il lui fut agréable de voir que le premier fonctionnaire du pays, le sous-préfet, malgré sa liaison avec le mari de la jeune femme, offrit à celle-ci tout le concours conciliable avec ce que ses fonctions lui imposaient de réserve.

Il ne désespéra pas d'abord de persuader de Prailles à s'amender, et il proposa de s'y employer.

Il y eut à ce sujet des conférences où Berthe et lui se trouvèrent toujours du même avis.

Pour la teneur des lettres qu'il écrivit, pour la communication des réponses, elle et lui se réunissaient souvent, s'encourageant, s'éclairant, collaborant presque à la rédaction de ces mémoires à rédiger pour les juges, l'avoué et les avocats.

Le cas était très compliqué. Parfois certaines nouvelles semblaient au jeune homme d'une telle gravité qu'il n'osait prendre sur lui de les communiquer à Angèle. Alors, il attendait Berthe à la sortie ou à l'arrivée et, dans l'escalier du château, dans une allée du parc, dans un coin quelconque, il lui exposait l'incident et sollicitait son avis.

Dans le même sentiment, et pressé par l'avoué, qui demandait réponse par retour du courrier, il fit demander à mademoiselle Sigelin si elle permettait qu'il se présentât chez elle, vu l'urgence.

3

Elle donna permission, et c'est ainsi que, pour la première fois, il pénétra chez elle.

A se voir si souvent, à se parler, par intérêt pour une amie, avec une liberté à mesure plus grande, ils se sentirent entraînés l'un vers l'autre. Elle s'oublia un jour dans le feu de la discussion, — il était par hasard d'un avis contraire au sien, — jusqu'à l'appeler « mon cher ami. » Puis s'étant reprise aussitôt, elle le vit faire une si triste mine, au « monsieur » qu'elle substituait, qu'elle eut remords, et, souriant, lui tendit bravement la main devant Angèle, qui l'approuva du regard.

Ce garçon avait des qualités extérieures auxquelles l'orpheline ne pouvait rester insensible. D'ailleurs, sur la foi de certaines demi-confidences, qu'Angèle avait reçues, quant à la déplorable éducation de Robert, et quant à l'étrange milieu où s'était passée sa jeunesse, Berthe le croyait malheureux : un puissant ferment d'intérêt et de sympathie !

Pour lui, cette jeune personne, si peu semblable aux demoiselles de son monde, si digne en sa médiocrité, si développée d'intelligence et de raison, lui paraissait d'une supériorité exceptionnelle ; encore qu'elle fût douée d'un charme exquis.

Il en venait à l'admirer !

Tout ce qu'il y a de naïf, d'ingénument expansif chez l'adolescent avait été étouffé chez Robert dès ses premiers pas dans la vie. L'exemple paternel, l'intérieur un peu bien libre et fantaisiste.

de sa mère, et la précoce dépravation de ses camarades avaient brusquement refoulé ses instincts
naturels de tendresse et de crédulité jeunes. Mais
il n'y avait pas encore assez longtemps de cela
pour que sa simplicité et sa foi junéviles fussent
mortes.

Dans ce coin paisible, où la sève débordait, où la
nature vivace emplissait l'air de stimulants mystérieux, le vieil homme se réveilla par une évolution
inconsciente. Ce dont on lui avait appris à se moquer se para de poésie. L'âme fit éclater les liens
sous lesquels on l'avait comprimée. Lui aussi, il
trouva plaisir à rêver sous le ciel, à marcher tête
nue contre le vent, qui rafraîchissait son front, en
tourmentant les boucles de ses cheveux ; lui aussi,
il se glissa dans l'ombre des saules, pour apercevoir
à distance la lumière d'un flambeau projeter vaguement, sur des rideaux tirés, la silhouette d'une
femme aimée.

Bon Dieu ! qu'on se fût amusé de lui à son
cercle !...

Eh bien, tant pis ! Pour la première fois, il ressentait de l'amour, et il en était heureux : disons
tout : orgueilleux !

Ah ! quelle misère, à ses yeux, maintenant, que
les plaisirs, les liaisons d'autrefois ! Par le souvenir,
il lui revenait des bouffées de poudre de riz : carac-
téristique parfum des délices banales où ses sens
s'étaient émoussés. C'était l'iris en fleurs ici ; c'était
l'enivrante senteur des foins coupés qui impré-

gnaient le grand air, et que sa poitrine aspirait avi-
dement !...

Eh ! riez, moquez-vous ! Qu'importe ! Il se sentait vivre ; il sentait son cœur battre, et, jeune,
enthousiaste, ravi, il s'allait blottir dans les grandes
herbes, au bord de la rivière, où, durant des heures
délicieuses, il regardait couler l'eau, en répétant
tout bas un nom :

— « Berthe ! »

Tout comme un autre, le comte Robert de Laïr
subissait l'influence du milieu où il se trouvait
transplanté.

Sa première idée de profiter de sa situation pour
faire un « beau mariage » s'était évanouie. Est-ce
à dire qu'il se fût résigné à la médiocrité ? Point
du tout ; mais il se disait maintenant, qu'à prendre
sa carrière au sérieux, il pourrait parvenir, par lui-
même, à la fortune.

Pour se confirmer dans ces nouvelles idées, il
avait l'exemple de beaucoup de ses collègues qui,
pour ne s'être pas compromis par excès de zèle, se
maintiennent en bonne posture sous tous les ministères et que leurs qualités administratives
mènent régulièrement à de hautes positions. En ce
cas, de quel besoin une dot ? Il pensait pouvoir
s'en passer ; c'est-à-dire qu'il n'éprouvait plus le
désir de jouir tout de suite d'un luxe sur lequel il
se sentait plutôt blasé en ce moment.

Quelles vraies satisfactions en avait-il éprouvées ?
Aucune de celles qui comptent dans la vie d'un

homme et parent le souvenir du passé. Il les avait
trouvées si naturelles, si habituelles, en ce temps-
là, qu'il ne les avait pas goûtées : à l'heure présente,
il ne les regrettait pas. Les bêtes de sang qu'il
avait eues dans les écuries de son père, qu'il avait
menées au Bois, ne lui avaient jamais procuré le
plaisir qu'il ressentait aujourd'hui à faire, en
pleine campagne, un temps de galop, sur un dou-
ble-poney qu'il avait payé trois cents francs.

Et puis, de fait, pour ceux qui ont mené la grande
vie parisienne de trop bonne heure, souper au Café
Anglais, danser aux Tuileries, jouer des charades à
Compiègne, *flirter* aux bals des ambassades, des
ministères et des gens bien en cour, n'est pas d'un
agrément tel, que la vie ne soit plus possible sans
cela.

Que de fois, en ce temps-là même, il avait dissimulé d'insurmontables bâillements dans ces salons
officiels, encombrés d'importants fastisdieux et
d'une écœurante cohue d'épaules nues ; combien
souvent il avait tenu à corvée l'obligation de s'y
montrer !

Même philosophie à l'égard des succès galants
qui, certes, ne lui avaient pas fait défaut.

Où, diable ! se demandait-il à présent, avait-il pu
trouver des satisfactions d'amour-propre à ces
vulgaires intrigues ? Toujours les mêmes femmes, —
presque toujours *la même !* — à des nuances de cheveux près ; une sorte d'esprit cynique, se formulant
en un vocabulaire d'un *lâché* particulièrement pré-

cieux. De l'amour, où ça ? Quand donc ? Nulle part,
jamais! Du caprice, oui, et beaucoup de libertinage
inconscient, ou pis encore : intentionnel, et, dès
lors, d'un parti pris d'originalité visible, avec effet
manqué. Précoce satiété, dégoûts inévitables !

Tandis qu'ici ! tandis que près de Berthe !...

Sans s'être dit un mot, sans qu'il y eût eu entre
eux, une de ces intimes confusions que la rencontre imprévue d'un regard amène, ils s'aimaient
tous deux et tous les deux le savaient.

Mais Angèle aussi l'avait vu, et avec un peu d'a-
micale envie, elle, qu'on avait mariée en six semaines, à un premier venu qu'elle ne connaissait
point, elle soupirait en se disant :

— Sont-ils heureux !

Robert vint la trouver et, tremblant, intimidé, il
lui fit un long et embrouillé discours qui se résumait en un mot :

— « Je l'adore !... »

Angèle comprit ce qu'il attendait d'elle, et la
joie de ses yeux montra au jeune homme qu'il pouvait compter sur son intervention. C'est elle qui prépara Berthe à la demande en mariage, et quand le
mot fut dit, l'orpheline se jeta au cou de son amie,
pleurant sur ses joues, l'embrassant à plein cœur.

Pourtant, avant que de répondre, elle voulut
consulter les amis de son père ; puis quand
elle eut leur assentiment, elle réserva encore
le bon vouloir du petit Adrien. N'y aurait-il pas de
chagrin ? Point important pour elle !...

L'enfant n'y fit pas d'objection; au contraire, il battit des mains, n'y voyant à peu près que la noce, sa sœur habillée de blanc, une fête, et peut-être, qui sait ! un congé !

Berthe s'expliqua ainsi son entraînement à adopter l'idée de ce mariage, aussi voulut-elle qu'Adrien envisageât les choses plus sérieusement. En dépit de l'âge de son frère, elle lui énuméra des considérations faites pour le refroidir. Le petit homme les écouta, en tendant son esprit. Puis, ayant réfléchi selon le désir de sa sœur, ce furent ces considérations mêmes qui le déterminèrent à renouveler son acquiescement.

— Nous n'avons l'un et l'autre que nous, c'est vrai, lui dit-il, le lendemain. Mais, dans quelques années, pour mener ma vie, tendre à un but, je serai peut-être forcé de me séparer de toi, car pourras-tu me suivre ? J'aurai bien de la peine à te laisser ainsi toute seule dans ton coin. Eh bien, puisqu'on dit que Robert est bon, et puisqu'il te plaît, tout s'y trouve : épouse-le, chérie !...

Ce fut, dès lors, chose convenue. Mais il fut entendu de même qu'on n'en parlerait officiellement qu'à la fin du deuil de Berthe : cinq mois encore !

A vrai dire, pure délicatesse ; car, dans tout le département, on était au courant des choses, et tout le monde approuvait, sauf une seule personne : Aline, qui, à la nouvelle de ce mariage, manifesta un étonnement muet, qui eût pu passer pour un blâme affligé.

C'est qu'Aline, elle aussi, on le sait, avait deviné l'amour de Philippe. A son sentiment, il devait y avoir là, pour le jeune ingénieur, ce profond et particulier chagrin que provoque une injustice.

Mais la condition d'Aline ne permettait point qu'elle émit son avis. Elle se renferma dans un silence, à la fois respectueux, affectueux et triste.

Sur quoi, il arriva de grands événements.

La mère de Robert, madame la comtesse veuve de Laïr, ayant perdu, comme de raison, neuf de ses procès, sur dix, ce qui entraînait la pure et simple déconfiture, à bref délai, annonça, — d'un ton fort plaisant, ma foi! — qu'elle allait se remarier.

« ... Il y a de quoi rire, mon cher, écrivait-elle, à son fils. Devinez qui j'épouse. Je vous le donne en mille millions de milliards. Ne cherchez plus : c'est ce petit vieux, sec et parcheminé, dont votre père, — par pressentiment peut-être! — se moquait si gaillardement, tout en puisant dans sa caisse ; ce financier, — banquier-banquiste! — qui ne parvint jamais autrefois à se faire agréer comme candidat officiel : en un mot, *et puisque enfin il faut l'appeler par son nom :* le bon monsieur Penardier, Vous le voyez d'ici, pas vrai?

» Toutefois, mon fils, ne faites pas trop la grimace. « Nécessité n'a pas de loi! » Je succombais sous le papier timbré; j'avais mon argenterie en gage, et j'en étais réduite à me mettre aux oreilles

des pendants en *toc*. Je n'osais plus me montrer,
et la perte de mon dernier procès, si prévue qu'elle
fût, m'a tenue toute une nuit sans fermer l'œil.

» C'est au lendemain que l'*imprudent* m'est venu
exposer sa requête. Il tremblait comme un jouven-
ceau, et, n'eût été le trouble que motivait suffisamment, chez moi, la bonne aubaine, je lui aurais sauté au col.

» Mais j'avais mieux à faire, pour être sage, et je
n'y manquai pas, rassurez-vous, Robert; c'est-à-
dire : mes conditions à poser. Elles ont passé
comme lettre à la poste. Le cher monsieur va
racheter toutes nos dettes, et, non content, il re-
constituera le patrimoine que votre cher, et à jamais regretté père, a *fricoté* de la façon que vous
savez.

» Ah! votre père! Le pauvre cher ami ! « *Du haut
des cieux, sa demeure dernière*, » comme on dit au
Gymnase, il doit en rire à se tenir les côtes, et
j'ai cette consolation qu'au delà du tombeau même,
je n'aurai de ma vie rien fait qui pût le rem-
brunir.

, ...
. . . .

» C'est samedi prochain, à huitaine, que nous en
terminons; la messe est commandée, la messe et
tout ce qui s'en suit. C'est ce jour-là le plus dur.
Comment parviendrai-je à tenir mon sérieux!
N'y viendrez-vous pas vous égayer un moment
avec moi, Robert? Déjà le nom des invités de ma

3.

partie adverse m'a procuré un accès de gaîté. Ne prendrez-vous point part à ces agapes? Tâchez donc de venir, ne fût-ce que par curiosité. »

Au bas de la dernière page, et ses tendresses faites, cette étrange mère ajoutait, en post-scriptum :

« Vous comprenez du reste pourquoi je convole, mon cher; mais il n'est pas superflu de vous édifier sur le mobile de ce M. Penardier. L'amour n'y est pour rien, ainsi que vous pensez, et mes cheveux gris en répondent. C'est tout platement l'ambition qui stimule son courage et sa prodigalité. Le bonhomme s'est mis dans la tête d'être député, — et, un peu plus tard ministre. — Que sait-on, au surplus! En ce temps de gâchis, toutes les farces sont de mises, pas vrai?

» Or, vous savez peut-être que notre cousin le vieux d'Estherelle en a par-dessus les oreilles d'aller siéger à Versailles. Il paraît qu'on y fait, à l'ordinaire, un tel vacarme qu'il n'y peut s'assoupir en paix, et s'il ne s'est pas encore démis, c'est qu'il ne désespérait pas de passer la main à quelque autre d'Estherelle quelconque.

» Malheureusement son fils n'en veut point entendre parler. Depuis la campagne de la Loire, qu'il a faite auprès de Chanzy, cet original donne en plein dans les balivernes libérales.

» Le neveu, Raoul d'Estherelle, s'y prêterait si l'on voulait; mais, outre qu'il a fallu qu'on l'interdît, il est vraiment un peu trop niais et ridicule,

le cher enfant; et quant à nos autres cousins, ils
sont si bêtement entichés de leur Henri V, et de
son drapeau blanc, que le vieux d'Estherelle aimerait mieux rendre l'âme à son banc que de leur
céder la place.

» Il la cédera plus volontiers à notre financier ;
d'abord parce que celui-ci, — l'*heureux vainqueur
de votre mère*, mon cher ami, — évite ainsi à
l'excellent cousin, de me faire une chiche pension,
et, ensuite, parce que M. Penardier est des nôtres,
un *bon*, qui n'a jamais laissé passer un Quinze-
Août sans aller porter ses hommages, là-bas, dans
le cœur d'un bouquet de violettes. Comprenez-vous,
à présent, Robert?

» Déjà les batteries sont dressées : mon... —
comment dire? mon fiancé... Dieu! que ça m'a-
muse, entre nous! — a racheté notre château de
Franconville; le temps de se faire connaître, par
ses largesses et son aménité aux populations de
la vallée de Montmorency, puis le vieux d'Estherelle se démet en faveur de celui qui va être votre
beau-père.

» Voilà le dessous des cartes; une espèce de
marché, où je trouve mon compte, et où vous
ferez sagement de chercher le vôtre; ce qui ne sera
pas difficile, avec un peu de complaisance de votre
part. »

Vers le même temps, les journaux judiciaires
donnèrent un arrêt, par lequel madame Angèle de
Prailles était déboutée de sa demande en séparation

et condamnée aux dépens. Ce n'eût rien été, mais, bien pis, elle était condamnée à continuer de co-habiter avec son mari !

Celui-ci ne tarda guère à débarquer à Château-Lussac, jovial et triomphant, en dépit de ce qu'a-vait ébruité, en pleine audience, l'avocat de sa femme ; en dépit encore de quelques considérants, dont un autre homme se fût cru déshonoré ; en dé-pit, enfin, des impolitesses qui lui furent faites ostensiblement à Montmorillon.

Ce retour fut pénible à Robert, qui eut l'obliga-tion de rompre avec son ancien camarade, et aussi de cesser d'aller au château. C'est qu'aussi, où voir Berthe désormais ?

Sous les yeux d'Angèle, les entrevues n'avaient rien que de correct ; mais l'orpheline, seule chez elle, ne pouvait recevoir.

Madame de Prailles comprit et tourna la diffi-culté. A des jours et heures convenus, elle descen-dait à Montmorillon, et dix minutes après son arrivée chez son amie, le sous-préfet se présentait.

Angèle y avait du mérite. Le spectacle de ces deux jeunes gens, épris l'un de l'autre sans arrière-pen-sée d'intérêt ou de considérations étrangères au sen-timent qui les unissait déjà, faisait un contraste poi-gnant avec sa propre situation. Une ou deux fois des sanglots, dont elle s'excusa aussitôt, leur donnè-rent la mesure du désespoir qui lui rongeait le cœur.

Ils apprirent, par elle, à quel degré sa vie se fai-sait, de jour en jour, plus abominable. Son mari ne

gardait plus de mesure. Brutal et agressif à jeûn,
il devenait quasi fou furieux dès qu'il avait bu; ce qu,
était constant, car, après chaque repas, il ingurgi-
tait environ une demi-bouteille d'eau-de-vie.

Un jour, elle arriva, montrant au coin de l'œil
vers la tempe, une bosse noirâtre, qui empêchait
la paupière de se relever tout à fait.

— Je suis tombée, répondit-elle aux jeunes gens
qui la questionnaient.

Après une séance d'une heure, elle dit tout à
coup :

— Mon cher Robert, il faut vous en aller. Je ne
puis, rester davantage, et j'ai deux mots à dire à
Berthe.

Robert parti, Angèle alla fermer les portes, puis
revenant à la jeune fille, et lui parlant tout bas :

— Prête-moi cinq louis, lui dit-elle. Le peux-tu?

— Sans doute; mais...

— Ne me demande rien aujourd'hui; tu en sauras
trop bientôt.

Quand elle eut la somme, elle tendit les bras à
son amie, puis, l'embrassant à l'étouffer, mais avec
une sorte de malice, qui se mêlait à l'effusion :

— Adieu ! dit-elle.

— Adieu? reprit Berthe, frappée de son accent.

— Oui, adieu. Nous ne nous reverrons jamais.

Et comme l'orpheline allait lui demander une
explication, Angèle mit un doigt sur ses lèvres.

— Chut I fit-elle. Je t'écrirai demain. Mais, quoi
qu'il advienne, brûle ma lettre sitôt lue.

Le surlendemain, en effet, le facteur apporta une lettre chargée.

Berthe l'ouvrit fiévreusement, y trouva un billet de cent francs, auquel elle ne prit pas garde, et s'enfermant dans sa chambre, elle lut ce qui suit :

« Paris. — Hôtel de la gare.

» Je ne t'ai pas menti, ma belle et chère Berthe, en disant que j'étais tombée; c'est la vérité; seulement c'est *lui* qui m'avait envoyée rouler dans l'escalier, tout simplement, mon Dieu, par un coup de pied. Tu as vu mon pauvre œil poché, mignonne; c'est la moindre marque des gentillesses de mon seigneur et maître, le digne époux qu'on m'a donné. Si tu voyais mes bras, mes épaules; à croire qu'on m'ait truffée!

» Ne t'indigne pas, ne t'attendris pas, non plus, et surtout garde tes larmes; c'est fini, j'en plaisante, et il fallait cela peut-être pour que j'eusse l'énergie de m'arracher à une sorte de fascination de suicide qui, depuis un mois, me rendait folle.

» Avant-hier matin, j'ai entendu qu'on attelait pour lui. De ma fenêtre, je l'ai vu s'éloigner au grand trot, avec un de nos gardes-chasse, et je ne sais quel pressentiment de délivrance m'a subitement inondée d'espoir. La femme de chambre est venue m'apprendre, bientôt, qu'une des fermes, que m'a laissées bonne-maman et que mon cher mari n'a pas encore vendues, pour boire, avait brûlé durant la nuit. On croyait à de la malveillance. Les autorités s'y étaient déjà transportées pour l'enquête criminelle à suivre, et la présence de M. de Prailles était, paraît-il, indispensable. Or, c'est à douze lieues de chez nous, dans la Creuse. Monsieur me faisait prévenir qu'il serait absent quatre jours au moins.

» Qu'eusses-tu fait, à ma place? Moi, je sautai sur l'indicateur des chemins de fer, et malgré le manque d'habitude, je m'y reconnus, comme si j'eusse feuilleté mon livre de messe. O joie! je vis qu'en quatre jours je pouvais me trouver en plein Océan, en route pour des climats plus favorable aux malheureuses mal mariées et je tombai à genoux, pour remercier le ciel.

» La seule difficulté était de gagner Paris, où j'avais les moyens de me procurer le passage à bord d'un steamer. Je n'avais pas dix sous sur moi, au château. Cet homme m'a dévalisée, comme dans un bois. Grâce à toi, j'ai surmonté l'obstacle. Merci, ma chérie, grâce à toi, je suis arrivée ici. En quatre heures, j'ai réalisé, par les soins du fils d'un ancien régisseur de mes parents, qui est au fait de mon infortune, quelques valeurs; souvenirs de ma bonne maman, que M. de Prailles ne m'avait pas encore volés. Puis je me suis pourvue d'un semblant de trousseau, j'ai arrêté ma place, j'ai pris du thé, et je t'écris.

» Voilà où j'en suis, ma belle et bonne Berthe; voilà pourquoi, il y a quarante-huit heures, je t'ai dit que tu ne me reverras jamais. Je pars, je me sauve; je déserte. Où vais-je? Je n'en sais rien;

d'ailleurs je le saurais, que je ne te le dirais pas.
Ne parle jamais de moi, même à Robert. Je veux
avoir disparu, je n'existe plus ; j'abandonne tout,
comme lorsqu'on est mort.

» Ah ! surtout, si tu m'entends blâmer, ne te
chagrine pas ; laisse dire : le silence se fera plus
vite. Mais si, pourtant, ton amitié souffre trop à se
taire, réponds doucement :

» Vos lois sont trop dures, aussi ! puisqu'elles ne
peuvent assurer la justice, à laquelle, de votre aveu
même, ma triste amie avait droit ; puisque la no-
toriété, l'éclat de la vérité, et jusqu'à la conviction
morale du juge, ne·peuvent prévaloir contre un
délai, une forme inobservés !

» Lui-même il l'a dit publiquement, ce juge, avec
sympathie et regret de son impuissance : « La justice est pour elle ; mais le *droit* est contre. » Et il
l'a condamnée. Alors, quoi?...

» Au fait, non, mon amie ; aime-moi, et ne dis
rien, tant pis !...

» Adieu, une dernière fois, Berthe. Des tombes
respectées et ton amitié, c'est tout ce que je laisse ;
tout ce que je regrette, dans ce pays que j'aimais
tant, et dont il me semble que je méritais mieux !

» ANGÈLE.

» Brûle ce papier. — Je t'embrasse. Ne me plains
pas : je suis libre ; je suis heureuse !... »

IV

Quand, quelque temps après, madame la comtesse veuve de Laïr, née d'Estherelle et devenue, on sait comment, l'épouse de M. Penardier, fut informée, par une lettre de son fils, qu'il se proposait de prendre en légitime mariage ce qu'elle appelait, elle aussi : « la fille d'un méchant médecin de campagne, une orpheline abandonnée et *sans le sou!* » elle éprouva une indignation telle que, n'eût été le décorum dont elle ne s'écartait jamais, tant elle était de bonne éducation, elle eût cédé à une colère épouvantable.

Imagine-t-on cela! Son fils, le comte Robert, épouser, pour de bon, qui? quoi?... Quelque *souillon*, sans doute!...

Elle en gémit sur tous les tons, cornant ses do-

léances distinguées aux oreilles de tout venant et,
poussée par le bon monsieur Penardier, qui en rou-
gissait jusqu'aux moelles, elle trempa sa plume de
bonne encre, pour signifier au sous-préfet que, la
tête sur le billot, jamais, — entendez bien ! — jamais elle ne consentirait à un mariage aussi sot et
aussi inconvenant.

Sur quoi, sans plus tarder, elle se mit en campagne dans les ministères et à l'Élysée ; poursuivant
les gens en place jusque dans leur particulier ; leur
demandant impérieusement : *primo*, d'envoyer son
fils aux antipodes de Montmorillon ; *secundo*, de faire,
pour le moins, enfermer la péronnelle qui s'était
permis, — par quels ténébreux procédés? Elle en
suffoquait rien qu'à se les imaginer ! — de *copter* à
ce point son noble enfant.

On la reçut avec égards, on l'écouta sans sourciller, mais il n'en fut ni plus ni moins, en sorte
que, profondément humiliée des fins de non-
recevoir dont on la régalait, elle s'écriait exaspérée :

— Ah çà ! mais qu'est-ce que c'est donc que ce
gouvernement ? Il n'y a donc plus de justice ? Nous
retournons à l'état sauvage ; c'est aussi sûr que me
voilà !...

Sur quoi Robert, las de donner des raisons, lui
déclara tout doucement qu'il avait passé la grande
majorité, et qu'à défaut d'un consentement amiable, il aurait la douleur de lui faire, par huissier, —
parlant comme dessus, — des sommations infini-

ment respectueuses, — « dont le coût est de sept francs cinquante, le décime compris. »

Comme on pense, ces petites difficultés de famille étaient tenues secrètes par Robert, et Berthe les ignorait absolument.

Elle constata bien une sorte de parti pris, de la part du jeune homme, de laisser madame Penardier en dehors de leurs projets d'avenir ; mais elle pensa que ce fils, — qu'elle supposait fait comme tous les autres, — avait peine à voir son père si vite remplacé dans les affections maternelles ; jalousie excusable, susceptibilité de tendresse probablement ; mais, en somme, sujet délicat qu'elle évita d'aborder.

D'ailleurs c'est lui qu'elle aimait, lui seul à qui elle était heureuse de s'allier.

Cette comtesse qu'elle avait entrevue à Lussac-les-Châteaux, qu'elle savait vaguement avoir été du « petit monde » des Tuileries, lui faisait plutôt peur. Il lui semblait que cette personne devait avoir des sentiments, des idées, un objectif, en toutes choses, trop différents de ceux d'une bourgeoise, d'une provinciale comme elle, pour qu'on se comprît aisément.

Mais dans l'état actuel des choses, l'alliance n'entraînait aucune communauté d'existence ; il ne s'agissait pas de vivre ensemble ; non ! Robert le lui avait dit : —Ma mère, habituée au luxe de la grande vie, a cru ne pas pouvoir se faire à la médiocrité ; de là son mariage avec M. Penardier, qui possède

nombre de millions, peut-être bien acquis. Je l'espère, et n'ai rien à approfondir à cet égard. Mais,
moi, c'est autre chose ! Ce qui nous attend, Berthe,
c'est une existence simple au début, que le temps
et mon application à remplir mes fonctions, doivent
améliorer.

C'est là ce qui plaisait à l'orpheline, qui, à mesure, s'éprenait de son fiancé, avec cette bonne foi,
cette confiance si touchantes et si ordinaires chez
les jeunes filles dont le cœur s'épanouit à l'a-
mour.

Elle l'aimait! Quoi d'étonnant? Il avait tout pour
lui, pensait-elle. A ses qualités d'extérieur, qualités
frappantes, il ajoutait, à ses yeux, de réelles supériorités morales. Combien d'autres, forcés de descendre d'une haute position, se fussent plaints ou
encore, eussent cherché, par toutes sortes d'intrigues à se procurer le bien-être perdu?

Tel de Prailles, par exemple, et que d'autres,
qui, ruinés par les tiers ou par leurs propres débor-
dements, ne cherchent dans le mariage qu'une dot
dont ils puissent disposer !

Robert, au contraire, acceptait son sort avec
grâce, Robert écoutait son cœur et voulait épouser
une pauvre fille obscure, dont l'avoir n'allait pas à
cinquante mille francs.

Elle en était touchée ; elle en était fière aussi, et
parfois, le soir, en songeant à l'existence qu'elle se
préparait, elle goûtait, par anticipation, des joies
intimes ; jusqu'à des satisfactions d'amour-propre,

quand elle se voyait trônant dans quelque préfec-
ture: Bordeaux, Toulouse, Amiens, Lille, n'importe !
entourée de l'élite de la société, des hautes autorités locales. Elle s'entrevoyait attentive à plaire, afin
de concilier toutes les sympathies à son mari, afin
d'aider, par là, à la prospérité du ménage. C'est bien
le moins qu'elle lui dût, puisqu'il l'aimait.

La fuite de madame de Prailles avait apporté un
peu de gêne dans les rapports officiels des jeunes
gens. La position en vue de Robert, la réputation et
l'isolement de Berthe entraînaient une correction
de tenue qui les forçait à se voir moins souvent
qu'ils ne le souhaitaient. Et pourtant, à tout prendre, un charme de plus. Cette réserve, ces obstacles
rendaient le désir plus vif, les entrevues plus pré-
cieuses.

Mieux encore : l'élément mystère s'y ajoutait.
Tantôt ils s'ingéniaient à faire naître une rencontre fortuite chez des amis, ou en pleine rue ;
partout. Tantôt ils inventaient un prétexte pour
correspondre sans qu'on le trouvât mauvais. Tantôt
enfin, c'étaient de petits complots innocents. Si,
pour aller à la messe, elle mettait un mantelet au
lieu d'un châle, il devait en conclure qu'à telle heure
convenue, elle, serait en visite dans telle maison.
Et lui d'arriver et de la rencontrer là, par le plus
grand des hasards, bien entendu !

Personne, à vrai dire, ne s'y laissait prendre,
quoique tous fissent semblant d'être dupes, leur fa-
vorisant les moyens de se voir et de se parler. Leur

circonspection prévenait en leur faveur, et on leur savait gré de l'extrême décence de leur attitude réciproque.

Mais le meilleur n'était pas là. Le meilleur, c'était que la poésie, la vraie poésie, se mettait de la partie. Aussi les jeunes filles de la Vienne se sentaient-elles un peu jalouses contre « cette Berthe, » dont elles disaient entre elles :

— A-t-elle de la chance !

C'est que, tout bas, on racontait des choses inouïes, des choses qu'on n'a pas vues depuis Roméo et Juliette, et encore, vues, en Italie ! là-bas ! là-bas ! mais jamais, au grand jamais, à Montmorillon !

— Et quoi donc ? mon Dieu !

— Un soir, fort tard, figurez-vous, passé onze heures ! nous rentrions par le bord de l'eau, pour couper au court. Tout à coup un chant discret éveilla notre attention. Nous approchâmes à petit bruit, et, dans le clair-obscur d'une nuit étoilée, nous aperçûmes, caché dans les massifs extérieurs qui ombragent le petit mur de la maison du docteur, un homme presque debout sur son cheval. Il dominait la clôture d'à peu près la moitié du corps, et s'accompagnant sur une sorte de mandoline, il chantait à mi-voix.

— Il chantait ?

— La ballade de Gounod ; vous savez :

> Quand tu dors calme et pure
> Dans l'ombre...

— Parfaitement !

— Et nous vîmes la fenêtre de Berthe s'entr'ouvrir, puis un mouchoir fut agité. Après quoi le chanteur se remit en selle, et s'enfonça dans la campagne.

— C'est inimaginable !

— Un sous-préfet !

— Est-elle aimée !

— Est-elle heureuse !

De purs enfantillages sans doute, presque des gamineries ; mais si douces, qu'on avait raison de répéter :

— Qu'elle est heureuse, cette Berthe!

Quand on en fut à la publication des bans, la jeune fille écrivit une longue lettre à Philippe, pour l'informer du changement qui allait survenir dans sa vie.

Le pauvre garçon la lut avec tristesse, mais sans surprise. Il était au courant de ce qui se préparait. Madame de Prailles le lui avait appris, et appris comme une bonne nouvelle, dont elle attendait qu'il se réjouît.

La pauvre femme, elle aussi, répétait :

— Qu'elle est heureuse, cette Berthe ! Elle épouse un homme de son choix, celui qu'elle a préféré, celui qu'elle aime. Car elle l'aime, Philippe !...

Et sans se douter de la douleur qu'elle infligeait à celui-ci, elle lui contait les jolies choses de ce roman, de ce poëme.

Elle avait de poignantes raisons d'en féliciter

son amie, elle qu'on avait mariée, livrée comme
l'appoint d'un marché. Un marché? non! Un marché suppose l'idée d'échange. Là, rien de semblable, de Prailles n'ayant rien apporté. Non! de
la part de sa famille à elle, il n'y avait eu poursuite d'aucun avantage. On avait marié cette jeune
fille par l'unique raison qu'elle était d'âge à être
mariée, et mariée à ce jeune homme-là, parce
qu'une tierce personne l'avait présenté et recom-
mandé, sans trop de souci d'ailleurs, d'en savoir
peu ou beaucoup sur son compte.

« Un bon parti » comme il y a tant de bons partis du même genre, pour certaines gens, qui ma-
rient les enfants de leurs connaissances, sans y
prendre d'autre intérêt que la satisfaction de se
mettre en avant, de se donner je ne sais quelle importance.

« Monsieur de Prailles! » un joli nom. On l'a
connu dans le monde, chez la marquise de X...,
on l'a rencontré aux eaux. Son grand-père était
garde du corps, et il a eu un oncle attaché d'am-
bassade, ou même évêque.

Que voulez-vous de plus? Rien. D'ailleurs, il
s'habille bien, il monte à cheval, il a de bonnes façons.

— Mais sa moralité?

Eh bien, quoi? Il a la moralité de tout le monde;
la moralité des jeunes gens. Il s'est amusé, sans
doute; tant mieux, il a, comme on dit, «jeté sa gour-
me ». Mais on n'a pas appris qu'il ait vécu marita-

lement avec quelqu'une de ses maîtresses, et s'il y
a quelque bébé ici ou là, dont, à la rigueur, on
pourrait lui attribuer part de paternité, il ne s'est
point compromis à le reconnaître de façon ou
d'autre. Sait-il seulement ce qu'il est devenu?...
« Un garçon très *correct*, M. de Prailles ! »

Quant à son caractère, à ses façons de vivre et de
comprendre, la jeune fille aura nécessairement
l'occasion de s'en rendre compte et de voir s'il y a
possibilité d'accord entre eux à ce sujet ; car enfin,
ces jeunes gens seront mis en présence, et en *trois
bonnes semaines*, c'est bien le diable s'ils ne parvien-
nent à se faire une *exacte* idée l'un de l'autre !

Quelle différence avec la façon dont Berthe allait
se marier ! En plus du charme de l'amour naissant,
que de sécurités pour l'avenir !

Ce n'est pas la fille du docteur qui serait jamais
exposée à se sauver de sa maison et de son pays,
pour se dérober à des ignominies constantes ; ce
n'est pas elle qui, après des tortures atroces, après
avoir été ruinée par une sorte de voleur, que la loi
n'a guère le moyen d'atteindre, se verrait réduite à
rédiger la correspondance étrangère d'une maison
de conserves alimentaires de New-York !...

C'est en effet dans cette infime situation que
Philippe avait retrouvé la pauvre femme, trop heureuse d'avoir pu vivre honnêtement ainsi, grâce à la
connaissance qu'elle avait, des langues anglaise et
allemande. Elle gagnait peu, travaillait beaucoup ;
mais elle ne regrettait rien de son luxe passé. Du

4

moins, elle avait la paix ; cette paix si douce à ceux
qui ont passé des années dans des déchirements
de toutes les heures, et qui ont été poursuivis d'ef-
froyables dégoûts.

Ses luxes? Qu'elle y songeait peu ! Sur ce paquebot transatlantique, où ses faibles ressources l'a-
vaient confinée parmi les voyageurs de troisième
classe, en compagnie d'autres malheureux, d'un
contact parfois pénible, elle n'avait éprouvé que la
joie de l'affranchissement. Maintenant, l'activité,
le calme d'âme, la liberté, lui rendaient peu à peu
la belle humeur et la santé.

— Ah ! mon cher Philippe, disait-elle, que je suis
heureuse !

Cependant le jeune homme lui demanda la permission de lui chercher une condition un peu meilleure. Par sa situation personnelle, il s'était créé
des relations étendues, et bientôt, il put offrir à l'é-
prouvée une *place*, un office plus en rapport avec
le caractère et les goûts de celle-ci.

Un des intéressés de l'usine, dont Philippe avait
la direction, était resté veuf avec deux fillettes.
Madame de Prailles accepta de se charger de leur
éducation ; ce qui l'amena, dès l'entrée en fonctions, à mener à peu près tout l'intérieur du père
de ces enfants; lequel était contraint par ses affaires de vivre au dehors et de voyager souvent.

Il résidait à Boston, en sorte que Philippe et la
jeune femme pouvaient se voir quelquefois et
parler du pays, de Montmorillon, de Berthe.

Pour lui, quelque âcre attrait qu'il y trouvât, il ne laissa pas deviner à Angèle l'amour qu'il avait voué à la fille de son tuteur; amour condamné au silence, mais que jamais, pensait-il, l'oubli ne pourrait entamer.

Tant que le mariage de Berthe ne fut pas chose faite, il gardait je ne sais quel vague espoir d'un empêchement, d'un revirement d'idées de part ou d'autre.

Il ne connaissait pas Robert; mais si peu qu'il eût vu sa mère, il ne parvenait pas plus à comprendre que cette étrange dame s'accommodât de Berthe, que celle-ci s'entendît avec une telle belle-mère.

Cependant Angèle, innocemment cruelle, ne répétait qu'un mot pour tout expliquer !

— Ils s'adorent !

L'argument avait une désolante valeur, et le pauvre diable en était atterré.

— « Elle l'aime !... »

Ah ! l'abominable malheur, l'atroce chagrin pour lui ! Toute sa vie était donc perdue ; puisque son amour pour Berthe en avait été l'unique raison. De quoi avaient servi ses efforts, son application ? Il s'était agité dans le vide ; poursuivant une chimère, un idéal formé de fugitives vapeurs, un mirage. Qu'importait, désormais qu'il fût enfin parvenu à une situation prospère ? qu'importait qu'il fût en passe de faire fortune ! Pour qui ?

— « Elle l'aime !... »

A certaines heures, son accablement allait jusqu'à une sorte de folie ; il avait envie de donner sa démission et de s'en aller quelque part où il fût seul, où l'on pût le tenir pour disparu, lui aussi, pour mort ; quelque part où il pût pleurer.

La pleurer !

Il ne l'accusait pas ; il n'en avait qu'à sa destinée à lui, et sa peine s'aggravait, s'exaspérait, quand il repassait en mémoire toutes ses espérances, si caressées autrefois, si déçues maintenant !

Par exception, cet homme n'avait pas l'amour égoïste : constamment, en ses rêveries, il s'était oublié, ne s'enthousiasmant qu'à l'idée de son bonheur, à elle. Il n'y avait rien épargné, allant jusqu'à s'étudier, à se rendre agréable de sa personne, afin qu'elle fût contente de lui. Il s'était dépouillé de cet aspect de *pion* dont on s'était parfois égayé à Montmorillon. Ses longs cheveux plats, il les avait fait tailler à la façon, et avait pris le pli de se les partager à la mode anglaise, par delà le sommet de la tête. Toujours d'une propreté exacte, il avait apporté un soin méticuleux à se faire les mains blanches, avec des ongles finement coupés. Se corrigeant de l'insouciance qui présidait à son habillement il s'était appliqué à se vêtir avec goût ; devenant presque coquet et recherché en sa mise, afin qu'*elle* le trouvât *bien* et distingué surtout. Et il y était si bien parvenu, qu'en l'apercevant pour la première fois, Angèle avait eu besoin de l'examiner un moment pour le reconnaître.

Et voilà que tout cela était en pure perte, devait ne servir de rien !

On le répète, c'était trop dur pour qu'il l'admît sans arrière-espérance d'abord. Mais un jour, une lettre arriva. Elle était d'Adrien, et elle commençait ainsi :

« Berthe est mariée d'hier, mon frère Philippe ; ta présence seule manquait à notre joie, à la sienne surtout !... »

Il n'eut pas la force d'en lire plus long cette fois, et tombant sur un siège, en suffoquant, il s'écria :

— C'est fini !

Qu'il pleura !...

Le chagrin ne donne pas des résultats identiques chez tous les individus ; c'est affaire de caractère, ou, plus exactement, de tempérament. Philippe était un homme. La crise passée, ses énergies se réveillèrent et quand il eut repris sa raison, il voulut examiner la situation d'un cœur ferme.

Le premier devoir qu'il se reconnût fut, non d'arracher cet amour de son âme, la volonté n'y aurait pas suffi (et d'ailleurs pourquoi ?), mais de l'enfouir plus que jamais dans le secret de sa conscience.

Maintenant que faire, que devenir ? A quoi se rattacher ? Quel intérêt proposer à ses activités, quel charme à sa vie ?

La philosophie lui conseillait de s'en remettre au temps, aux circonstances, à l'imprévu du lende-

main. Combien d'autres, déçus en un premier
amour, ont rencontré une autre femme digne d'affection !

Cependant il repoussa cette espérance. Il sentait qu'aucune substitution n'était possible pour
lui, qu'aucun idéal n'effacerait celui de son adolescence. Se constituer un intérieur dont Berthe
ne serait pas le premier élément, ne présentait rien
d'enviable à son imagination. Autant valait un sa-
crifice complet, un entier renoncement.

Mais encore une fois, que se proposer? La fortune ? Il n'y tenait pas. La gloire, une ambition
quelconque? Rien de cela ne le tentait.

Tout examiné, il ne conclut à rien, faute d'apercevoir un objet digne de son envie.

A continuer de diriger cette usine, il devait
arriver à se faire un fonds d'économies, un ca-
pital, dont le revenu lui vaudrait cette pleine indépendance aisée qui permet de vivre sans ombre
de souci des convenances du prochain. Eh bien, il
irait jusque-là, sans se presser ou se ralentir ;
après quoi, il s'adonnerait à la science pure, à des
études dégagées d'objectifs pratiques prochains ; par
simple attrait de la science en elle-même, si l'on
veut. Assez libre et riche, dès lors, pour suivre sa fantaisie, il s'en irait à travers l'univers, isolé au milieu
de la foule, isolé jusque dans l'isolement des déserts
inexplorés, seul avec sa pensée et ses souvenirs.

Ce projet adopté d'abord comme un refuge,
se para peu à peu de plus de charme qu'il ne

l'avait espéré. Se proposant de voyager dans toutes les parties du monde, il s'y prépara par des lectures qui pussent, plus ou moins utilement, le renseigner à l'avance, sur ce qu'il devait rencontrer, nature et naturels :

Depuis qu'il s'était arrêté à cette idée, il accumulait les notes et les documents, et déjà il éprouvait un désir impatient de se mettre en route. Mais la faillite d'un banquier de New-York, chez qui il avait déposé quelque argent, lui infligea un retard, et c'est avec regret qu'il se vit encore deux longues années à attendre, avant de prendre son vol en toute sécurité. Il le fallait pourtant.

A mesure la correspondance entre Berthe et lui s'était faite rare. Dès le début, le ton s'en était légèrement modifié, s'était nuancé de réserve. Puis de sa part, à elle, et bien que les formules d'amitié fussent restées ce qu'elles devaient être, ses lettres n'avaient plus porté que sur des sujets généraux. Berthe lui demandait toujours comme par le passé, et avec le même intérêt affectueux, des nouvelles de sa prospérité, ce qu'il se proposait pour l'avenir, s'il reviendrait bientôt, s'il ne songeait pas à s'établir, à se marier. Mais de plus en plus, elle cessait de parler d'elle, de sa situation, de ses satisfactions. Et jamais un mot de son mari.

Une de ses lettres portait en post-scriptum :

« Ecrivez désormais, mon ami, à cette adresse : madame Robert de Laïr, hôtel Penardier, faubourg Saint-Honoré, à Paris. »

Par cela seulement, Philippe apprit que la jeune femme vivait dans sa nouvelle famille.

Aux questions qu'elle lui posait, quant à lui, il répondit évasivement, se gardant de questionner lui-même sur ce qu'on ne lui disait pas, quoiqu'il fût presque inquiet de ce que le frère de Berthe, le petit Adrien, était devenu. Il cédait, par cette abstention, à un parti pris. Décidé à voyager ; plus encore, décidé à ne jamais rentrer en France, il pensait que le mieux était d'arriver doucement à une sorte de détachement réciproque et définitif qui, peut-être (il en venait à le souhaiter), lui vaudrait, à lui, ce bienfaisant oubli qui, malgré tout, manquait de plus en plus à son repos.

Madame de Prailles, à qui Philippe avait communiqué certaines lettres de Berthe, n'en était pas satisfaite.

— Que lui arrive-t-il ? se demandait-elle.

Plus aisément que le jeune homme, elle eût pu le savoir, en écrivant à son amie. Mais Angèle se tenait à sa résolution de ne plus exister dans le passé, crainte que, de façon ou d'autre, son mari ne la découvrît, et non-seulement elle n'écrivit pas à la nouvelle madame de Laïr, mais encore, elle exigea de Philippe qu'en ses réponses, il ne parlât point de leur rencontre.

Les choses en étaient là, quand le jeune homme reçut, d'un notaire de Paris, une lettre par laquelle il était instamment invité à venir en France. Un vieil ami de la famille de Solanges, le parrain de

Philippe, était mort, instituant celui-ci son léga-
taire universel, à charge de quelques obligations
compliquées. Il y avait des conditions à remplir,
des remplois à faire, des difficultés à aplanir ; desquels on ne pouvait traiter par correspondance. Il
fallait que le jeune homme vînt en personne, si non
c'était une affaire qui pouvait traîner des années,
amener des procès avec frais excessifs.

Dans cet incident Philippe ne fut sensible qu'à un
point : cet héritage inattendu allait le mettre en
situation de jouir immédiatement de l'indépendance dont il avait besoin pour réaliser son projet
de pérégrination universelle. Il résolut d'aller le
recueillir.

Quels dangers ? Il n'en apercevait aucun. Déterminé d'avance à ne résider dans son pays que le
temps strictement nécessaire à la liquidation de la
succession, résolu surtout à ne pas donner signe
de sa présence à Paris, où personne ne le connaissait, qui eût pu en informer Berthe ? Une rencontre
fortuite n'était pas à craindre: durant cinq ans de
séparation, il s'était tellement modifié extérieure-
ment que la jeune femme ne l'eût pas sans doute
assez reconnu, dans la rue, pour oser l'arrêter au
passage. Restaient les chances de se trouver en
présence dans un salon. Impossible ! Philippe, on
le répète, avait résolu de ne se montrer nulle part.

Tout à fait rassuré, fort d'une volonté nettement
arrêtée, il se fit donner un congé, gagna New-York,
et s'embarqua.

Quelques jours après il descendait à petit bruit dans un hôtel du quartier Gaillon, ignoré, inconnu et, pensait-il, aussi loin de Berthe que s'il fût resté à Boston.

Par excès de prudence, il déjeuna seul, dans sa chambre, et, crainte d'un hasard qui lui fît rencontrer quelqu'un de connaissance à la table d'hôte, il dîna chaque soir dans un restaurant différent.

Après dix jours, les affaires, que sa présence avait simplifiées, furent en ordre. Certains délais légaux restaient à attendre, formalités de moins d'une semaine.

Tout avait donc marché à son souhait, quand un soir, au salon de l'hôtel, attendant l'arrivée d'une voiture, qu'un garçon était allé chercher, il parcourut un journal qui se trouvait déplié sur la table. C'était un journal de sport. Sous la rubrique : « Déplacements, villégiature et mouvement des étrangers, » il aperçut son nom en toutes lettres :

« Hôtel de *** , M. Philippe de Solanges, ingé-
» nieur, directeur des hauts-fourneaux et mines
» New-Boston. »

Mais qu'importe ! C'était un vendredi, et il s'embarquait le mardi suivant !

Le soir même cependant, il reçut une lettre signée : « Julia Penardier (comtesse veuve de Laïr, née d'Estherelle.) »

La belle-mère de Berthe !

Par cette lettre, la veuve le priait de se rendre, le dimanche suivant, au château de Franconville-la-Garenne, pour une communication importante.

Que pouvait lui vouloir la bonne dame?...

V

Le matin de ce dimanche-là, — en plein mois de septembre, — la vallée de Montmorency était en grand émoi. Gens de Plessis-Bouchard, Sannois, Saint-Prix, Herblay, Monlignon, Saint-Leu-Taverny et autres localités circonvoisines, s'étaient portés en foule au château de Franconville-la-Garenne.

La circulation était impossible aux abords, et l'on se foulait en épaisse cohue dans le parc.

Là, sur le perron, se tenait debout un petit homme noir, sec, exigu, exactement rasé et de mesquine apparence, en son accoutrement bourgeois.

Autour de lui, les autorités du canton : maires et conseillers, le sous-préfet de Pontoise. Sur le côté, les amis du château, parents et familiers de la maison. En bas des marches, la fanfare de Franconville, faisant face aux pompiers. Derrière lui, enfin, dans l'encadrement des portes-fenêtres du salon, des dames et des enfants.

Et ce petit homme noir disait :

— ..... Telles sont, messieurs et chers concitoyens, les considérations qui ont déterminé Son Excellence Monsieur le ministre à nous accorder la station, — grande et petite vitesse ! — dont, en ce jour, nous allons poser la première pierre...

En effet, la station d'Ermont, qui, jusque-là, ne recevait que des voyageurs, venait, par ordonnance ministérielle, d'être ouverte au service de la marchandise. Un avantage sensible pour l'industrie du cru, qui allait s'éviter, ainsi, d'envoyer ses produits à Pontoise ou à Enghien.

Aussi, sur le dernier mot de l'orateur, l'assistance battit-elle des mains ; ce que voyant, la fanfare se méprit et entonna les premières notes d'un galop d'Offenbach.

Le petit homme noir eut un mouvement de dépit, et chacun, comprenant qu'il n'avait pas achevé son discours, cria vivement aux musiciens :

— Trop tôt ! Trop tôt !...

Ceux-ci, intimidés, décontenancés, s'arrêtèrent les uns après les autres. Sur quoi, le silence se faisant de nouveau, on invita le petit homme noir à poursuivre.

— Parlez ! parlez ! lui dirent les uns, pendant

que d'autres, continuant de gourmander les musiciens, répétaient avec sévérité :

— C'est désolant, déplorable !

Mais l'orateur, dont la physionomie s'était tout à coup éclaircie, calma ces derniers, en leur disant finement :

— Gardons-nous pourtant de nous plaindre... en ce temps !... d'un excès d'harmonie.

Le *mot*, — nos pères eussent dit le *trait*, — obtint un succès énorme, près de ceux, même qui n'avaient pu l'entendre et qui n'en riaient pas moins, voyant les autres rire.

Alors, se remettant au ton, le petit homme sec reprit :

— Pour moi, d'ailleurs, quand, par la pensée, je me représente l'ensemble des produits de votre patriotique activité : ici, les superbes sujets de votre élevage, là, les luxuriants échantillons de votre culture maraîchère, et jusqu'à ces intéressants volatiles (palmipèdes ou non palmipèdes !) il me semble que le succès ne pouvait faire doute, et je me sens heureux et fier d'avoir pu mettre quelque crédit au service de tels concitoyens.

On applaudit de nouveau.

— Quant à vous, mes amis, poursuivit l'orateur, de ce ton qui fait pressentir la fin d'une harangue, quant à vous, étrangers au tumulte des capitales, poursuivez, sous l'œil bienveillant d'une administration vigilante, dont le glaive tutélaire est, pour vous, comme une égide...

(Ici un léger salut au sous-préfet de Pontoise.)

— Poursuivez, dis-je, vos innocents labeurs qui sont en quelque sorte et à la fois, — ne l'oubliez jamais! appuya-t-il avec la force d'une ferme conviction, — la base, le lien et le couronnement de nos prospérités nationales!...

Un tonnerre de bravos répondit aux derniers mots de la tirade. Quelques méticuleux : le curé, l'inspecteur d'académie, critiquèrent bien un peu « ce glaive » transformé en « égide »; ces labeurs « d'ailleurs innocents » devenant tout ensemble « une base, un lien et un couronnement »; mais le public, le *vrai* public, n'y regardant pas de si près, trouva le discours « bien tapé » et ne marchanda point son approbation.

Soit modestie, soit quelque soin à prendre, le personnage s'efforça de se dérober à l'ovation chaleureuse de ses « chers concitoyens », et tout en prodiguant les poignées de mains à son entourage, il rentra un moment dans le salon.

— J'ai la gorge un peu sèche, dit-il, à une dame un peu mûre, très parée, dont le visage, résolûment couvert de poudre de riz, gardait quand même des vestiges de beauté; laquelle dame était à demi étendue sur une chaise longue.

— Fox, fit celle-ci, en se tournant vers un vieux domestique anglais, qui se tenait raide comme une potence, dans un coin du salon, un verre d'eau.

Un adolescent, de seize ans à peine, vêtu de

l'uniforme du collège Sainte-Barbe, qui avait écouté le discours en riant sous cape, tout en faisant mine de parcourir un album, releva la tête à cette demande d'un verre d'eau, et se parlant à lui-même :

— Ah! fit-il... ça vaudrait du bordeaux!

Si bas qu'il eût parlé, la dame mûre l'entendit, et, souriant, elle lui allongea une chiquenaude bienveillante.

Pendant que Fox transmettait l'ordre de la dame, l'orateur se pencha vers celle-ci, lui demandant à mi-voix :

— Vous avez pu entendre?

— Parfaitement !

— Votre avis?

Elle eut un haussement d'épaules, d'une bonhomie accablante :

— Si l'on peut s'amuser à débiter des bêtises pareilles à des *putois* de paysans!...

— Mes futurs commettants, madame, reprit l'autre.

Et la dame, le toisant plaisamment du regard :

— Ah! fit-elle, il ne l'auront pas volé!...

La fanfare dûment autorisée, cette fois, s'en donnait, à pleins poumons, d'épouvanter les oisillons du voisinage. On n'attendait plus que l'orateur pour se mettre en chemin.

Celui-ci, prévenu, vint prendre la tête du cortège.

On partit.

— Fox, dit alors la dame au vieux domestique, ma pelisse.

— Madame remonte chez elle?

— Ce tapage enragé m'a rompu la tête. Je m'en sauve un moment.

Sur quoi, le vieux laquais, se sentant en conformité d'impressions avec sa maîtresse, fit une grimace de profond dégoût, en murmurant entre ses dents :

— Que tout ce monde-là est commun, madame la comtesse.

L'homme au discours, c'était l'heureux époux de cette dame mûre, l'un des grands remueurs d'affaires de l'époque : M. Penardier (Isidore).

D'où venait-il? Par suite de quel remous social avait-il surgi tout à coup? On ne savait. A l'encontre de ces parvenus qui se vantent, — et certains, non sans raison, — d'être arrivés à Paris en sabots, avec trente sous dans la poche, celui-ci ne parlait pas de ses origines.

Un matin, son nom s'était trouvé mêlé à je ne sais quelle émission d'actions industrielles. Une autre fois, un journal financier l'avait jeté dans les jambes d'un gros bonnet de la Bourse ; puis on avait vu ses laquais ruisselants de galons d'or ; puis une chronique mondaine avait signalé sa présence à une représentation de gala, et, sans en demander plus long, le public avait dit : « Penardier » comme il disait : « Mirès, Millaud, Péreire, Solar, Gaïffe, » et autres noms de gros messieurs, de ce temps-là.

Quelques concurrents malheureux, intéressés à

le diminuer dans la considération publique, répétaient bien qu'il avait « traîné la savate » et que ses
écus n'étaient pas tous bien proprement acquis, —
— comme si les leurs fussent venus d'une série
de prix Montyon ! — mais comme cela ne le dis-
tinguait guère de ses confrères, on avait passé outre,
et Penardier commençait à compter.

En fait, c'était le fils d'un instituteur de campagne, lequel, écœuré des misères et de la servi-
tude du métier, avait voulu en préserver son fils.
Dès quatorze ans, il l'avait placé chez un entrepre-
neur de roulage. Quelques années après, Isidore se
fit courtier dans le commerce des peaux de mouton. Un jour, ayant flairé un *coup*, au grand marché de Liverpool, il se planta délibérément entre
ces deux extrémités : Se *faire* une dizaine de
mille francs, ou se voir chassé de la place, avec
des injures et, peut-être bien, du bâton.

L'*affaire* tourna à son avantage, et, sans trop
varier le procédé, il partit de là, jouant serré, dans
les opérations courantes ; mais risquant le tout
pour le tout, dans les grandes occasions.

Au lieu d'échouer à Mazas, il était devenu millionnaire, voilà tout.

Maintenant, à l'abri de ce genre d'aléa, il opérait
en grand, à ciel ouvert, écus sur table, tranquille
de cœur, et plutôt bon enfant d'aspect ; relative-
ment facile en affaires, large dans son train et libéral en ses opinions.

En sorte que, la consécration du temps et de

l'habitude brochant sur le tout, on n'en pensait pas un mal particulier ; on l'estimait, comme on estime un enrichi, sans plus.

Quant à sa famille, on ne se souciait même pas de savoir s'il en avait une, ou s'il avait poussé sous un chou. Mais quand on le vit épouser la veuve d'un ancien chambellan, une dame de l'ancienne cour, — « la belle madame de Laïr », comme on l'appelait à Saint-Cloud, — on se demanda à quoi le gaillard pouvait bien viser.

Il fallut, du reste, peu de temps pour être fixé là-dessus.

En effet, dès la première semaine de ménage, on vit apparaître, dans les entours de la nouvelle épouse, une jeune fille que le financier appelait sa nièce : — une demoiselle Thérèse, orpheline de sa mère, née Penardier, et non moins orpheline d'un nommé Lepattu, ancien sous-officier d'Afrique, passé gendarme, et mort directeur-gérant, homme de paille, d'un grand journal, dont Penardier avait été le Jupiter.

Cette demoiselle Lepattu était une belle personne, aux sourcils épais, à l'œil d'un bleu profond et tendre. Ses cheveux blonds débordaient impétueux de tous les filets dans lesquels on prétendait les contenir. Un col charmant, des épaules superbes ; tout en elle annonçait une vitalité, une puissance élégante et souveraine.

Elle se tenait bien, ne manquait pas d'esprit, et, en sortant du pensionnat où son oncle l'avait fait instruire, elle était d'une gaîté qui se répandait autour d'elle.

Et voilà que les splendeurs vivaces de cette enfant allaient être mariées à une sorte de jeune avorton, bancroche, vilain, et de plus ridicule, par son propre fait ; c'est-à-dire par l'exagération de recherche de son habillement et de sa tenue.

Ruiné, endetté, pourvu, trop tard, d'un conseil judiciaire, il portait, sur son masque jaunâtre, le stigmate prématuré de toutes sortes d'excès.

Pourquoi ce mariage ?

C'est que ce jeune sire s'appelait Raoul, baron d'Estherelle ; c'est qu'il était neveu de la nouvelle madame Penardier, et surtout neveu du vieux d'Estherelle, le député ; lequel, un peu las de la vie politique, trouvait économique de se démettre de son mandat en faveur du « cousin » Penardier, à charge, par celui-ci, de remettre son neveu Raoul à flot.

Un marché tout simplement. Pour Penardier, chose ordinaire ; mais pour d'Estherelle ?... Bah ! Sur de certains points, la noblesse ne répugne pas au progrès. D'ailleurs, selon le *Code des Seigneurs hauts-justiciers et féodaux* [1], « les nobles peuvent faire le commerce *en gros*, sans déroger. »

Restait Thérèse.

Thérèse n'avait pu résister. Dans l'absolue dépendance de Penardier, son oncle et son tuteur,

---

1. Par un avocat au parlement de Paris, 1771.

elle n'avait eu d'autre alternative que d'obéir, sans
souffler, ou de se voir abandonnée, reniée.

La peur avait eu raison de ses répugnances, et
elle était devenue madame la baronne Raoul d'Estherelle.

Elle avait fait plus. Surmontant sa mortification,
elle s'était essayée, dans les premiers temps de son
mariage, à se prendre d'intérêt pour cet étrange
mari ; s'appliquant, non à le rendre beau et bien
fait, entreprise impossible ; mais à le délivrer du
ridicule dont il aggravait sa situation. Elle eût voulu
qu'il s'habillât autrement ; que, renonçant à ses
habitudes de viveur, qui lui allaient comme irait
un sabre à un évêque, il donnât un but avouable à
certaines facultés d'intelligence et de cœur qu'elle
pensait avoir découvertes en lui.

Amour-propre d'épouse, sans plus, à vrai dire,
mais amour-propre légitime, bien placé, et fécond
en bons résultats peut-être. Quand Raoul n'y aurait
gagné que de ne plus la faire rougir de lui, c'est
bien quelque chose !

Mais soit qu'il fût trop pris ailleurs, pour comprendre les intentions de Thérèse, soit que, par une
susceptibilité tardive, il se sentit humilié des services pécuniaires qu'elle lui avait rendus, en se laissant épouser par lui, il se déroba à l'influence de sa
femme, et, dit Juvénal, il vécut avec elle « comme
avec un voisin ».

De ce mariage, il résulta, pour le public, que Penardier voulait être député.

                                        5.

Les uns en furent scandalisés, les autres en firent des gorges chaudes ; mais il s'en trouva qui n'en eurent pas même d'étonnement, en raison peut-être de cette définition de l'espèce humaine (de je ne sais quel philosophe) : — « Ce qui distingue l'homme des autres animaux, c'est la faculté de s'occuper de ce qui ne le regarde pas. »

On l'a vu par la lettre de madame Penardier à son fils, l'ambition du financier ne s'arrêtait pas là ; la députation n'était, pour lui, qu'une première étape obligatoire, sur la route qui conduit au ministère. Or, puisqu'il n'avait marchandé sur aucun point, avec les membres de cette famille Laïr-d'Estherelle, qui pouvait lui faciliter les moyens d'arriver à tout ou partie de ses fins, ceux-ci prirent finalement la résolution de s'exécuter à leur tour, et, bientôt, le vieux d'Estherelle se déclara prêt à rentrer dans la vie privée ; c'est-à-dire, dès que la candidature de « son cousin » serait en bonne voie.

C'est pourquoi M. Penardier, en dépit d'un soleil ardent et des déchirantes harmonies de la fanfare franconvilloise, traversait pédestrement les deux bons tiers de la vallée de Montmorency, pour aller poser, en cérémonie, la première pierre d'un hangar pompeusement décoré, en attendant mieux, du nom de « gare des marchandises d'Ermont ».

A sa suite, les assistants avaient emboîté le pas, les domestiques et serviteurs s'étaient éloignés ; en sorte que, dans le salon silencieux, il ne restait plus qu'une personne, Thérèse, la nièce de Penardier : Madame la baronne Raoul d'Estherello.

Appuyée d'une épaule, à l'un des battants de la porte-fenêtre, elle suivit un moment du regard cette foule moutonnière, puis, passant à travers les sièges dérangés, avec la nonchalance d'une âme désœuvrée, elle alla se mettre au piano, où, entraînée par quelque souvenir, elle se trouva jouer de mémoire une de ces valses viennoises, que tous les casinos de Suisse et de la Méditerranée jettent aux échos de la montagne, comme une insuffisante fiche de consolation, aux *décavés* de la roulette.

Bientôt, un jeune homme de haute mine, en tenue de villégiature, parut à l'une des portes du perron. Il écouta un moment, puis, sans être entendu de Thérèse, il s'approcha d'elle et, la regardant jouer, s'appuya presque à son épaule.

— Tenez-vous donc mieux, dit la jeune femme, sans tourner la tête ; puis, sur une légère exclamation d'étonnement du nouveau venu :

— Ah ! c'est vous, Robert ! reprit-elle, sur un autre ton.

— Qui pensiez-vous donc que ce fût ? demanda celui-ci, avec une nuance de raillerie. Raoul ? Il a de ces familiarités ?

Thérèse eut un imperceptible haussement d'épaules.

— Vous arrivez de Paris ? demanda-t-elle.

— A l'instant. Je me suis attardé, jusqu'à ce matin, à un souper de Saint-Hubert, et, certes !

j'eusse faussé compagnie de bon cœur à la « petite fête » de M. Pénardier, sans ces folies que vous m'avez écrites. Quel est ce caprice nouveau ? Vous ne voulez plus venir dans les Ardennes, pour les grandes chasses?

— Non.

— Pourquoi ? puisque l'année dernière encore...

— Mon cher, reprit la jeune femme, en l'interrompant, depuis l'année dernière, j'ai beaucoup réfléchi ?

— Réfléchi? répéta Robert, avec une nuance de malice. Ne vous faites donc pas pire que vous n'êtes !

— Pire ou meilleure, je suis décidée à passer l'automne en Italie. Ne nous adressez donc pas d'invitation, vous me causeriez de l'embarras.

Le ton déterminé de Thérèse piqua le jeune homme, et devenant légèrement agressif :

— Ah çà ! fit-il, que vous prend-il tout à coup? Des remords?

— C'est bien pis, mon cher : des regrets !

— Au bénéfice de qui ?

A cette réplique, dont le ton, en apparence plaisant, n'atténuait pas la brutalité, la jeune femme sentit un flot de larmes lui monter aux yeux, et se levant indignée :

— Adieu, dit-elle.

Mais Robert, affectant de rire, la retint par le bras, et l'obligeant à se rasseoir :

— Voyons, fit-il, avec affectation de légèreté gé-

néreuse, ne nous querellons pas. C'est une boutade d'enfant gâtée? Vous y avez tous les droits du
monde. J'attendrai que cela passe. Jusque-là, tenez,
ma belle, reprenez plutôt cette valse. Je ne parviens jamais à m'en souvenir. A vous la voir exécuter, je m'en souviendrai plus aisément.

— Non, répliqua Thérèse, je n'y ai pas le cœur.
C'est que, très sérieusement, Robert, ma situation
ici me pèse.

— Qu'y faire?

— Vous êtes galant homme ; laissez le temps et
l'absence amener l'oubli.

Aussi blessé que surpris, Robert lui jeta un
regard mauvais, plein de provocation et de cruauté.

— Vous prenez les ingénues, maintenant? lui
demanda-t-il, d'un ton durement gouailleur. Les
grandes coquettes vous allaient mieux, vous savez!

Thérèse resta un moment interdite, puis avec une
profonde expression de tristesse :

— Que vous m'insultiez, vous !... c'est fort ! dit-
elle. Mais au fait, non, c'est logique !

Et elle se tut, lasse de combattre, épouvantée de
l'avenir.

Robert se promenait fiévreusement par le salon.
Tout à coup revenant à elle :

— Sérieusement, à mon tour, lui dit-il. Vous
voulez partir?

— Oui !

— Eh bien, soit! aussi bien, j'en ai assez de
même. Quand voulez-vous que nous partions ?...

— Ensemble? fit vivement Thérèse. Ah! mais, non !

— Non?

Quelque menace qu'il y eût dans cette brève interrogation, la jeune femme ne se laissa pas intimider, et le regardant en face, avec une sorte de bravade :

— Me faire mettre à l'index, reprit-elle, pour aller de ville en ville à l'étranger, mener la vie d'hôtel, fréquenter des femmes déclassées qui ont eu « des malheurs » et des majors exotiques qui ont fait des trous à la lune?... Bon pour les gens qui se croient des griefs contre la société. Est-ce que vous en avez, vous? Moi, pas l'ombre, je vous en avertis !...

A la voir tenir tête, Robert céda à un entraînement furieux, et lui saisissant les poignets :

— Toi, s'écria-t-il d'une voix altérée; toi, tu veux m'échapper; mais tu ne me connais pas encore, et quoi qu'il arrive, sache-le bien, Thérèse...

A ce moment, le pêne de la porte grinça : on venait. Thérèse, se dégageant par un mouvement de terreur, s'écria d'un ton d'effroi suppliant :

— Ah! pour Dieu! taisez-vous !

Et pendant que la porte du vestibule s'ouvrait, elle s'enfuit par le perron, renversant une chaise au passage, trop troublée pour s'arrêter à l'effet que pourrait produire une retraite à ce point précipitée.

Telle était la situation dans laquelle se trouvait le

comte Robert de Laïr, trois ans après avoir épousé, contre le vœu de sa mère, la fille du docteur Sigelin; voilà à quoi avait abouti, pour lui, ce roman d'amour, ce poëme, cette ineffable pastorale.

Histoire éternelle, éternellement lamentable du désir ! Cet homme, nature de pauvre entendement, avait rencontré une jeune fille qui lui avait plu. Sans s'arrêter à rien, il l'avait voulue. La raison, les observations, tout avait été inutile, et, la vertu de Berthe ne permettant d'autre espoir de satisfaction que le mariage, il avait fermé l'oreille à toute considération.

Par malheur l'amour de l'homme n'a que deux phases : le désir et la possession, en suite de quoi, le mirage s'évanouit et la réalité réapparaît nette et claire. Pour les âmes hautes, les intelligences fortifiées par la culture, aucune déception en cela. Le seul sentiment qui subsiste est la reconnaissance. Mais Robert n'avait pas cette supériorité. Dès le lendemain, il se tint pour un fantaisiste qui s'est laissé aller à commettre une excentricité attrayante. Il n'en regretta rien d'abord : Berthe était si jolie, si éprise ! Elle n'avait pas le *ton*, c'est vrai ; mais il lui parut *amusant* de la façonner. Elle ne demandait pas mieux que de subir son influence, et elle se montrait, à l'avance, docile à ses leçons.

Cependant, dès les premières, il y eut de sa part, à elle, des étonnements singuliers ; singuliers, au sentiment de son mari. On eût dit des répugnances secrètes ; on eût dit qu'il la heurtât dans sa foi,

dans ses convictions, dans certaines pudeurs
d'âme.

— « Elle est bourgeoise ! » en conclut-il, avec
un peu de déplaisir.

Elle avait appris de son père à apprécier les rapports sociaux d'une façon au moins libérale et
généreuse. Robert se moqua d'elle à ce sujet, trai-
tant ses principes de « rengaines » et haussant
volontiers les épaules à certaines formules de
morale, que ce gentilhomme déclarait « prud'hom-
mesques » et de mauvais goût, de la part d'une
personne qui avait désormais « l'honneur » d'être
comtesse !...

Longtemps, la candide jeune femme n'en fut que
surprise, reculant à prononcer entre l'autorité du
souvenir paternel et le prestige de l'homme aimé ;
combattue entre la piété filiale et l'amour légitime ;
un peu triste à la longue, pourtant, et tourmentée
par des révoltes de bon sens, qui tendaient à diminuer son mari, à le lui faire apercevoir sous un aspect mesquin, étroit, médiocre.

Il y avait à peine trois mois qu'ils étaient mariés
quand le baron Raoul d'Estherelle débarqua brusquement à la sous-préfecture de Montmorillon.

Raoul avait été élevé avec Robert. Du même âge
tous deux, ils avaient été mis au même collège,
puis, à la sortie, — leur temps fait, — ils avaient
mené, de compagnie, cette existence « de jeune
homme » riche, où la jeunesse des hautes classes se
corrompt et s'avilit si aisément.

A vrai dire, chacun d'eux y avait fait figure différente. Autant Robert y avait trouvé de faciles et variés succès, autant Raoul s'était attiré d'humiliations.

Cependant le malheureux ne restait, sur rien, en arrière de son ami. Habillé des mêmes étoffes, coupées sur le même patron, par le même tailleur; imitant Robert en ses moindres façons; adoptant ses idées, ses amitiés et ses querelles ; le suivant pas à pas, il s'était fait ainsi une célébrité de grotesque achevé.

Ce monde, énervé par l'abus de la vie, est cruel et dur en ses railleries, et Raoul ne pouvait se faire illusion sur le rôle piteux auquel il se condamnait pour suivre Robert. Il en était le « repoussoir » et, quand celui-ci avait bu, il ne reculait pas à l'accabler de sarcasmes sanglants.

Pourtant, le pauvre diable ne lâchait pas pied. C'est que, par excès d'ingénuité, il professait une admiration affectueuse, une abnégation canine, à l'égard de son cousin Robert. C'était habitude d'enfance; toujours il l'avait trouvé grand, supérieur, superbe, et jamais il n'avait cessé de rester en extase, — une extase attendrie, — devant ses grandeurs.

On comprendra qu'en de telles dispositions Raoul souffrît de voir Robert en sa chétive position de sous-préfet, alors que, grâce aux arrière-pensées ambitieuses de Penardier, toute la famille avait repris son rang

Raoul s'était fait l'avocat de Robert ; c'est lui qui avait pris l'initiative d'un rapprochement, et, promu ambassadeur extraordinaire, il venait à Montmorillon, avec des propositions de paix palpables et de poids.

Tout d'abord, Raoul fut frappé du bon air de la personne que son cousin avait épousée contre vent et marée, et le jour même de son débarquement, il en écrivit en termes précis à sa tante, madame Penardier.

« ..... Robert ne s'est point mésallié. Votre belle-fille (malgré vous) est de sang, ma tante, et vous êtes loin de compte, en vous la figurant vulgaire et pataude. Elle est, au contraire, d'excellente tenue, discrète et de bonne éducation ; très jolie, ce qui ne gâte rien, et (ce à quoi l'on devait s'attendre, d'un' homme du goût de mon cousin), elle a des manières parfaites. Je ne vous donne pas quinze jours de vie commune pour en raffoler.... »

Sur cette lettre, on lui confirma ses pouvoirs. Alors, prenant Robert à part :

— Mon cher, lui dit-il, tu ne peux pas rester dans l'infime situation où la ruine de ton père t'a mis. Ta mère est riche aujourd'hui ; le *papa* Penardier est désireux de prodiguer les dons de « joyeux avènement », et, le plus officiellement du monde, je viens t'offrir de rentrer dans le giron maternel, avec ta femme, qu'on est prêt à adopter sans réserves d'aucune sorte.

A l'appui de toutes considérations sentimentales,

Raoul était autorisé à formuler les conditions suivantes :

« Le jeune ménage aura sa *maison* dans l'hôtel Penardier, en plein faubourg Saint-Honoré, avec chevaux, équipages et domestiques à part, aux frais du beau-père, qui, en surplus, servira une pension annuelle de quarante mille francs.

Sans consulter sa femme, sans même lui faire part des articles du traité, Robert accepta haut la main, et, sa démission envoyée, il alla, léger de bagages, se pelotonner dans le nid que M. Penardier lui avait fait préparer en son hôtel : l'hôtel Penardier (Isidore), immeuble cossu, que l'ancien trafiquant de peaux de mouton s'était fait construire sur un vaste terrain, dont la partie non bâtie s'étendait en parc jusqu'à l'avenue Gabriel, à deux pas de l'Élysée-Bourbon.

Quelque défiance qu'on eût de l'appréciation éblouie de Raoul, sur tout ce qui touchait à Robert, on fut d'abord charmé de Berthe.

La veuve de l'ex-chambellan lui découvrit bien quelques tares de vulgarité ; mais, s'attendant à pire, elle passa condamnation, et produisit sa belle-fille avec un empressement qui se nuançait plutôt d'ostentation ; l'accaparant avec un visible parti pris de l'*éduquer* aux belles manières, de la mettre au ton du monde, dans lequel son mariage lui donnait désormais droit de cité.

Quant à Robert, le luxe inespéré qu'il retrouvait là, tout à coup, et comme par grâce d'en haut, lui

fit l'effet d'un bien repris ; simple rentrée en possession légitime et naturellement due : Louis XVIII
recouvrant la liste civile « de ses pères » ! Bien
loin, dès lors, d'en savoir gré à quiconque, il n'eut
guère que des quolibets à adresser, en remercie-
ment, au *bonhomme* qui lui permettait de se goberger à ses crocs.

Du même coup, ses anciens appétits le reprirent
et Berthe lui apparut sous un aspect un peu mor-
tifiant.

C'est qu'après quelques mois, celle-ci, qui avait
de grands yeux, et l'intelligence en éveil, appréciant chacun à sa mesure, se sentant finalement
navrée, presque dupée,.s'était peu à peu reprise et
confinée en son for intérieur.

Cette belle-mère, cette ancienne jolie femme,
cette ex-illustration mondaine, à qui l'ombre de
sens moral faisait défaut, la blessait incessamment,
sans le vouloir, avec sa perpétuelle et banale urba-
nité souriante, et la gaîté sceptique avec laquelle
elle parlait des choses les plus révérées.

Penardier, cet ambitieux étriqué, qui sentait que
son entourage se moquait de lui, en pestait intérieurement, et s'appliquait à ne pas paraître
s'apercevoir du mépris général, n'inspirait à la
jeune femme qu'un suprême dégoût. Si peu intéressant qu'il fût, elle aurait voulu, — pour lui ! —
qu'il mît au pas tous ces insolents, qu'il engraissait
de ses écus.

Robert seul lui causait du chagrin ; un noir chagrin; cette peine profonde qu'une âme haute éprouve à se voir liée à un être vil; la honte de s'être prise à un piège grossier.

Comment avait-elle pu l'idéaliser ? le croire seulement un homme digne d'affection ? Qu'elle s'en voulait ! Quoi ! ce jeune homme qu'elle avait connu là-bas, délicat, dignement pauvre et romanesque, ce n'était qu'une sorte de de Prailles, un viveur, un joueur, un homme sans élévation d'esprit ou d'intention. Elle avait pu aimer, — et avec quel élan de cœur ! — un de ces « individus » qui suivent le courant de la vie sans but arrêté, sans se proposer d'aller nulle part; qui se lèvent à midi, vont parader au Bois, jouer au baccarat et dont la grande affaire est de s'amuser, de « faire la noce » comme ils disent. Ah ! la cruelle découverte, l'humiliante chute !

Le jour où un scandale public ne permit plus à Berthe de douter de l'infidélité coutumière de son mari, ce lui fut un soulagement. Dieu merci ! elle avait donc une raison de rompre, en fait, et définitivement !

Il ne parut pas y faire attention, quant à lui. Ils vivaient à la mode de certains milieux; chacun de son côté. Assez souvent, ils déjeunaient ensemble chez eux; quelques rares visites obligées les réunissaient au dehors; le soir, on dînait chez madame Penardier, et si Robert conduisait sa femme et sa mère à l'Opéra, il disparaissait jusqu'à la fin du dernier acte; encore se bornait-il à les mettre en voiture, pour retourner à la vie de garçon.

Trop fière pour se plaindre, Berthe ne le questionnait même pas, et madame Penardier, qui avait la science du décorum, les trouvait tout à fait *corrects*, l'un et l'autre.

Dans cet intérieur, où tout la froissait, Berthe ne s'était sentie d'intérêt que pour une personne: Thérèse, dont elle savait l'histoire. Sans doute, elle eût aimé que la baronne d'Estherelle se tînt plus modestement; qu'elle ne prît pas les allures, un peu bien libres, du monde dans lequel son triste mariage l'avait jetée. Mais Berthe ne demandait pas que les autres eussent sa force d'âme, et, pensant que Thérèse n'en faisait rien que pour s'étourdir, elle la plaignait beaucoup et l'aimait un peu.

Un jour que Berthe le lui disait amicalement, elle vit, non sans quelque surprise, la femme de Raoul fondre en larmes. Alors, l'attirant sur son sein, elle l'embrassa comme on embrasse un enfant affligé.

Ces baisers firent révolution dans la conscience tourmentée de Thérèse. A se sentir pressée sur le cœur ému d'une amie, dont, sans scrupule jusque-là, par bravade, par folie ou colère peut-être, elle avait pris le mari, elle se fit horreur, et, de ce jour, elle mit tout en œuvre pour s'éloigner de Robert, pour provoquer la rupture de leur liaison doublement adultère.

Mais, comme on l'a vu, à la scène que nous avons rapportée plus haut, celui-ci ne paraissait pas dis-

posé à y souscrire. Ce n'est pas que la passion l'ab-
sorbât ; rassasié de l'amour comme du reste, il n'é-
tait plus guère en humeur de s'exalter pour une
femme quelconque. Mais sa vanité entrait en jeu ici ;
vanité piquée de sentir qu'on le quittait, lui qui
n'avait jamais laissé prendre l'avance en pareil
cas.

Si encore Thérèse eût été *née;* si c'eût été une de
ces dévergondées élégantes et de haut blason, qui
n'apportent, en tout ce commerce, que du caprice et
de l'esprit, passe! Mais « mademoiselle Lapattu ? »
la nièce de « ce M. Penardier? » une fille qui, faute
d'avoir été faite baronne, eût peut-être essayé des
gants, dans quelque arrière-boutique de « cols ci
cravates »; sortes de petites chapelles de la grande
église galante, où l'on donne deux louis pour' se
faire recoudre un bouton !...

D'une vraie baronne, il eût tiré vengeance, par
une gouaillerie plus ou moins plaisante, par une in-
discrétion, un méchant propos, qui eût fait fortune
dans les salons. Mais Thérèse était sa cousine; la
femme de son humble et fidèle ami ; divulguer sa
faiblesse eût été se donner un pitoyable rôle à lui-
même.

D'ailleurs le fait le surprenait trop vivement, et il
était de ces caractères que l'obstacle stimule jusqu'à
l'exaspération. Il avait pris cette femme par occasion,
par dépravation naturelle aux gens dont la jeunesse
s'est flétrie prématurément; il y avait tenu juste
autant qu'à la voisine; mais dès qu'elle ne voulait

plus de lui, je ne sais quelle malsaine convoitise l'envahissait tout à coup. Il la lui fallait de nouveau ; ne fût-ce qu'un moment et à tous risques. Dût-il s'enfuir avec elle, la déshonorer publiquement, s'avouer lâche et perfide envers Raoul, amener des débats sans fin, avec cette « brute » de Penardier ! — un rude ennui pourtant, en perspective ! — tant pis ! Il n'admettait pas que Thérèse le quittât, le « lâchât » selon l'argot des cercles.

Quant à Berthe, il n'y songeait même pas. Berthe ? Eh ! Berthe, belle affaire ! Allait-il pas se faire scrupule, pour « la fille d'un méchant médecin de campagne », qu'il avait tirée de son trou, anoblie, enrichie et dont rien plus ne le tentait, par incapacité de s'intéresser à une femme de cette trempe !

— « Un mouton ! » se disait-il ; montrant, par là, combien peu il la connaissait.

Berthe ? Eh ! vraiment, c'est bien de Berthe qu'il s'agissait à ce moment ! Aussi, furieux contre ceux qui, en survenant dans le salon, rompaient son entretien avec Thérèse, c'est à peine s'il rendit le salut que lui adressa, en pénétrant, un jeune homme, à lui inconnu, que le vieux Fox introduisit en disant, de son ton gourmé :

— Madame la comtesse prie monsieur de l'attendre un moment.

Robert, pensant n'avoir pas à s'occuper d'une personne en visite près de sa mère, s'inclina de nouveau, et gagna l'intérieur de l'habitation.

Sur quoi, le nouveau venu, à qui la fuite de la

jeune femme n'avait pas échappé, non plus que l'extrême réserve de Robert, qui semblait céder la place à contre-cœur, se prit à sourire, et, se parlant à lui-même :

— Diable! murmura-t-il plaisamment. J'ai fait envoler des tourtereaux ! Mauvais début....

VI

Ce visiteur inconnu à Robert et à qui Robert ne
l'était pas moins, c'était notre ami Philippe de
Solanges.

Longtemps, il avait hésité à se rendre à l'invitation
de madame Penardier. Quelles raisons l'avaient déterminé à surmonter la pénible impression de retrouver Berthe en face de lui, au bras d'un autre ?

Un rien, un de ces vagues pressentiments qui
nous tourmentent quelquefois, et dont nous ne
tenons, peut-être, pas assez compte ; puisque assez
souvent aussi, les événements nous forcent à constater qu'il y avait du bon dans cet occulte avertissement.

Philippe, lui, y avait cédé, entraîné d'ailleurs par
un charme âcre et indéfini qui s'imposait presque à

sa volonté! Cependant, le long de la route, l'indécision l'avait repris. C'eût été si simple de s'abstenir! On l'aurait cru parti de nouveau, empêché; le temps et l'éloignement auraient suffi à lui procurer le calme, sinon l'oubli définitif, auquel il aspirait. Et cependant il était venu.

Dix minutes environ se passèrent. Dans ce salon où Fox le laissait seul, il regardait autour de lui, il examinait ces murs silencieux et mornes, où rien ne témoignait de la présence de celle qu'il avait tant aimée, et qu'en dépit de lui-même, il aimait toujours. Et les souvenirs d'autrefois se réveillaient. Il se retrouvait humble et discret comme à Montmorillon, et, en s'apercevant à la glace, transformé en homme « comme tout le monde », il ne se reconnaissait plus.

Tout à coup, une porte s'ouvrit et madame Penardier entra.

— Ah çà! fit-elle, comme à elle-même, ce bon Philippe, ou ça?

— Il a l'honneur de vous exprimer son respect, répondit le jeune homme en s'inclinant.

— Vous? reprit la veuve, en l'examinant à travers son binocle, avec autant d'attention que s'il se fût agi de toiser un cheval à vendre. Pas possible!

— Pourtant, répliqua gaiement Philippe, je vous assure, madame, qu'il n'y a point substitution.

— Ah! mais, mon cher, laissez, qu'on vous regarde!

— De face, ou de profil?

La réplique mit la dame en belle humeur, et tombant sur un canapé :

— Ma foi ! fit-elle, vous m'excuserez ; je m'attendais à vous retrouver tel qu'on vous voyait, jadis, au château de la pauvre Angèle de Prailles, avec vos bas bleus légendaires, vos pantalons trop courts et ces longs cheveux plats, tombant sur ce fameux habit qui nous amusait tant !...

— Il est usé, madame.

— Dieu ! cher enfant, que vous étiez donc *farce !*

Puis, changeant de ton :

— Mais, reprit-elle, si nous nous sommes égayées, à vos dépens, Angèle et moi, nous vous l'avons donné belle, depuis, de prendre votre revanche.

— Comment cela?

— Bah ! vous avez bien su que la fière Angèle était battue comme plâtre par son seigneur et maître ? Et quant à moi, c'est encore pis...

— Vous, madame?

— Franchement, reprit madame Penardier, en riant ouvertement, qu'avez-vous pensé en apprenant mon remariage, eh ?... Que vous avez du rire !

— Du tout.

— Ne vous en gênez donc pas! Depuis trois ans passés que cela dure, parfois toute seule, quand j'y repense, je suis obligée de m'asseoir. Mais, que voulez-vous? continua l'ex-comtesse en se faisant sérieuse, mon mari... — le *vrai*, le comte ! — était, sans doute, un charmant homme ; seulement affligé

d'appétits impérieux,—je devrais dire « impériaux ! »
appuya-t-elle, en clignant de l'œil, avec une malice
enjouée, — quand j'eus le déplaisir de le perdre, il
se trouva qu'il avait tout croqué, le cher ami !...

Elle souriait, seulement, en rappelant cette
prouesse ; mais elle se mit à rire tout à fait pour
ajouter, comme si c'eût été une bonne plaisanterie :

— Figurez-vous, mon cher, qu'il ne restait pas
ça !...

Et elle faisait claquer l'ongle de son pouce contre
de belles et fines dents, qui donnaient à penser qu'à
tant faire que croquer, elle n'avait pas dû rester, de
beaucoup, en arrière de défunt son premier mari.

— Du moins, répondit le jeune homme, vous le
prenez en philosophe, madame !

Le visage de la comtesse s'illumina d'attendrissement.

— Ah ! fit-elle, avec componction, c'est qu'aussi...
l'aimable homme ! En plus de vingt ans, je ne puis
pas dire qu'il soit venu me saluer une fois le matin
sans s'être fait la barbe !...

Philippe eut toutes les peines du monde à garder
son sérieux.

— Aussi, continua-t-elle, pouvez-vous croire que
je n'étais pas bien fière à l'idée de lui donner pour
successeur cet ancien fabricant de pelleterie, de
peaux de mouton ; je ne sais trop quoi. Mais... le
décorum !... Me voyez-vous sans mes équipages ? Ce
n'était pas possible. Tout mon monde le comprit,

6.

insista pour me décider, et le jour de la célébra-
tion, à l'église, quand nous nous regardions, mes
amis et moi, on se tenait les côtes. Je vous assure,
c'était très amusant !

— Pour M. Penardier? hasarda le jeune homme.

— Bah! bah! reprit la dame, en riant toujours,
le bon apôtre y a trouvé son compte. S'il a dû se
saigner pour reconstituer toute cette fortune, je suis
en train de réaliser son rêve, en le bombardant député, par le crédit de mes cousins, qui sont à peu
près maîtres en ce pays. Or, c'est précisément en
prévision de cet événement que, vous sachant de
passage en France, il m'a priée de vous faire venir,
toute affaire cessante.

— Moi? Il me connaît donc?

— Il a, paraît-il, des intérêts dans l'établissement
que vous dirigez à Boston, et, appréciant ce que
vous avez fait pour le relever, sentant, d'autre part,
qu'il ne peut mener à la fois la politique et les affaires, il a dessein de vous faire des propositions
magnifiques, pour vous empêcher de retourner là-
bas.

Quelques suppositions que Philippe eût faites en
recevant la lettre de madame Penardier, jamais il
ne lui était venu en pensée qu'il pût être question
d'une « affaire ». C'était bien la peine que le cœur
lui eût battu si fort ; bien la peine qu'il eût réagi
contre des scrupules, qu'il eût passé la dernière
nuit sans dormir ! Berthe devait être étrangère à
cela ; qui sait! peut-être ignorait-elle, seulement,

qu'on l'eût convoqué ; peut-être même n'était-elle
pas à Franconville, à ce moment. Il y avait là, pour
Philippe, une intime déception. Aussi, du premier
mot, coupa-t-il court à la proposition.

— Certes, madame, répondit-il, je suis fort obligé
à M. Penardier, mais...

La veuve ne le laissa pas achever.

— Bah !.fit-ell , écoutez-le toujours. Que sait-on !
En somme, il a du crédit, de l'entregent ; il n'est
pas une affaire un peu importante, de ce temps-ci,
où il n'ait mis la main.

— On dit même les deux ! ajouta le jeune homme.

— Vous croyez ? reprit, en riant, la bonne dame.

Puis, sentant qu'il ne dépendait pas d'elle de le
convaincre :

— Ma foi ! mon cher, fit-elle, tirez-vous-en
comme vous voudrez, ma commission est faite. En
tout cas, je vous garde à dîner. Nous ferons bande
à part avec mon fils, que vous avez dû connaître,
au temps où il était sous-préfet à Montmorillon ?

— Je n'ai pas cet honneur, madame. Je me suis
embarqué quelques jours avant que M. Robert de
Laïr n'eût pris possession de son poste.

— Eh *ben !* vous ferez connaissance. Quant à sa
femme, vous étiez de ses grands amis autrefois ;
aussi sera-t-elle fort déçue que vous repoussiez les
propositions de notre M. Penardier.

— Déçue ?

— Rien de moins ; car elle paraissait enthousiaste d'un projet qui devait non-seulement vous

retenir en France, mais encore amener des rapports constants entre nous. Au surplus, ajouta
l'ex-comtesse, demandez-le-lui ; la voilà.

A cet instant, en effet, Berthe achevait de monter les quelques marches du perron, et pénétrait
dans le salon par l'une des portes-fenêtres.

Dès qu'elle aperçut le jeune homme, elle vint vivement à lui, et lui tendant les deux mains, avec
effusion :

— Ah ! Philippe ! Philippe, s'écria-t-elle, que je
suis heureuse de vous voir !

— Vous l'auriez reconnu ? demanda madame
Penardier.

— Ah ! tout de suite !

Philippe, troublé au fond de l'âme, avait peine à
contenir son émotion.

Madame Penardier s'était levée.

— Je vous laisse à vos souvenirs, dit-elle, et je
vais retrouver mon fils, qui, me dit-on, vient d'arriver. Au fait, vous ne l'avez pas vu, tout à l'heure,
ici, Philippe ?

— En entrant dans ce salon, madame, j'ai
échangé un salut avec un jeune homme qui était
près d'une dame blonde... très blonde.

— Ce n'est pas lui, dit Berthe : M. Raoul d'Estherelle, sans doute et sa femme.

— Diable, oui ! ne confondons pas ! ajouta madame Penardier. Puisque je vous ai promis la société de mon fils, soyez sûr qu'il n'a pas cet aspect
grotesque !

— Grotesque ! répéta Philippe, je l'ai trouvé de très bon air.

— Oui ? fit la veuve, en se tournant vers sa belle-fille. Ah ! *ben* ! que voulez-vous, ma chère ? il a tant vu d'Américains !...

Satisfaite de cette légère pointe, elle sortit, laissant les jeunes gens en tête-à-tête.

Dès que la porte fut refermée :

— Asseyez-vous là, dit Berthe. Que vous avez changé ! Voyons, qu'avez-vous fait ? D'où venez-vous ?

Ces quelques derniers moments avaient permis au jeune homme de reprendre pleine possession de lui-même.

— D'où je viens ? répondit-il, d'un ton dégagé. Mais tout bonnement de Boston.

— Tout bonnement !... Vous en parlez comme un Américain. Le seriez-vous déjà devenu ?

— Oh ! Dieu, non ! Quoique je doive à ce pays de m'être fait la position que je souhaitais, il n'est guère de jours où je n'aie regretté notre Montmorillon.

— Bien vrai ?

— Vous l'avez oublié, vous ?

— Jamais ! fit la jeune femme, avec une nuance involontaire de mélancolie. Souvent même, grâce à la nuit qui tombe, aux aspects de la campagne, qui sont presque partout les mêmes, je crois, en quittant ma chambre, descendre encore dans ce petit salon de mon père, où, après sa longue tour-

née du jour, il pestait contre la chance qui vous
faisait gagner sa partie de piquet. Ce n'était pourtant pas de votre faute : que de fois je vous ai vu
tricher, pour qu'il ne perdît pas la belle !

— Vous vous souvenez de cela ?

— Je vous vois, comme si c'était hier.

— Avec mes bas bleus ?

Elle sourit bonnement, et, de la tête, elle fit :

— Oui !

— C'est égal, reprit-il, et vous aurez beau dire :
tout cela est déjà bien loin !

— De Boston ; mais d'ici, monsieur? Non.

— Pourtant, il faut me dire « monsieur » maintenant.

Elle lui tendit la main.

— Qu'importe la forme, Philippe, si le fond est
resté le même?

Ce lui fut, à lui, une impression profondément
attendrissante, et se contraignant :

— Votre mariage? fit-il, pour donner un autre
cours à la conversation, vous ne m'en dites rien.

— Vous savez comment il s'est fait?

— Il paraît que ç'a été une sorte de poëme.

— N'exagérons rien !

— Enfin, vous êtes heureuse?

— Tout à fait, répondit la jeune femme sans
hésitation, obéissant, en cela, à un souci de dignité.

— Mes vœux n'y ont pas fait grand'chose, ajouta
le jeune homme ; cependant, je ne vous les ai pas

ménagés ; bien que, à tout prendre, ce fût un soin
superflu !...

— Pourquoi donc ? Au contraire !

— Il était dans votre destinée d'être aimée à ce
point !

— Dans ma destinée ?

— Allons ! fit plaisamment Philippe, vous vous
êtes bien doutée du nombre de ceux qui s'étaient
épris de vous, en ce temps-là ?

— Quelle idée ! répliqua ingénument la jeune
femme. A Montmorillon ?...

— Pourquoi pas ? Mais, madame, on aime à
Montmorillon.

— Après tout, en effet, reprit-elle, sur le même
ton de plaisanterie ; c'est une sous-préfecture !
Toutefois, je confesse n'y avoir rien vu.

— Peut-être, aussi, êtes-vous un peu myope.

— Vous qui voyez si clair, dois-je le regretter ?

— Assurément non ; puisque vous êtes heureuse.

— Je vous le répète : oui.

— Recevez donc mes félicitations, reprit Philippe, et permettez-moi d'y ajouter celles d'une
personne qui, malgré l'absence, a continué de vous
aimer beaucoup.

— Qui ?

— Madame de Prailles.

— Angèle ? s'écria la jeune femme avec intérêt.
Vous l'avez retrouvée là-bas ? Qu'est-elle devenue ?
Que fait-elle à présent ?

— Je la crois, enfin, fort heureuse.

— Ah! tant mieux! Vous avez renoué connaissance?

— A ce point qu'au printemps dernier, elle m'a prié d'être le parrain de son second fils.

Berthe ouvrit de grands yeux scandalisés.

— Son fils? fit-elle.

— Vous ignoriez qu'elle est remariée?

— Remariée! répéta la jeune femme, dans le même sentiment de surprise. Mais... mais de Prailles n'est pas mort!

— Ah!... fit le jeune homme. Là-bas, ça ne fait rien; et par bonheur!

— Par bonheur? Comment l'entendez-vous donc, mon ami?

— Voyons! reprit-il avec un peu d'animation. Voilà une pauvre femme, intelligente, instruite, qu'on a mariée à un vulgaire coquin, qui la maltraitait et la brutalisait à huis clos. Voyant que la loi de son pays, la famille, la société, rien au monde ne peut la délivrer, elle se sauve, abandonnant tout. Elle arrive en Amérique, sans ressources. Tout d'abord, elle entre dans une maison de commerce, pour traduire la correspondance étrangère. De là, elle passe dans une famille, se chargeant de parfaire l'éducation de deux jeunes filles. Alors, il se trouve un homme de bien, qui, appréciant son courage, son caractère et ses vertus, s'éprend d'elle et lui offre son nom. Et elle refuserait, par respect d'un lien odieux, déshonorant, qui la rive à un misérable, dont on n'entend par-

ler que par les gazettes judiciaires?... Ce serait
stupide!

— Soit, répliqua Berthe. Mais comment rompre
ce lien, et comment parvenir à en contracter un
autre?

— Très simple! Elle a commencé par se faire
naturaliser citoyenne des États-Unis. Puis, ayant
prouvé que, durant le temps requis par la loi amé-
ricaine, son mari n'a pas envoyé de subsides néces-
saires à sa vie, elle a obtenu le divorce.

Berthe l'écoutait, confondue et singulièrement
attentive à l'explication de ce mécanisme légal,
si contraire à notre façon de comprendre la
question.

— Il n'en faut pas plus là-bas? demanda-t-elle,
avec un peu d'incrédulité.

— Rien de plus, je vous assure!

— Mais c'est le paradis des femmes, que votre
Amérique, mon bon Philippe!

— Mon Dieu! répliqua celui-ci en souriant, ce
n'est pas qu'il n'y ait que des anges! Cependant...

— Cependant!... cependant, vous nous revenez
garçon!...

— Ah! moi!... fit le jeune homme avec réticence,
moi!...

— Bah! reprit Berthe, puisque vous voilà en
France...

— Je ne fais que passer, madame.

Cette réponse était si nette et péremptoire que
Berthe en eut le cœur serré.

7

— Vraiment, Philippe? Est-ce donc que vous vous dérobiez de parti pris aux propositions qu'on veut vous faire ici?

— Je me rembarque dans trois jours, quoi qu'il arrive.

Il n'y avait ni illusion à se faire, ni espoir à conserver.

— Tant pis ! dit Berthe tristement. Oui, c'est tant pis, mon ami. N'est-il pas pénible de penser qu'après avoir commencé la vie ensemble, on va chacun de son côté ; que le temps, au lieu de lier davantage, finit par rendre presque étrangers des êtres qui ont de chers souvenirs communs? C'est comme une déchirure du cœur ; on sent quelque chose qui s'y casse, et déjà, tenez, quand vous êtes parti, la première fois...

Elle laissa la phrase en suspens, distraite tout coup par un souvenir,

— Mais au fait, fit-elle en le regardant en face, pourquoi ce départ si brusquement décidé ? Je l'avoue : je ne me le suis jamais expliqué. Pourquoi êtes-vous parti, Philippe?

Celui-ci en fut un instant décontenancé ; mais se remettant aussitôt :

— Toutes les carrières sont encombrées en France, répondit-il en improvisant, et je voulais me faire, vite, une position.

— Vite?... Pourqoui?

— Qui sait ! pour l'offrir peut-être.

— A qui?...

Et comme il se taisait, embarrassé par la persistance de son regard :

— Ah ! s'écria Berthe, croyant deviner, un amour?... Vous aviez un amour, vous?...

— Pourquoi pas ?

Elle ne put s'empêcher de sourire.

— Malgré vos bas bleus ? fit-elle avec une malice familière, qui rendit à Philippe sa présence d'esprit.

— Mais, madame, répliqua-t-il en affectant de plaisanter, les bas bleus ne préservent pas.

Cependant l'étonnement subsistait chez Berthe, qui répétait :

— Ah ! que m'apprenez-vous là ! Qui s'en serait jamais douté !...

Puis, l'habitude d'affection reprenant le dessus :

— Mais, j'y songe, ajouta-t-elle, vous l'avez aujourd'hui, cette position. Qui donc est celle que vous aimiez à Montmorillon, Philippe? Je dois la connaître. Dites ; je veux la voir ; vous l'obtenir. Dites, mon ami.

Le jeune homme sentit son cœur s'abîmer.

— Je vous remercie, répondit-il. C'est malheureusement inutile à présent.

— Comment?

— Il est trop tard.

— Ah ! fit Berthe, avec une sorte de remords d'en avoir si légèrement parlé... elle a oublié?

— Dieu merci ! s'écria le jeune homme, elle ne s'est jamais doutée de rien !

— Eh bien ! je suis là, moi ; je lui dirai que...

— Non !

— Non ?

Philippe hésita un moment ; puis faisant effort pour dissimuler ce qui se passait en lui :

— Elle est mariée, reprit-il avec simplicité.

Profondément peinée, Berthe lui saisit la main.

— Ah ! je vous en prie, s'écria le jeune homme, je vous en supplie, laissons cela et, surtout, ne me plaignez pas !

— Vous ne pouvez m'en empêcher, répondit Berthe avec une exquise tendresse ; car si je vous connais bien, mon ami, vous l'aimerez toujours !

A son tour, Philippe lui tendit les deux mains, et s'appliquant à reprendre tout son calme :

— Vous vous trompez, madame, lui dit-il en souriant, ce serait maintenant lui manquer de respect.

L'arrivée d'Adrien les interrompit. Informé de la présence de Philippe par madame Penardier, l'enfant avait pris sa course à travers le parc. En entrant dans le salon, il s'élança, d'un trait, dans les bras du jeune homme, l'embrassant et pleurant de joie.

Philippe le tint longtemps serré contre sa poitrine. Aucune considération de tenue ne l'obligeait, ici, à se surmonter.

— Que le voilà grandi ! répétait-il avec émotion.

Les premiers épanchements passés, Philippe se souvint de la dernière lettre d'Adrien ; lettre où celui-ci lui apprenait qu'il venait d'entrer à Sainte-Barbe, et qu'il projetait de naviguer.

— D'où a pu te venir cette idée de partir ? lui demanda-t-il.

— Tu es bien parti, toi !

— Ce n'est pas la même chose.

— Où vois-tu de la différence ? Je suis orphelin comme toi, et personne n'a besoin de moi, puisque Berthe est mariée. D'ailleurs, la marine est ma vocation.

— Et vous le laissez s'embarquer ? dit Philippe en interpellant sa sœur.

Celle-ci contempla Adrien, et, l'attirant par la main, elle l'embrassa sans mot dire.

— J'irai te voir en Amérique, fit celui-ci, en allant s'asseoir à quelque distance.

— Est-ce que votre nouvelle famille ne l'aime pas ? demanda Philippe de façon à n'être entendu que de la jeune femme.

— Y tiendrait-il beaucoup ? répondit Berthe. D'ailleurs, vous connaissez mon frère : il est un peu fier et je crois qu'il ne veut rien devoir qu'à lui.

La réponse parut évasive à Philippe : il flairait quelque mystère, quelque chose qu'on voulait lui cacher, et, tentant une épreuve :

— Adrien, dit-il en élevant la voix, tu sais pourquoi l'on m'a fait venir et ce qu'on a l'intention de me proposer ?...

— Oui, Berthe me l'a dit.

— Changerais-tu de résolution si j'acceptais ?...

— D'être le bras droit de M. Penardier ? s'écria l'adolescent, avec un éclat de gaîté gamine. Toi ?...

Avec tes idées? Tu te moques de moi, ami Phi-
ippe.

— Vous l'entendez? dit tout bas celui ci à Berthe.
Si j'avais pu hésiter...

— Tiens-toi bien! fit vivement Adrien en se levant, voilà notre homme.

En effet, dans le vestibule, on entendait la voix
de Penardier, qui donnait des ordres à ses gens.

— Pour les besoins d'une sorte de soirée que
M. Penardier donne mardi prochain, dit la jeune
femme avant que le financier ne pénétrât, nous
rentrons demain à Paris. Quoi que vous décidiez,
sur ce qu'il va vous dire, Philippe, ne partez pas
sans me faire vos adieux.   ·

Il le lui promit, et Penardier entra dans le salon
en saluant.

— Monsieur de Solanges?...

— A vos ordres, monsieur.

— C'est moi, monsieur, et très reconnaissant, répondit le financier.

— Viens-tu? fit Berthe à son frère.

Au moment de sortir, Adrien jeta un regard à
Philippe, et retenant sa sœur:

— Si papa le voyait ainsi, lui dit-il, à mi-voix,
qu'il en serait content!...

Berthe, très émue, l'entraîna dans le parc.

VII

Le peu de temps nécessaire à la retraite du frère
et de la sœur avait suffi, à Philippe, pour examiner
cet enrichi, aujourd'hui personnage considérable,
et toutes ses préventions s'étaient plutôt aggravées.
Aussi prévoyait-il que l'entretien ne durerait guère,
et s'était-il déterminé à l'abréger par un refus clair
et net. Il avait au surplus le désir de rejoindre ses
deux amis d'enfance. De ce qui s'était dit entre eux;
de certains détails, certaines réticences, il était ré-
sulté, pour lui, une de ces vagues inquiétudes qu'on
ne pourrait appuyer sur rien de formulable et qui,
pourtant, impressionnent au plus haut point. Il espérait pénétrer leur pensée; il voulait les soumet-
tre à une espèce d'enquête affectueuse, qui lui mon-
trât l'exacte situation de leur âme.

Cependant, Penardier, lui ayant indiqué un siège, s'était assis près de la table chargée d'albums, et, abordant la question :

— Madame Penardier, dit-il au jeune ingénieur, vous a sans doute fait part d'un projet...

— Dont je suis infiniment touché et honoré, monsieur, répondit Philippe, en l'interrompant, pour aller plus vite. Malheureusement, la position que j'ai réussi à me faire...

— Pardon ! fit Penardier en l'interrompant à son tour. Quelle qu'elle soit, cette position, monsieur, je la double, comme entrée de jeu, avec la ferme conviction de satisfaire, dans un temps prochain, à toutes vos ambitions... je dis toutes ! répéta-t-il en appuyant.

Le jeune homme ne lui tint pas rigueur et ébauchant un sourire :

— C'est que, fit-il, voilà le diable ! j'ai le travers de n'avoir aucune ambition !

— Vous badinez ?

— Nullement, monsieur. Maître aujourd'hui d'une petite fortune, que je suis venu recueillir en France, j'ai l'intention de me consacrer, désormais, à des études scientifiques, qui m'entraîneront à de longs voyages.

— Où ça ? demanda l'homme d'affaires, avec une incrédulité marquée.

— D'un bout à l'autre de la terre, probablement.

— Pour quoi faire ? pour quoi voir ? Des sauvages ? Des variétés de gorilles, qui se passent des arêtes de poisson dans le cartillage du nez? Et cela pour qu'un jour, — si encore vous n'êtes mangé tout cru ! — un ob   r suppléant de professeur au Muséum prononce votre nom, devant des banquettes vides, parce que vous aurez envoyé, de n'importe où, un n'importe quoi « grand flora » ? Mauvaise défaite. Allons ! un homme tel que vous, sombrer dans la botanique ?

— Vous êtes sévère pour la botanique ! répondit Philippe en plaisantant.

Mais l'autre, restant sérieux comme un pape :

— Ce n'est pas, dit-il, que j'en sois ennemi ; non plus qué des voyages. Moi-même, monsieur, j'ai traversé tout l'Oberland-Bernois, et, sur les tables de mon cabinet, on peut voir différents albums de la flore des Alpes...

— Qué vous avez achetés à l'hôtel Victoria...

— D'Interlaken, effectivement ! continua le bonhomme sans sourciller. C'est fort intéressant, du reste, ajouta-t-il avec la parfaite conviction d'un indifférent, qui n'y a vu que du bleu et s'en soucie comme de ça ; mais quant à y consacrer ma vie, serviteur ! Non ; soyons pratiques, je vous prie, et laissez-moi vous le dire, vous avez une arrière-pensée !

— Moi ? fit le jeune homme.

— Pourquoi pas ? C'est tout simple : en affaires ! Mais l'expérience m'a démontré que la meilleure politique, avec certains hommes, consiste à jouer cartes sur table, et, pour vous en donner l'envie,

7.

laissez-moi vous dire à qui vous avez affaire ; puisque, aussi bien, vous ne me connaissez pas.

Il n'y avait pas à se dérober, Philippe en prit son parti, et inclinant la tête :

— Je vous écoute, monsieur, dit-il.

— Eh bien, reprit Penardier avec une sincérité simple, qui éveilla l'attention de son interlocuteur, si, à vos yeux, comme à ceux de mon entourage, et plus particulièrement encore, à l'estimation de madame Penardier, — qui s'acharne, entre parenthèses, à se faire appeler « madame la comtesse, » et par mes propres domestiques ! Vous verrez cela tout à l'heure, — si, dis-je, je ne suis qu'un *parvenu*, il se trouve qu'à mon gré, je ne le suis pas encore suffisamment. Qu'on en pense ce qu'on voudra, je veux, s'il est possible, monter aussi haut qu'il me soit donné d'atteindre, dans une société telle que la nôtre ! Mais, cela dit, il ne s'ensuit pas que la réussite m'aveugle. Non ; car, pour toucher au but que je me propose, — pour m'y maintenir surtout ! — je sais, je sens, qu'il me faut le concours de capacités, dont les fortes études suppléent à ce qui me manque à cet égard.

— Ma foi ! se dit Philippe, presque touché de sa franchise, il vaut mieux que sa réputation.

Puis, avec un geste d'approbation générale :

— Je comprends, répondit-il, et peut-être serais-je en situation de vous servir en ceci, dans une certaine mesure. Cependant, une chose m'étonne de votre part, monsieur ; pourquoi aller chercher si

loin le coopérateur qu'évidemment vous avez sous
la main?

— Où donc? Qui ça?

— Mais... M. Robert de Laïr, je pense.

— Mon beau-fils? répéta Penardier...

Un significatif haussement d'épaules donna à
Philippe une idée du mépris que le beau-père professait à l'égard de l'ex-sous-préfet.

Le jeune homme en fut comme atterré.

— Rien qu'un niais, ignorant, insolent et vantard,
reprit le petit vieillard, d'une voix posée; un pauvre
sire qui, du reste, a donné sa mesure, en faisant le
sot mariage que vous savez !...

— « Le sot mariage ! » se répéta Philippe, s'efforçant de contenir l'émotion qui l'étouffait.

— Certes ! continua Penardier, avec un peu
de raillerie triomphante, il n'en est pas à s'en
mordre les doigts; à preuve les dérèglements, —
paraît-il, aristocratiques ! — dans lesquels il se
vautre, selon la tradition que, faute de mieux, son
noble père lui a léguée.

— Mais elle.... elle? s'écria Philippe, avec une
angoisse à peine dissimulée.

— Qui? Berthe?... Si elle a cru faire un beau
rêve en devenant comtesse, ses yeux rougis nous
montrent, trop souvent, que, pour elle aussi, le
réveil a été cruel !

— Je le sentais ! se dit Philippe.

Penardier put bien, ensuite, lui dire tout ce qu'il
voulut, lui offrir des merveilles, il répondait comme

au hasard, juste de quoi paraître attentif; mais il n'entendait même pas.

Ainsi cette enfant, qu'autrefois il avait promenée par la main, l'aimant, la choyant, la préservant comme une sœur cadette; cette jeune fille qu'il avait adorée, depuis la première heure d'éclosion de son âme; cette femme idéalisée entre toutes, mise par lui dans une atmosphère à part, elle pleurait !

Il ne s'attachait pas aux causes. Qu'importe ! Elle pleurait, voilà tout ! Elle pleurait, et il n'y pouvait rien. C'est là ce qui rendait sa peine atroce : l'impuissance qui s'interposait entre tous ses élans et celle qui les provoquait.

Et pendant que Penardier poursuivait ses dires, il pensait à ce passé, encore si proche et si heureux. Il revoyait la petite maison de là-bas, le docteur Sigelin, la partie de piquet, dans ce modeste salon, où la brise apportait, le soir, des bouffées de senteurs champêtres, le parfum humide des fleurs, les vagues harmonies des tièdes nuits dans la campagne.

Il lui prenait des vertiges, des envies de planter là Penardier et ses ambitions, pour courir à Berthe et à son frère, les reprendre encore une fois, par la main, en leur disant, avec un accent d'ineffable tendresse :

— « Allons-nous-en !... »

A un moment, le financier se leva. Philippe crut comprendre qu'il voulait l'entraîner jusqu'à son cabinet, afin de lui exposer l'ensemble des affaires

qu'il s'agissait d'abandonner à sa direction, au cas
où ils s'entendraient.

Il le suivit machinalement.

Sur le perron, dans une encoignure, à l'ombre,
se tenait madame Penardier. Près d'elle, ce grand
jeune homme que Philippe avait salué, en arrivant
dans le salon.

— Un moment, fit l'ex-comtesse, en retenant celui que, seule, elle n'appelait pas son mari, que je
présente mon fils à ce bon Philippe.

Les jeunes gens se saluèrent de nouveau.

Ainsi, c'était là le mari de Berthe, et cet homme,
qui possédait une femme comme elle, Philippe
l'avait presque surpris en galanterie avec une autre
femme! Mais au fait, cette femme, on la lui avait
nommée : madame Raoul d'Estherelle, la cousine
de Robert. Ah! mon Dieu! quelles mœurs, quel
milieu, quel foyer!

Et c'est là que Berthe avait à vivre, à passer le
reste de ses jours, sans pouvoir éviter que le bord
de sa robe blanche frôlât ces malpropretés !

Tout à son idée, Penardier coupa court à la pré-
sentation.

— Vous ferez ample connaissance au dessert,
dit-il aux deux jeunes gens.

Le ciel s'était lentement obscurci. Au lointain,
on entendait gronder l'orage; quelques larges
gouttes d'eau tombèrent.

Madame Penardier rentra dans le salon, suivie
de Robert.

— Vous avez l'air préoccupé, mon cher, lui dit-elle.

— Nullement, ma mère, je suis un peu las, voilà tout.

— J'oubliais que vous avez soupé jusqu'à ce matin.

— Cet orage aussi m'alourdit.

— Vous pourrez vous retirer de bonne heure. Les singulières gens que ce M. Penardier nous inflige à dîner, ne sont pas, Dieu merci, pour que nous ayons scrupule à les lui planter sur les bras.

Robert avait gagné le piano, resté ouvert, et, tout en suivant ses pensées, il s'appliquait à retrouver le thème de la valse que Thérèse jouait au début de la scène que nous avons rapportée.

C'est à elle qu'il pensait et il restait inquiet des décisions définitives de la jeune femme. L'avait-il effrayée au point qu'elle renonçât à la résistance, ou bien espérait-elle, en s'obstinant à partir, briser la chaîne dont, maintenant, elle supportait péniblement le poids?

Il ne savait qu'en penser. Mais si, à tous risques, elle s'en allait en Italie, qu'aurait-il à faire, lui?

Tout à coup, la porte s'ouvrit, et Raoul d'Estherelle entra.

— Je vous cherchais, dit-il avec brusquerie.

— Que vous arrive-t-il, Raoul? demanda madame Penardier. Vous entrez comme un ouragan et vous m'avez fait tressauter.

— Pardon, ma tante. Mais je suis fort agité, je l'avoue.

— A cause ?

— Ma femme vient de me déclarer qu'au lieu de suivre les chasses chez Robert, comme l'année dernière, elle entend passer l'automne en Italie.

Sans changer d'attitude, le mari de Berthe appuya la pédale sourde et écouta attentivement.

Raoul semblait attendre un appui de sa tante.

— Très gentil, l'Italie ! fit celle-ci, avec la plus parfaite indifférence. Vous ne connaissez pas ?... Rome, Naples, Venise...

— Buffet à Macon, continua Raoul, sur le même ton. Cinquante minutes d'arrêt... Je vous remercie bien.

Un léger silence suivit.

— Alors, reprit-il, voilà tout ce que ça vous fait, à tous deux ? Vous êtes encore de drôles de parents ; par exemple !

— Qu'est-ce qu'il a donc ? qu'est-ce qu'il a donc ? fit madame Penardier, comme agacée par les façons de son neveu.

— J'ai ?... J'ai que je ne veux pas aller en Italie.

— Peut-être avez-vous tort. Très gentil, l'Italie...

— Oui, oui ! « Rome, Naples, Venise... » Déjà dit ça, ma tante.

— Si vous le prenez ainsi, mon cher, vous savez : quant à moi...

— Ça vous est égal. Je n'en doute pas. Cependant Thérèse ajoute qu'à mon défaut, elle ira seule, et, si égal que tout vous soit, il me semble que vous pourriez lui dire...

— Moi? lui dire? Quoi? Ah! rien! Moi, voyez-vous, Raoul, moi...

— Vous!... Vous m'avez marié, cependant.

— Plaignez-vous! Il était terriblement temps, je pense!...

— Pardon! Je ne demandais rien à personne. Vous et votre M. Penardier, qui du moins avait ses raisons! — vous êtes venus me répéter : — « A » tout prendre, c'est ce qu'on appelle un *beau ma-* » *riage*. Ça se fait couramment dans le meilleur » monde; » et je me suis laissé convaincre, ne sachant pas trop ce qu'il en était au juste de ma situation d'alors, et de celle qui me serait faite en acceptant. Mais depuis que, par je ne sais quelle curiosité de désœuvrement, j'ai parcouru certaines clauses de mon contrat...

— Eh *ben!* votre contrat, quoi donc? s'écria la bonne dame, visiblement impatientée.

— N'était la légalité, répondit Raoul, d'un ton encore plus affligé qu'humilié, je me ferais l'effet d'un « joli monsieur! » moi!

Madame Penardier l'écoutait en le contemplant d'une âme déroutée; étonnée au superlatif, se demandant sincèrement s'il n'était pas fou, s'il ne tombait pas un peu bien de la lune.

— « Un joli monsieur » pourquoi donc ?

Au moment de se marier, il devait à Dieu et à diable, oui ; on avait tout payé sur la dot de Thérèse, bien entendu ! Alors quoi ? Depuis, le surplus de cette dot défrayait son train de maison, son oisiveté, son luxe, ses plaisirs, son jeu, et même ses fantaisies de galanterie un peu coûteuses, vu son manque d'attraits personnels ; c'est certain. Il ne mangeait pas un bout de pain, il n'avait pas un bouton de chemise, une paire de chaussures qui ne lui vinssent de sa femme ; oui, encore une fois.

— « Eh *ben !* » se demandait la veuve ; « quoi donc ; mais quoi donc, pour l'amour de Dieu ?... Est-ce que bon nombre de ces messieurs , des gens fort distingués, des gentilshommes, des descendants de nos plus aristocratiques familles, ne se sont pas *retapés* par le même procédé? Est-ce qu'ils en ont de la honte , pour si peu que ce soit? Ce malheureux-là, qui se croit un *joli monsieur*, c'est-à-dire une sorte d'entretenu légal, bat-il donc la breloque tout à coup, ou bien n'aurait-il aucune notion de sens moral ? »

L'ex-comtesse en était scandalisée au plus profond, et elle continuait d'écouter Raoul, qui ajoutait :

— Mais qu'importe, après tout; puisque ça y est, ça y est ! Vous m'avez fait faire un « beau mariage, » va, comme il est dit : c'est un « beau mariage! » Toutefois, si déterminé que je sois à garder envers ma femme l'attitude qui convient au monsieur qui a fait « un beau mariage », — et entre nous : pas fier ! — je n'entends pourtant pas me laisser traiter d'une manière blessante.

— Eh ! fit, madame Penardier, c'est à vous de le dire à Thérèse,

— Elle a payé mes dettes, elle m'a enrichi, et, tant qu'il se pourra, j'éviterai de faire acte d'autorité.

— En sorte que vous avez compté sur moi pour cet agréable office?...

— Sur vous, ma tante? Oh! mais là!... pas du tout !

La brave dame poussa un soupir de soulagement!

— Ah *ben!* fit-elle, avec une satisfaction d'égoïsme naïf, à la bonne heure ; j'aime mieux ça.

— Parbleu! dit comiquement Raoul.

Puis se tournant vers son cousin, qui, tout en écoutant, n'avait pas quitté le piano :

— Mais, toi, Robert? lui dit-il, d'un ton amicalement suppliant.

— Moi? répondit celui-ci, sans se retourner et en dissimulant sa secrète satisfaction de voir les choses en venir à son souhait...

— Toi, tu peux lui parler.

— C'est que...

— Quoi?

— C'est terriblement délicat !

— Qu'importe! Tu sais bien, d'ailleurs, que je fe-

rais tout au monde pour toi. Je ne t'ai rien caché
de ma peine, de mon humiliation, et je n'ai guère
aimé que toi, jamais !...

— Merci, fit la veuve en souriant de pitié.

— Au surplus, reprit le pauvre diable, sans même
paraître avoir entendu la réplique de sa tante, au
surplus, je t'en prie, Robert. Tu es assez dans l'intimité de mon ménage pour pouvoir faire des observations à Thérèse. Elle t'écoutera, du moins, et
j'estime que tu pourras nous éviter un conflit déplorable pour toute la famille, en cela que les conséquences peuvent avoir plus de gravité qu'on ne
semble le supposer.

Pour si grotesque que sa tante le tînt, elle fut
frappée du ton de ses paroles.

— Qu'entendez-vous par là, Raoul ? demanda-
t-elle avec une nuance d'anxiété.

— Je ne m'illusionne pas sur moi-même ou sur
ma situation, répondit-il, avec une humilité triste ;
mais enfin, il y a des limites qu'on ne peut m'imposer de franchir. Et puisque aussi bien, Robert,
tu as, je l'espère, les moyens de détourner l'orage,
ne refuse pas de t'y employer. C'est entendu, n'est-
ce pas ? Reste là, je vais dire à Thérèse que tu la
demandes. Attends !...

Ce disant, il gagna la sortie.

Madame Penardier, cédant à quelque préoccupation secrète, tenta de le retenir.

— Cependant, dit-elle, Raoul, mon ami, un mot ;
dites-moi, voyons, Raoul !...

— Oui, ma tante, oui ! fit celui-ci, en poussant la porte. « Rome, Naples, Venise ! » Bien obligé.

Sur son départ, il y eut je ne sais quel embarras entre la mère et le fils. On eût dit que, de part et d'autre, ils voulussent se cacher, qu'ils se comprenaient trop et qu'ils devinaient leurs arrière-pensées.

Sans quitter son siège, et d'un air détaché dont Robert ne pouvait être dupe, elle lui dit, après un instant :

— Est-ce que vraiment, vous allez vous en mêler, Robert?

Le jeune homme arrêta de jouer, et pivotant lentement sur le tabouret de piano :

— Vous y voyez de l'inconvénient? demanda-t-il, avec une apparente liberté de conscience et d'esprit.

— Je crois, reprit la veuve, que finalement, Thérèse, avec un peu d'adresse, le déterminerait à l'accompagner en Italie.

— Y tenez-vous donc?

— Je le préférerais... pour vous, mon cher.

— Pour moi ?

— En le laissant partir, Robert, vous éviteriez de vous faire accuser d'un peu de cruauté, à le souffrir perpétuellement dans votre ombre, vous singeant, jusque dans la façon de partager vos cheveux. Déjà, à vouloir vous suivre à cheval, il a failli se rompre le cou et l'on s'est légèrement égayé de ce que, après avoir découragé votre maître d'armes, on lui

avait refusé des pistolets à votre tir, puisque, sans
malice pourtant, il s'obstinait à casser des vitres
aux mansardes des maisons voisines. Ne craignez-
vous pas qu'à la fin, on ne s'étonne d'une intimité
si peu faite pour le mettre en relief?

Robert parut réfléchir; puis se retournant vers le
piano, comme pour échapper à la discussion :

— Il n'y a pas à s'étonner, dit-il, en reprenant
la valse interrompue. Ne sommes-nous pas cousins?...

Madame Penardier se le tint pour dit, et, se levant :

— Au fait I fit-elle, vous êtes majeur; prenez-en
cé qu'il vous plaira.

Quelques volées de cloche retentirent dans l'espace.

— Comment I reprit la bonne dame, déjà le premier avertissement du dîner I Et l'on n'a seulement
pas apporté les lumières. Tout va de travers aujour-
d'hui, avec cette farce électorale.

Puis, sortant pour donner des ordres :

— Diable soit de ce M. Penardier I maugréa-t-elle,
en s'oubliant jusqu'à claquer la porte.

A cette époque de l'année, les jours raccourcis-
sent. Ce dimanche-là, du reste, le ciel était couvert
de nuages et l'on y voyait à peine dans le salon.

Toujours au piano, répétant le même motif, qu'il
ne parvenait qu'imparfaitement à reconstruire, Robert éprouvait cette vague et intime émotion, qui
absorbe toutes les facultés, quand nos passions,

bonnes ou mauvaises, sont en jeu, quand un ardent
et secret désir nous tourmente.

Bientôt un léger bruit de pas, sur le sable du
parc, lui fit tendre l'oreille. On gravissait les marches du perron, et il appuya la pédale sonore, pour
accentuer un accord, afin que celle qu'il attendait
fût certaine de sa présence. Les pas se rapprochè-
rent, s'assourdissant sur le tapis et laissant dominer le froufrou d'une jupe de soie.

— « C'est elle !... » se dit le jeune homme, avec
une impression de satisfaction triomphante.

Eh bien ! puisque Raoul la lui avait envoyée, il fallait profiter de l'occasion, et couper court à tout débat, par une déclaration décisive qui, d'un seul coup,
triomphât des dernières résistances de Thérèse.

Aussi, quant il sentit à son épaule un muet appel,
il se retourna brusquement, saisit le bras de celle
qui, pensait-il, venait lui adresser une prière, et
s'efforçant de l'attirer contre sa poitrine :

— Ah ! Thérèse ! Thérèse, s'écria-t-il, il est trop
tard pour rien regretter ; notre amour n'est pas à
toi seule, et tu auras beau faire pour te dérober, je
te tiens !...

A ce sourd éclat de passion, une exclamation
indignée répondit :

— Ah ! jusque sous mes yeux ? Cette fois c'est
trop !...

En reconnaissant la voix qui prononçait ces paroles, Robert lâcha prise et recula, étourdi.

Ce n'était pas Thérèse qu'il avait devant lui, c'était sa femme ; c'était Berthe.

A cet instant, Aline, restée au service particulier de sa sœur de lait, entra, suivie de domestiques, qui apportaient des lampes.

Derrière eux, madame Penardier, qui demandait à son mari :

— Et qu'est-ce que vous en avez fait, de vos « chers concitoyens » ?

— Ils sont à la cuisine, où ils se rafraîchissent, répondit le candidat.

— A la bonne heure ! répliqua le veuve, en s'adressant à Thérèse, qui venait les rejoindre. Voilà que ça commence à devenir sérieux.

La nièce de Penardier, voyant que Berthe n'avait pas encore changé de toilette, pensa qu'elle oubliait l'heure.

— Comment, ma chère, lui dit-elle, vous n'êtes pas prête ?

Alors Berthe, la regardant en face :

— Ah ! vous ! répliqua-t-elle, d'une voix où le mépris dominait la colère, je vous défends de me parler !

— Eh bien ! eh bien ! fit Penardier, d'un ton sévère ; qu'est-ce que ça signifie, cela ?... Qu'y a-t-il donc ?

— Ce qu'il y a, monsieur ? Il y a que votre nièce est la maîtresse de mon mari.

A ce mot, Thérèse devint livide et se laissa tomber sur un canapé en cachant son visage.

Que les époux Penardier eussent ou non des raisons de savoir à quoi s'en tenir sur ce point délicat,
la seule chose qui les touchât dans le moment,
c'était que cette mince personne — la fille d'un
« méchant médecin de campagne » — eût le mauvais goût de faire du bruit.

La veuve du chambellan s'en scandalisait à l'a-
vance. Quant à Penardier, sachant de quel parti
pris de collet monté étaient affligés les d'Estherelle,
il voyait toutes ses ambitions à terre, si la tribu apprenait rien de ces misères.

Aussi tous deux se regardaient ils avec effarement;
car un murmure de voix annonçait la venue de
leurs hôtes, se réunissant au salon, pour passer en
cérémonie à la salle à manger. Déjà, en effet, on en
apercevait quelques-uns, par la porte restée ouverte.

Berthe, son dernier mot dit, avait gagné du côté
des communications intérieures de l'habitation.
Qu'allait-elle faire encore ?

— Où donc allez-vous ? lui demanda Penardier,
en l'arrêtant au passage.

— Moi, répondit-elle simplement, je m'en vais.

— Berthe ! au nom du ciel ! fit le financier, restez ; je vous en conjure ! Voyez, on vient ; je vous
le demande en grâce, pour moi, pour la famille, ne
laissez rien paraître ; je vous en supplie à mains
jointes, ma fille !

Il avait perdu la tête. S'il l'eût eu en poche, il lui
aurait glissé un de ses millions dans la main, pour
qu'elle gardât les apparences.

Le premier qui pénétra fut Raoul, que Philippe, avec Adrien, et les autres convives suivaient.

L'attitude atterrée de Thérèse, l'aspect anxieux du ménage Penardier frappèrent d'abord le baron. Robert dissimulait son émotion, en regardant à travers les vitres, dans le parc ; mais Berthe, le sourcil froncé, se tenait impassible, et comme hésitante près de son beau-père, dont le regard, fixé sur elle, gardait une expression de supplication.

— Ah çà ! fit Raoul, frappé de l'ensemble, que se passe-t-il donc entre vous ?

— Rien ! Mais rien du tout, mon ami, répondit Penardier, avec trop d'empressement, pendant que madame Penardier, poussant Thérèse, lui soufflait avec autorité :

— Mais tenez-vous donc, vous !

Tout le monde entra, continuant de causer.

Seul, Adrien fut frappé de l'altération des traits de sa sœur, et son cœur se serra. Il l'aimait à pleine âme d'enfant, ayant reporté sur elle toute l'affection que la mort de ses père et mère avait laissée sans emploi.

Avec l'instinct de l'adolescence, il avait deviné, du premier coup d'œil, que Berthe s'efforçait de maîtriser une peine. Il ne la quittait pas des yeux.

Fox parut au seuil du salon, après avoir ouvert les deux battants d'une porte de côté, et, dédaignant de tenir compte des faits accomplis :

— Madame la comtesse est servie, dit-il, en appuyant sur le titre.

Il y eut un léger silence, durant lequel l'anxiété du couple Penardier parut gagner l'assistance.

— Votre bras à ma belle-fille, dit la veuve à voix basse, en se penchant vers Philippe.

Celui-ci un peu surpris s'exécuta.

Berthe, jusque-là décidée à se retirer purement et simplement, une fois les invités entrés dans la salle à manger, fit un retour sur elle-même, en se trouvant en face de son ami d'enfance.

Elle l'avait oublié.

— « Ah ! se dit-elle avec un attendrissement intérieur, qu'il ne soupçonne pas mon chagrin, le pauvre garçon !... »

Et elle lui prit le bras.

— « Ouf ! » pensa Penardier.

Un sourire de commande s'esquissa sur le visage des maîtres de la maison, et l'on passa.

Adrien, resté à l'écart, avait suivi tous les détails de cette scène, dont sa clairvoyance l'empêchait d'être dupe.

— Que lui ont-ils encore fait, ces vilaines gens-là ? se demanda-t-il, avec une affliction mêlée de colère.

VIII

Vers dix heures du soir, le brave Collet, qui, à chaque train, mène d'un pas paisible l'omnibus gratuit de Franconville à la station du chemin de fer, fut arrêté au passage par trois personnes que l'obscurité l'empêcha de reconnaître du haut de son siège.

Le cheval, fait à ce monotone service, n'avait pas attendu que Collet lui tirât la bride pour suspendre sa marche. Le cocher fit jouer un ressort qui ouvrit la portière du véhicule ; les trois voyageurs montèrent et l'on roula.

C'est seulement à la gare que Collet eut la grande surprise de reconnaître en eux : madame la comtesse Robert, son jeune frère et « la sœur de lait de Madame ».

Collet n'y comprenait rien. Jamais aucun des membres de la famille n'avait pris l'omnibus du pays, chacun ayant ses équipages, et ce n'étaient certes pas les chevaux ou le personnel qui manquaient.

Le conducteur, discret de sa nature, n'en chercha pas plus long. Cependant, se souvenant de quelques propos, assez malsonnants, que les habitués de l'auberge, où il attendait l'heure réglementaire de conduire sa lourde machine, avaient échangés durant son demi-sommeil, il pensa ne pas médire du prochain, ou porter de jugements téméraires, en répondant au facteur de la station, qui, lui aussi, s'étonnait de la présence de Berthe dans l'omnibus :

— Il y a du grabuge au château.

Du « grabuge », c'est tout ce qu'on en savait encore, dans le village. Quant à la nature de ce « grabuge » la plupart des commères des deux sexes s'en doutaient bien ! Les dérèglements de Robert n'y étaient pas plus ignorés que les ambitions de son beau-père ; aussi, quand Thérèse, conduisant elle-même son poney-chaise, longeait la grande rue pour gagner Paris par Sannois, Argenteuil et Asnières, plus d'une débitante sur sa porte murmurait-elle, entre ses dents, un mot insultant : « Effrontée !... »

La haute société avait pu passer condamnation sur le « remariage » comme elle disait elle-même, de madame de Laïr, avec « ce monsieur Penardier »; mais le petit monde, qui va droit au fond des choses, en restait scandalisé. Ce parvenu, si aristocrate qu'il se fît, ne parvenait pas à leur imposer du prestige. Les petites gens le tenaient toujours pour un des leurs, et l'estimaient à l'égal d'un renégat, à prétentions impertinentes et haïssables.

Pour Thérèse ils l'avaient plainte d'abord, tenant cette belle et grande fille pour une victime, forcée par son oncle à épouser un malingre et ridicule personnage. Mais quand on la vit se salir aux boues de l'adultère, prendre le mari de Berthe, la seule personne de la famille qu'on estimât, elle provoqua cette sorte de mépris, que les gens du peuple expriment en saillies d'une énergie intraduisible.

A l'office, ce soir-là, les gens ne gardaient aucune retenue de langage. Les valets de pied, en servant le thé, avaient remarqué la réserve embarrassée des invités, qui, constatant la disparition de Berthe, pressentaient, eux aussi, quelque « grabuge », quelque trouble, sur lequel Penardier s'efforçait de donner le change, en se multipliant avec un entrain et une aménité de commande, qui aggravaient plutôt les conjectures. Et les domestiques ne tarissaient pas de lazzi aux dépens « du patron ».

Fox surtout, en dépit de son flegme britannique, se conjouissait du déplaisir qu'on supposait à celui-ci.

— C'est bien fait! répétait-il; c'est pain bénit

8.

pour cette espèce de brocanteur qui a eu l'imperti-
nence d'épouser la veuve de mon maître.

Et, au souvenir du chambellan, son noble cœur
s'attendrissait amèrement.

— Ah ! mon maître, disait-il avec des larmes dans
la voix ; mon pauvre monsieur le comte!... Voilà
un homme, lui ! Et que nous en avons fait ensemble! Il ne connaissait ni frein ni loi. Je ne crois
pas qu'il ait jamais payé personne : le tien, le
mien ; tout ça, c'était à lui! Il aurait mangé la
Banque d'Angleterre!... Et insolent!... Voilà un
homme !

Les autres restaient émerveillés, attentifs et tou-
chés d'un pareil panégyrique.

— On parle des viveurs, ajoutait le vieux laquais,
des « gommeux »! Bast! lui, c'était ce qu'alors on
appelait un « lion »! Quand il sortait du Café de
Paris, boulevard de Gand, dans sa lévite sanglée à
la taille, sur son gilet en cachemire, avec ses
pantalons à sous-pieds cousus, on s'arrêtait pour
le voir monter dans son tilbury, où je me cas-
sais les reins à me tenir en « tigre ». Pauvre cher
maître!... faisait-il l'œil humide. En a-t-il écrasé du
monde!...

A onze heures, calèches et coupés emmenèrent
les derniers hôtes de Penardier, conduisant les uns
dans les petits pays des environs, les autres à la
gare de Sannois, où le dernier train circulaire devait les descendre à Paris vers minuit.

Le malheureux financier put alors respirer. Il

était littéralement rompu, à force de s'être démené et tendu, dans l'espoir de distraire l'assistance de l'inquiétude latente qui dominait l'assemblée.

Il était furieux aussi; furieux contre tout le monde, et s'il se fût abandonné à son envie, il n'eût certes pas mâché ce qu'il avait sur le cœur, à chacun des membres de sa famille.

Celui à qui il en voulait le plus, c'était son beau-fils Robert. C'est qu'en leur maturité, les aventuriers de toutes sortes, et de tous sexes, quand ils ont réussi, sont piqués d'une tarentule qui leur inflige une terrible fringale de considération extérieure.

Quoi! il était millionnaire, celui-ci; il avait épousé la veuve, née noble, d'un noble personnage; quoi! à cela près de la clabauderie des envieux, il était notoirement reconnu pour un homme « considérable » et ceux-là qui le touchaient de plus près ne respectaient pas même son toit!... Ah! qu'il lui eût dit son fait avec soulagement, à ce comte Robert, ce parasite encombrant, qui dépendait de lui jusque pour l'achat de ses cigares!

Mais quelle affaire, ensuite, avec la mère de celui-ci!

— « Encore quelqu'un de bien agréable, que sa mère, se disait-il, et bien reconnaissante aussi, et polie! Parlons-en!... »

Du moins,' en dépit qu'elle en eût, le diable ne pouvant empêcher qu'elle ne fût sa femme, il s'élança vers l'appartement de la veuve, déterminé à lui faire entendre le langage de la sévère raison.

Mais voilà bien une autre affaire; un autre genre! madame s'était enfermée chez elle, et faisait répondre par une servante qu'elle reposait et entendait remettre toute explication au lendemain matin.

Il eût été de trop mauvais goût de forcer la consigne en discutant avec une cameriste. Penardier rentra chez lui, se repentant de n'avoir pas exigé qu'à la campagne, comme en leur hôtel à Paris, son propre lit fût dans la chambre de la veuve.

— Monsieur Robert? demanda-t-il au domestique, qu'il avait sonné, en revenant à son cabinet.

— Monsieur le comte a fait dire qu'il rentrait à Paris ce soir.

— Il est parti?

— Par le train circulaire.

— Avec M. Raoul?

— Seul. Monsieur le baron d'Estherelle l'a devancé de deux heures environ.

— Et madame Thérèse?

— Madame la baronne vient de remonter à son appartement.

— C'est bien! fit sommairement Penardier.

Grâce au ciel! il avait donc enfin quelqu'un sur qui décharger sa mauvaise humeur, et cela sans contrainte, Dieu merci! en toute liberté de langage.

Thérèse n'avait pas, elle, de grands airs à prendre avec lui. Si baronne d'Estherelle qu'elle fût devenue par occasion, elle n'en restait pas moins sa nièce : mi-Penardier, mi-Lepattu ! une roturière carrément, une « ignoble », comme disait le grand roi, que la Maintenon menait par le nez, et que les « ignobles » de ce temps-ci, les roturiers bien pensants, vénèrent avec la plus chrétienne humilité.

Pas de mitaines à prendre avec celle-ci ; pas à user de périphrase ; de Penardier à Lepattu, l'étiquette des cours était embarras superflu, appareil sans objet et tout à fait hors de saison.

Aussi, envahissant brutalement la chambre de la malheureuse, qui pleurait dans ses couvertures, l'oncle ne se fit-il aucun scupule de lui lâcher, en guise de salut, une bordée de reproches, dont l'expression, du moins, n'avait rien d'équivoque. C'étaient des insultes formelles, agrémentées de mots d'un sens précis, qu'en son éloquente colère, il trouvait à point, sans chercher, et dont la crudité basse témoignait surabondamment des origines de ce spéculateur heureux !

Cependant, il y perdit sa peine. La jeune femme ne lui répondit pas un mot, pleurant sans paraître s'apercevoir qu'il fût là ; n'entendant même pas les grossièretés qu'il lui vociférait.

Au surplus, Thérèse ne pouvait rien à la situation ; il y songea, et sa bile soulagée, il rentra de nouveau chez lui, plus anxieux que jamais. Qu'allait-il devenir ?

N'eût été le vieux d'Estherelle, mon Dieu ! il eût
fait bon marché de toute cette sale histoire ! Qui
donc de tous ces personnages pouvait l'intéresser ?
La veuve, son fils, Thérèse, Raoul et Berthe par-
dessus le marché, tous lui étaient, au demeurant, de
la dernière indifférence. Le vieux député, seul, lui
mettait martel en tête. C'était, celui-ci, un homme
de la vieille école : « Faites ce qu'il vous plaira ; mais
qu'on n'en sache rien ! » telle était sa morale. Or, si,
de part ou d'autre, on donnait au public à jaser, le
vieillard, très vétilleux sur le décorum, commence-
rait par tirer son épingle du jeu. Impossible qu'il
patronnât plus longtemps, devant les électeurs, le
chef d'une famille où le scandale florissait. Plus
d'appui, partant plus de chances de réussite ; adieu
les rêves de gloire, la députation, le portefeuille. Il
faudrait rester Penardier, comme devant.

« Comme devant ? Eh ! non pas ! Penardier
comme après ! » c'est-à-dire avec une femme inso-
lente et coûteuse, le plus détestable beau-fils, tout
un monde de sangsues à gaver et à entretenir ; un
Pernardier joué, berné ; vulgairement « enfon-
cé !... »

— L'effroyable duperie ! se répétait-il, en serrant
les poings avec la rage d'un malin pris à son propre
piège. J'aurais donc épousé, pour rien, cette ancienne coquette qui a fait parler d'elle ; j'aurais
reconstitué à beaux deniers comptants la fortune
d'un tas de nobliaux, qui se moquent de moi ; payé
et repayé les dérèglements de chacun, garni le

gousset de tout ce monde, dont je n'ai à attendre
que de mauvais procédés, et, encore une fois, tout
cela pour rien?...

Il lui passait des frissons d'épouvante à cette
idée ; puis, la colère reprenant le dessus, il se
voyait, jetant le masque de bonhomie, qu'avec peine
il maintenait sur son visage, les remettre tous au
pas, réduisant les uns et les autres à la portion con-
grue, avec l'autorité d'un gaillard qu'on ne prend
pas au dépourvu et qui, si largement qu'il ait ouvert sa bourse, n'en a pas moins pris ses précautions, de façon à rester maître d'en serrer les cor-
dons !

Certes ! il ferait beau les contempler ce jour-là,
et que les rôles seraient sans doute changés ! On
les verrait penauds, nos insolents. L'agréable vengeance !

Mais ce n'était là qu'une consolation intime et
anticipée. L'heure présente commandait d'autres
soins et surtout de la réflexion.

Étant donné le vague ébruitement des écarts de
Robert et de Thérèse, bruit singulièrement aggravé
par le départ de Berthe, y avait-il remède?

Ce remède, le seul, consistait en quelque acte
ostensible qui démentit ce que les malveillants
colportaient déjà de toutes parts.

Soit ! Mais quoi ?

Quoi?... Eh ! parbleu ! rien de plus simple !

Le surlendemain Penardier donnait à son hôtel
du faubourg Saint-Honoré une soirée musicale et

dansante, à laquelle étaient conviés tous ceux qui
pouvaient quelque chose à son élection. Là, viendraient nécessairement le vieux d'Estherelle et les
autres cousins ; lesquels, trouvant réunis les personnages les plus influents de la vallée de Montmorency, se faisaient fort de les rallier à la candidature du financier.

Eh bien, que tous les membres de la famille, depuis Robert jusqu'à Raoul, Thérèse et Berthe, se
montrassent tels qu'on avait l'habitude de les voir,
c'est-à-dire en bonne intelligence, qui donc pourrait croire sérieusement aux bruits qu'on aurait pu
faire circuler? Ces bruits deviendraient, dès lors,
calomnies intéressées, manœuvres électorales, sans
plus.

C'est bien cela ; c'est cette apparente concorde
qu'il fallait offrir en spectacle à tous ceux qui, plus
ou moins prévenus, auraient l'œil aux aguets sur
les moindres gestes des intéressés.

Et même, il n'en fallait pas tant! Robert et
Raoul pouvaient être laissés de côté ; Raoul comptait si peu, pour personne !

L'important, ce qui devait avoir une portée
capable de ruiner les « commérages », c'était
qu'on vît Berthe et Thérèse ensemble, intimes et
affectueuses l'une envers l'autre, comme à l'ordinaire.

Si peu de place que s'étudiât à tenir dans la maison celle que l'ex-comtesse appelait sèchement
« ma bru », l'entourage ne s'y était point trompé.

Il y avait un caractère en cette jeune femme, discrète et effacée. Donc, qu'elle accueillit publiquement Thérèse, et personne n'en viendrait à supposer qu'en agissant ainsi elle cédât à une intimidation ou obéit à quelque intérêt personnel.

Voilà donc ce qu'il fallait obtenir, de gré ou de force : à tout prix !

Cependant, était-ce possible?

« Possible ! » Le plus souvent, ce mot ne provoque qu'un sourire chez les hommes d'argent. Ils ont tourné tant de difficultés en mettant la main à la poche !

Celui-ci, pourtant, se sentit intimidé au moment de se répondre.

Thérèse, passe encore! Plusieurs moyens pouvaient avoir raison de sa résistance ; quelques raisons aussi : son propre intérêt; l'espoir de sauver sa réputation.

Mais l'autre?...

Par où la prendre, cette fille d'un « méchant médecin de campagne » ? Sous sa mansuétude habituelle, il y avait trop de fierté et d'indépendance, pour que le projet de la contraindre ne fût pas écarté dès l'abord ; les égards qu'elle semblait accorder aux parents de son mari avaient un caractère qui ne permettait guère, à ceux-ci, de se croire de l'autorité sur elle. En dépit des rapports constants qu'elle avait avec eux, elle s'en tenait comme en dehors, laissant toujours à deviner son sentiment sur les choses d'intérêt général.

9

A cette heure, Penardier déplorait qu'on n'eût pas eu le tact de dissimuler à la jeune femme le déplaisir de la voir faire partie de la famille. A force d'affecter de la tenir à distance, on l'avait réduite à se réfugier en elle-même, et, ainsi, elle échappait à toute influence !

Chose bizarre ! cette belle-fille que, tout le premier, Penardier avait plutôt supportée, lui apparaissait, tout à coup, digne de la plus sérieuse attention. Ses intérêts étant en péril, il constatait qu'en cette jeune femme, jusque-là méprisée, il pouvait y avoir l'équivalent d'une pierre d'achoppement, alors qu'avec plus de clairvoyance, il lui eût été facile, au contraire, de s'en faire un appui. Non qu'elle eût été d'humeur à le servir dans la poursuite de ses ambitions, mais par droiture naturelle et par bonté peut-être, par générosité, elle eût pu lui être d'un certain secours.

Pourquoi donc s'y était-il mépris, ou plutôt, pourquoi n'y avait-il pas regardé ?

A songer à la conduite de Berthe envers chacun d'eux, à se rappeler certaines expressions de sa physionomie en diverses occasions, certaine de ses réponses concises et concluantes, il se sentait pris d'une particulière estime pour le caractère et l'intelligence de cette dédaignée.

Il voyait maintenant, en elle, une alliée naturelle que le hasard lui avait envoyée. En effet, n'était-elle pas du peuple comme lui ? N'avait-elle pas également dégoût des prétentions de ces *titrés* sans mœurs, sans probité, sans dignité ?

Comme elle lui semblait les dominer tous, à présent ! Quelle imprudence à lui d'avoir sans cesse humilié cette fille, dont la vertu, l'esprit, la hauteur d'âme jetaient un éclat incomparable, à côté du clinquant de leur prétendue noblesse.

Cet éclat lui sautait aux yeux en cet instant. Tous ceux qui pénétraient dans cet intérieur y avaient rendu hommage d'ailleurs. Il se souvenait des égards que les étrangers prodiguaient à Berthe : une sorte de réserve respectueuse, qui tranchait si nettement avec la familiarité que les mêmes personnes affichaient envers les autres femmes de la maison. Les domestiques, eux-mêmes, se tenaient autrement avec elle, lui montrant une déférence facile, que l'ancienne « étoile » des Tuileries, et bien moins encore Thérèse, ne paraissaient pas leur inspirer.

Que n'avait-il découvert cela plus tôt ! Il se la fût, pensait-il, conciliée, non pas, encore une fois, jusqu'à la tenter de le servir ; mais, du moins, eût-elle hésité à faire le jeu des autres, en lui suscitant elle-même, des obstacles.

Car, à force d'y réfléchir, il fallait voir que les plus graves pouvaient — pis encore ! devaient — venir de son côté à elle !

Telle qu'était Berthe, telle qu'il finissait par la comprendre, elle ne lui offrait aucune prise. Comment l'amener à faire ce qu'il attendait d'elle !

Il n'entrevoyait qu'un moyen : l'attendrissement,

la persuasion, la prière. Il fallait lui demander
comme une charité, de plier sa fierté devant la peine
d'autrui.

— « Peut-être !... » se répétait-il avec un commencement de quiétude.

Cependant « la peine » de qui ? la sienne propre ?
sa peine de voir à vau-l'eau ses projets de grandeur,
par un refus de se prêter à une sorte de comédie ?
Non ! Berthe avait trop de raison pour se rendre à
ce genre de considérations.

Mais « la peine d'une mère » ? ça, c'était quelque
chose !

Si cette mère — quelque étrange qu'elle fût en
temps ordinaire — venait à sa *bru*, comme elle
disait, et, l'appelant, pour cette fois, « ma fille », la
suppliait affectueusement d'épargner la honte d'un
scandale à ses cheveux blancs — qui réellement
étaient d'un blanc magnifique et très coquet, presque coquin, très jeune, en tout cas ! — cette enfant
de bonne bourgeoisie, cette fille d'un père à principes élevés et largement honnêtes en leur libéra-
lité, ne se laisserait-elle pas toucher ?

Du « peut-être » il passa à un :

— « Si fait ! » prononcé tout haut, avec l'énergie
d'une intime conviction.

Dans le trouble pénible où le bonhomme s'agitait, il en vint jusqu'à se faire observer à lui-même
que, pour arriver à ce résultat, il faudrait quelque
mise en scène, et que c'était bien un peu la duper,
cette « enfant de bonne bourgeoisie ». Sur le mo-

ment, il eut une velléité de scrupule — on le répète, il était si troublé! — mais une nouvelle appréhension ne lui permit pas de s'y attarder; un
point d'interrogation pressant se dressa tout à coup,
redoutable devant ses esprits:

— « Madame Penardier saurait-elle jouer ce rôle
» de mère en peine, qui a souci de préserver ses
» cheveux blancs?... »

Voilà ce qu'il importait le plus d'examiner, avant
de reprendre ombre de confiance, ombre d'espoir!

A une heure du matin, il y était encore, s'efforçant de se rassurer en se redisant le même mot :

— « Il le faut ! »

Sur quoi, sonnant son valet de chambre, il
donna ordre d'atteler au point du jour, pour le retour à Paris.

Il avait préparé un mot pour sa femme, afin
qu'elle fût prête à ce moment. Les termes en étaient
d'une clarté impérieuse qui n'admettait pas d'objection. Seule avec lui dans la voiture, elle serait
bien forcée de l'écouter au long, et, l'ayant précédemment amenée à céder une ou deux fois déjà,
en la tourmentant sans désemparer, il ne doutait
pas qu'elle ne se soumît. Elle maugréerait sans
doute, elle lui lancerait des pointes et des in-
solences, soit; mais, à l'aide de quelques sous-
entendus menaçants, il comptait en avoir finalement raison.

C'est que, si fort qu'on lui manquât — ce qu'il se
promettait de ne plus tolérer, quand il serait enfin

député, puisque alors il n'aurait plus besoin de se contraindre ! — il fallait néamoins compter avec lui, car il les tenait tous dans sa main.

S'il logeait et défrayait son beau-fils, c'était pure gracieuseté ; il n'y avait jamais rien eu d'écrit, et nulle puissance humaine n'aurait pu l'empêcher de couper les vivres à ce « noble et puissant seigneur » ! selon sa propre expression. Du jour au lendemain, il lui était loisible de le mettre littéralement sur le pavé, quitte à lui servir un beau billet de cinq cents francs par mois, contre un reçu en règle et un « merci » nettement articulé.

Longtemps la veuve — qui s'en méfiait d'instinct — s'était rassurée à ce propos, en se disant :

— « Il n'oserait pas !... »

Mais, un jour qu'on avait un peu trop mortifié le bonhomme, il avait pris un petit air tout bon enfant, en venant retrouver la veuve, dans *leur* chambre à coucher, et, le prenant au ton de la philosophie :

— Mon Dieu ! lui avait-il dit en s'entourant de sa robe de chambre, je suis peut-être bien fou de poursuivre un projet qui ne me rapportera guère que du souci. Ne vaudrait-il pas mieux, ne serait-il pas plus sage de prendre ma retraite et de goûter enfin un peu de repos ? Ce serait si facile ! Nous voyez-vous, chère amie, dans notre château des Ardennes, tous deux, tout seuls, tranquilles et recueillis devant cette belle nature sévère et grande, à laquelle les neiges d'hiver donnent un aspect par-

fois magique ? Vous en seriez saisie, je vous en réponds, et les agitations de votre propre existence
se nuanceraient, par le souvenir, d'une poésie nouvelle et supérieure. Là, du moins, vous pourriez
sans dérangement, vous occuper de votre salut ; ce
qui n'est pas chose à négliger pour une personne
de votre rang, qui a été mêlée aux affaires de la
dernière cour !...

L'ex-comtesse l'avait laissé dire, selon l'habitude
qu'elle avait cru prudent d'en prendre. Mais cette
fois, déjà couchée dans son grand lit entouré d'é-
paisses tentures, au pied duquel une sorte de ca-
napé-lit, qu'on dissimulait pendant le jour, et qui
servait d'humble couche à son second mari, elle ne
s'était point endormie au ronron monotone de paroles sous lesquelles sa perspicacité flairait un ulti-
matum inquiétant.

Elle ne répondit rien ; mais elle réfléchit, quelque
déplaisance qu'elle y trouvât ; ce qui la conduisit
à constater que le financier pourrait bien n'être
dupe qu'en apparence, et tout à fait provisoire
ment : un homme capable de se poser en maître
un beau matin, et de mener son monde par un
chemin « où il n'y aurait pas de cailloux », comme
il disait parfois, en sa grossièreté de manant
décrassé.

Lui vouer une haine atroce, par malheur, ne servait de rien, ou, plus exactement, n'avait servi de
rien. Depuis longtemps, c'était chose faite. L'é-
blouir entraînait bien du dérangement. Autant va-

lait subir sa volonté, son ignoble joug; c'était le plus commode du moins, et connaissant de reste les désirs du piètre personnage, elle s'était, dès le lendemain, employée à le satisfaire.

Penardier, qui ne manquait pas de pénétration, avait constaté l'effet de ses indirectes menaces. Il s'en trouvait fort aujourd'hui, pour compter sur l'intervention de la veuve près de la femme de Robert.

Quant à Raoul, le financier avait arrangé les choses de façon à le brider aussi étroitement. Le passif du baron était tel que la dot de Thérèse y avait passé. Sans doute, il avait été entendu que la liquidation constituerait les « épingles du marché »; marché par lequel les d'Estherelle consentaient à patronner leur libéral cousin ; mais, là non plus, il n'y avait rien « d'écrit », et le cousin déconfit pouvait toujours dire :

— « Donnant, donnant, ou nous sommes quittes !... »

C'est le résumé de cette situation qui, ramenant un peu de calme chez Penardier, lui permit de s'endormir à poings fermés, après s'être répété une dernière fois :

« — Il le faut !... »

Durant ce temps, Philippe de Solanges songeait de son côté.

Si l'amour rend aveugle en certains cas, il en est d'autres où il doue de clairvoyance.

La confidence du financier, jointe au singulier

embarras dans lequel on avait surpris les maîtres
de la maison, au moment de passer dans la salle à
manger, avait éveillé son attention.

Avec d'autres, il avait remarqué les yeux rouges
de Thérèse. Durant le dîner, elle n'avait touché à
aucun mets, et, plus d'une fois, elle avait laissé sans
réponse les propos de ses voisins.

D'autre part, l'air contraint et ennuyé de Robert
ne lui avait pas plus échappé que les efforts de Penardier, pour masquer le trouble de chacun.

Mais ce qui avait plus encore frappé le jeune
homme, c'était la physionomie des deux seuls êtres
qui l'intéressassent dans cette maison : Adrien et
sa sœur.

Celui-là avait un vague sentiment de colère dans
les yeux, quand son regard se portait sur les membres de cette famille. On eût dit qu'il attendît l'occasion d'un mot pour les braver.

Quant à Berthe, pâle, rigide, tendue, elle paraissait absente en imagination, étrangère à ce qui se
passait. Était-elle affligée ou révoltée? Philippe ne
parvenait pas à s'en rendre compte, et il se promettait d'aller à elle, après le dîner, pour en avoir le
cœur net, lui demander un aveu, prêt à lui offrir
du secours, de quelque manière et à quelque prix
que ce fût.

Par malheur, quand on se leva de table, on se
dissémina. Philippe dut conduire d'un côté opposé
à celui où Berthe se dirigeait, la dame qui lui avait
pris le bras. Et lorsque, se mettant à la recherche

9.

de la jeune femme, il se mêla aux différents groupes
qui emplissaient les salons, une vague rumeur lui apprit que Berthe avait disparu.

Il s'enquit d'Adrien. Le petit n'était plus là, lui
non plus.

En longeant la maison, il entendit des rires dans
le sous-sol, où les domestiques soupaient.

— La bru a filé, disait une voix. Aline a fait un
petit paquet, et, avec le collégien, ils se sont *tiré les
pattes* du côté de la station.

Partie ! Berthe était partie !

Philippe en éprouva une vive et douloureuse
anxiété : quel était le caractère de ce départ ? Qu'en
convenait-il de conclure ? Son amie rompait-elle
donc résolûment avec son mari et sa famille ! Se
dérobait-elle seulement à l'obligation de figurer, en
dépit de ses émotions, au milieu d'une assistance
curieuse et indiscrète ? Il ne savait.

Au surplus, que s'était-il passé ? Les propos que
l'on rapportait à voix basse ne concordaient point.
Les uns parlaient d'une scène entre elle et Penardier. Les autres assuraient que la jeune femme avait
surpris son mari et Thérèse en quasi-flagrant délit,
et il y en avait qui haussaient les épaules, voulant
que Berthe sût depuis longtemps à quoi s'en tenir
sur la liaison de ces derniers ; liaison dont elle s'accommodait en cela, disaient-ils, qu'elle s'en trouvait délivrée de ses liens et devoirs d'épouse.

Désespérant de connaître la vérité, le jeune
homme sortit de la maison, sans prendre congé de

personne. Il avait la tête en feu, le cœur serré, plein d'un chagrin mortel.

Sa plus grande souffrance, en ce moment, était l'impossibilité de démêler son propre devoir envers Berthe, envers lui-même, envers la mémoire de l'homme de bien qui l'avait élevé, et dont l'intention, l'espoir, avaient été que Philippe veillât sur sa fille.

Il gagna la rue, et suivant la route de Paris, qui mène à la station de Sannois, il sortit du village.

Le ciel s'était fait pur, plein d'étoiles sur un fond bleu foncé, où la voie lactée traçait un long bandeau lumineux. L'air était frais et pur et, des prairies fauchées, un pénétrant parfum se répandait. Quelques vers luisants dans les hautes herbes, la musique d'un grillon, le cri mystérieux et rauque d'un oiseau nocturne; partout la paix, le calme, un majestueux repos!

Quel contraste avec le trouble de son âme! Il en fut saisi et, quittant la route, il s'engagea dans un sentier, sans s'inquiéter de savoir où il aboutissait.

Bientôt ce sentier gravit une pente, à travers champs, traversant de légères collines, couvertes de pommiers qui pliaient sous le fruit presque mûr; puis la rampe devint ardue, et, après différents circuits, Philippe se trouva sur la hauteur des moulins de Sannois.

A niveau, une chaîne de monticules qui va jusqu'au confluent de l'Oise; en face, Saint-Germain et sa terrasse, au delà de laquelle des coteaux circulaires, dont les crêtes boisées englobent Marly, Louvéciennes, la Jonchère ; à droite, en contre-bas, la forêt qu'on domine ; puis la Seine qui serpente, et que la pâle clarté de la nuit fait briller d'un reflet d'argent ; enfin, sur la gauche, un fouillis de lumières rougeâtres, d'où surgissent des dômes sombres.

De là, on dirait une fournaise, quelque enfer où hurlent des êtres affolés. L'illusion aidant, on croirait que le vent apporte des bouffées de plaintes, confondues avec des imprécations stridentes ; des appels désespérés, des râles, une confusion fantastique.

C'est Paris.

Sans se préoccuper des moyens de rentrer, Philippe s'assit contre un arbre. Longtemps il regarda dans l'espace ; puis, à un moment, des sanglots le surprirent, et se couchant dans l'herbe, il pleura...

IX

L'appartement que Berthe occupait à Paris, dans l'hôtel Penardier (Isidore), comprenait un petit salon, à son unique usage, qu'elle avait arrangé selon son goût, et en dépit des observations du tapissier, qui trouvait que « ça n'avait pas de bon sens ».

Dans les murs, tapissés en rouge grenat, des portes laquées à minces filets d'or, sous des tentures assorties au papier. La fenêtre à triples rideaux, et donnant sur la cour d'entrée, distribuait le jour avec ménagement. Entre la fenêtre et la cheminée, un piano, placé de biais, le clavier tourné vers l'encoignure. En face de cette cheminée, où, en guise de pendule, s'étalait une vasque d'onyx, remplie de plantes d'appartement, une large biblio-

thèque pleine de livres; mais de ceux qu'on lit, et
qui ne sont pas là pour la montre de leur reliure.
Sur les tables, des bronzes, des émaux, des porce-
laines, où, pour peu qu'il y eût une cavité, on
apercevait une mousse, une fleurette, jusqu'à des
herbes. Dans les panneaux, pas un tableau, mais
des hottes en osier doré, d'où pendaient des plantes
encore ; des plantes, pas de bouquets, des feuilles,
du vert, partout et toujours.

Les sièges, entassés avec la même profusion, af-
fectaient toutes les formes, depuis la chaise-longue
jusqu'au pouf, avec de petites chaises en laque,
couvertes de satin broché.

Ajoutez à cela un tout petit bureau, un panier à
ouvrage.

C'est là que Berthe avait pris l'habitude de s'iso-
ler des hôtes de l'hôtel. Là, elle ne pensait pas. Une
broderie, un livre, son piano suffisaient à l'occuper, sans qu'elle prît garde à ce qui se passait autour d'elle. C'est là encore qu'elle se réfugia, le soir
de ce dimanche, après sa disparition de Franconville.

Ce fut assez tard, dans la nuit, qu'elle en eut la
liberté. Elle avait passé un long temps à rassurer
son frère, qui, pensait-elle, devait rester en dehors
de tous débats. Quoi qu'elle se réservât de décider
sur la conduite à tenir, et quoi qu'il pût advenir, il
fallait, avant tout, qu'Adrien rentrât l'esprit libre,
le lendemain, à Sainte-Barbe.

Aussi le long de la route, en chemin de fer, en

fiacre, puis une fois à l'hôtel, s'était-elle efforcée de
lui paraître enjouée. Elle l'avait payé du prétexte
d'ordres à donner, à propos de la soirée du surlendemain, pour lui expliquer leur départ furtif de la
campagne.

L'enfant lui avait bien objecté quelques « Bien
vrai, Berthe? » qui témoignaient d'une instinctive
défiance; mais, à force, il paraissait s'être laissé
convaincre, et il avait gagné sa chambre, où le
sommeil de ses quinze ans avait achevé de lui ôter
tout souci inutile.

— Et maintenant, se dit Berthe, en se jetant sur
un siège, que résoudre et que puis-je faire?

D'une âme calme, elle fit son examen de conscience, et ne se découvrit aucun sentiment petit;
pas même une blessure d'amour propre féminin;
rien de cette confusion rancunière qui incite les
dupes à exagérer leur dignité. Elle ne vit qu'une
chose : elle n'aimait plus; dès lors le pacte semblait rompu.

L'infidélité de Robert la laissait insensible, et si
peu qu'on l'eût ménagée, elle eût continué de se
résigner à la vie commune. Mais aucun des membres de la famille ne lui accordait les plus minces
égards. Eh bien! c'était tout simple, il n'y avait
qu'à s'en aller. Tout le monde ainsi devrait être satisfait.

Quand cette conclusion se formula nettement
dans son esprit, elle éprouva un profond soulagement; et comme elle entendait s'en aller, tout sim-

plement, sans rien demander à personne, en abandonnant tout, elle pensa qu'elle pourrait partir ouvertement et non se sauver ; encore une fois, « s'en aller » en plein jour, et par la grande porte.

En s'éveillant, le lendemain, elle revint sur les réflexions de la veille, pesant tout à nouveau. Alors, voyant qu'elle aboutissait à la même conclusion, elle se leva légère et sans appréhension. Puis, s'habillant, elle dit à Adrien qu'elle allait le conduire à son collège, afin de rester plus longtemps avec lui.

L'enfant, par un reste d'inquiétude, l'observait. Il la vit souriante, en parfaite liberté d'esprit ; aussi, entraîné par elle, il oublia ses impressions de la veille.

Au moment de sortir, elle dit, bas à Aline :

— En attendant mon retour, rassemble les différents objets de travail que tu trouveras dans mon petit salon ; ma musique aussi, et, dans le bureau, ma correspondance.

Aline ne parut point étonnée, ne fit aucune question. A ne l'avoir jamais quittée, elle connaissait le caractère de sa sœur de lait, et ces quelques mots lui suffirent.

— C'est qu'on s'en va, se dit-elle. Tant mieux!

Elle ne demanda même pas où l'on pourrait aller. Qu'importe! On serait tout de même ensemble, c'était le principal.

A onze heures, un domestique annonça le déjeuner.

— Monsieur le comte est donc à l'hôtel? demanda Aline.

— Il est rentré du cercle à neuf heures du matin.

— Dites-lui que madame est allée conduire son
frère à Sainte-Barbe.

— S'il faut qu'il déjeune tout seul, il va faire la
grimace.

— Sa mère n'est-elle pas rentrée?

— Oui. Mais comme on l'a fait lever à la chan-
delle, là-bas, elle s'est recouchée en arrivant.

Le domestique se retira; puis, après quelques
minutes, il revint.

— Aline, dit-il, quand votre maîtresse rentrera...
si elle rentre!...

— Que voulez-vous dire?

Le laquais se prit à rire.

— Comme si l'on ne savait pas pourquoi elle est
partie, toute seule et à pied, de Franconville, hier
soir! Le secret de Polichinelle!

— Eh bien! reprit Aline, coupant court aux commentaires, si elle rentre?...

— Dites-lui que monsieur le comte lui demande
un moment d'entretien, chez elle, tantôt.

— Bien, fit la sœur de lait de Berthe, je vous
ferai avertir.

A midi seulement, la jeune femme rentra. Elle
semblait radieuse.

— Viens ici, que je t'embrasse, toi, dit-elle à
Aline, en rejetant sa mante et son chapeau. Nous

pouvons respirer librement désormais ; notre chaîne
est brisée.

— Comment cela ?

— Je viens d'envoyer une dépêche à Montmorillon, afin qu'on tînt la maison prête à nous recevoir.

Elle en parlait comme si déjà ce fût chose entendue, acceptée par la famille.

— Ah ! fit elle, en poussant un soupir, quel soulagement ! J'étais, à la fin, si lasse des contacts de
tout ce « grand monde-là » ! Dans quelque heures,
Aline, j'aurai dépouillé mon harnais de comtesse,
et c'est tout bonnement la « fille du docteur » qui
rentrera chez elle !

Il faut supposer qu'Aline n'y avait pas une entière
confiance, car, sans répondre à l'enthousiasme de
sa maîtresse, elle lui dit :

— Vous savez qu'ils sont rentrés en votre absence?

— Tous?

— Sauf M. Penardier, que je n'ai pas vu descendre de la calèche.

— Et Robert ?

— Monsieur le comte a fait prier madame de lui
accorder une entrevue tantôt.

— Parfaitement ! répliqua Berthe. Dis qu'on
l'avertisse, Aline.

Voyant que celle-ci ne se hâtait pas et que son
visage gardait une expression d'anxiété :

— Mais sois donc rassurée, reprit la jeune

femme. Je te dis que nous rentrons « chez nous » !
Que peux-tu craindre? Je les débarrasse de moi, ils
vont me trouver charmante. Je suis d'ailleurs déterminée à accepter toutes les conditions.

Puis, entendant approcher :

— Écoute, fit-elle, on vient : Robert sans doute.
Ouvre et aie confiance. Mais regarde-moi donc,
Aline : ai-je de l'émotion? Pas l'ombre, je t'assure!
Embrasse-moi encore et va vite.

Ce fut un domestique qui se présenta, tenant un
plateau, et sur ce plateau, une carte.

— Pour madame, dit-il.

Berthe prit la carte, y jeta les yeux, et ses sourcils se contractèrent.

— Faites entrer, répondit-elle, après un moment.

Puis, le domestique parti.

— C'est Philippe, dit-elle vivement à Aline.

— M. de Solanges?

— Il vient me faire ses adieux, puisqu'il s'embarque après-demain matin. Je l'avais oublié, le
pauvre cher garçon !... Et moi, fit-elle, comme à elle-
même, qui lui ai dit que je suis heureuse ! S'il savait !...

— Croyez-vous qu'il n'ait rien soupçonné, hier
soir? demanda Aline.

— J'en serais désolée! répondit la jeune femme.
Il ne peut rien pour moi, et il ne faut pas qu'il s'af-
flige à mon sujet.

— Son affection est bien clairvoyante, madame!

— Fie-t-en à celle que je lui rends pour qu'il parte sans se douter de rien. — Le voilà. Laisse-nous.

Le temps que mit Aline à introduire le jeune homme suffit à Berthe pour se composer une physionomie.

A demi étendue sur la chaise longue, elle tendit la main à son ami d'enfance, dès qu'il parut, et, lui montrant un fauteuil :

— Décidément, lui dit-elle avec une nuance de regret, vous venez me dire adieu ?

— Le cœur gonflé outre mesure, répondit le jeune homme.

— Comme à votre premier départ !

— Non ! reprit-il, ce n'est pas la même chose. Alors j'étais soutenu par un but secret; j'emportais l'espérance de faire agréer à quelqu'un le résultat de mes efforts. Tandis qu'aujourd'hui, je pars consterné de ne me sentir aucune attache ici.

— Comment ?

— Sans doute ! Où laisserai-je un vide ? Je ne suis utile à âme qui vive. Et je m'en vais de mon pays comme on sort d'une auberge; c'est à peine si, en dehors de vous, l'hôtelier me souhaitera bon voyage. Eh bien, c'est navrant ! Et je jure bien de ne plus m'exposer à cette intime humiliation.

— Je ne vous verrai plus ? demanda la jeune femme.

Puis, sur un signe négatif de Philippe :

— Jamais ?

— Jamais ! répondit simplement celui-ci. A moins...

— A moins?

— A moins que vous n'ayez besoin de moi, Berthe.

— Ah ! fit-elle, quelles probabilités !

— Que sait-on !

— Ma vie est faite, ami Philippe, mon sillon tracé ; je n'ai qu'à le suivre.

Le jeune homme hésita un instant ; puis, d'une voix calme et grave :

— Je n'ai pas à vous imposer mon dévoument, dit-il, et pourtant, je voudrais, une fois, vous parler à cœur ouvert. Me le permettez-vous?

Déjà frappée de la solennité de ses paroles, Berthe, l'examinant plus attentivement, remarqua l'altération des traits de son ami, et c'est presque avec crainte qu'elle lui répondit :

— Dites, mon ami !

— Comprenez-moi bien, reprit Philippe. Si j'ai place au soleil, si je suis parvenu à ce que je crois le plus grand des biens : l'indépendance ! si, enfin, et vaille que vaille, je puis me tenir pour « un homme » ! c'est à votre père que je le dois. Ce qu'il a fait pour moi...

— Ah ! rien, mon bon Philippe. Il vous a aimé, voilà tout.

— Vous ne pensez pas, j'espère, qu'en vous rap-

pelant ses bienfaits, j'aie la préoccupation de trouver occasion de m'en acquitter envers l'un ou
l'autre de ses enfants ?

— N'ayez pas cette crainte : je vous connais,
Philippe. D'ailleurs, ses enfants !... N'étiez-vous pas
du nombre? Adrien et moi, ne vous avons-nous pas
toujours tenu pour notre « grand frère... » ?

— En ce cas, reprit Philippe en combattant son
émotion, j'ai le droit de m'inquiéter de vous, et de
songer à l'isolement où vous resterez, si Adrien
s'embarque l'année prochaine selon son désir.
Aussi, sans autre précaution, Berthe, s'il survenait
dans votre vie des circonstances graves...

La jeune femme l'interrompit.

— Dans ma vie? Quoi? fit-elle. Que prévoyez-
vous ?

Philippe éluda l'obligation d'une réponse pré-
cise.

— Il ne m'appartient pas, dit-il, de forcer vos
confidences.

— Êtes-vous sûr que j'aie des confidences à
faire?

— Je ne demande rien, je n'examine rien. Je
me borne à vous dire, une fois pour toutes, qu'en
tout temps et où que je sois, vous me trouverez
simplement... à vos ordres!

Par une de ces intuitions mystérieuses, que
l'étude du magnétisme parviendra, peut-être, à pénétrer et à définir un jour, la jeune femme fut frappée du ton de Philippe.

— Je n'en ai jamais douté, mon ami, dit-elle, un peu intimidée.

Et elle l'examinait avec attention, ne le reconnaissant pas, ou, plus exactement, ne retrouvant pas, en lui, son Philippe d'autrefois, son ami d'enfance, son frère. Je ne sais quelle crainte indéfinie la mettait sur ses gardes.

Il s'était levé.

— En ce cas, dit il, je pars satisfait.

— Oui, fit-elle, secrètement troublée ; allez!... allez, Philippe. Tâchez d'être heureux... vous ne le serez jamais autant que je le souhaite et que vous le méritez.

Il lui tendit la main.

— Adieu, dit-il.

— Adieu, répondit Berthe.

Sans s'en expliquer la raison, elle était obligée de se contraindre ; son cœur battait avec violence, et ses nefs étaient tendus à se briser.

Tout à coup, au moment où le jeune homme allait sortir, Berthe, vaincue par l'émotion, éclata en sanglots.

Alors, revenant, pâle, agité, étourdi :

— Vous pleurez? s'écria Philippe.

Par un entraînement irréfléchi, elle lui prit la main, et suffoquant, elle fit un mouvement pour s'élancer contre son cœur, afin d'y pleurer librement; quitte à tout dire, à lui révéler son martyre.

Mais elle rencontra son regard et se ressaisissant,

elle s'essuya les yeux, puis, avec un doux et pâle sourire :

— Excusez ce moment de faiblesse, dit-elle ; vous avez remué des souvenirs assoupis, où se résume un passé si paisible et si cher !

— Répondez-moi, répliqua le jeune homme, d'un ton qui trahissait une sourde animation. Est-ce bien vrai que vous soyez heureuse, Berthe ?

— Quand même ! répondit-elle d'une voix pleine de mélancolie ; qu'y pourrait-on ?

Loin de le calmer, ce demi-aveu, redoubla l'animation de son ami.

— Il n'y a rien au monde dont je ne sois capable pour vous ! reprit-il, avec une sorte de défi qui accrut tout à coup l'inquiétude de Berthe.

Une inquiétude étrange et confuse, où il y avait de la joie et de la peur.

Elle garda le silence un instant, plongeant son regard dans les yeux de Philippe ; puis, d'une voix ferme :

— Répondez-moi à votre tour, dit-elle. Qui est la personne que vous avez aimée ?

Il n'hésita pas.

— Vous ! fit-il.

— Moi ? s'écria la jeune femme en reculant d'un pas.

Le visage de Philippe s'attendrit tristement.

— Pourquoi vous éloigner ? demanda-t-il. Que pouvez-vous redouter ? Depuis que j'ai la conscience de moi, je vous aime, oui ! Mais il a fallu vos larmes pour m'en arracher le secret, et si votre père l'a su, je vous le jure, c'est qu'il l'a deviné.

— Mon père ?

— Au moment de monter dans la vieille patache qui allait me conduire à la gare, il me glissait deux mille francs dans la main, en me disant tout bas, avec un regard vers vous : « Prends, va !... tu les rendras à ta femme !..... » C'est à la comtesse Robert de Laïr que je les ai rendus. Mais, alors même que mon cœur se déchirait, que mes espérances devenaient sans objet, ma vie sans but, ai-je dit un mot? Et vous qui me connaissez, croirez-vous que je me sois tu par orgueil? Non. C'est que du premier jour, je vous ai placée si haut que mon respect seul peut monter jusqu'à vous. Voilà ce qui fait votre sécurité et la mienne, voilà ce qui fait que, n'attendant rien de l'avenir, ou de vous, Berthe, je me suis trouvé assez sûr de moi, assez fort pour vous dire et vous répéter que je suis et resterai... exactement comme autrefois : à vos ordres !

Par un mouvement spontané, un élan de reconnaissance et de fierté satisfaite, la jeune femme lui tendit la main.

— Bien ! dit-elle. Merci.

Et puis elle se tut, et de nouveau ses idées se brouillèrent, sous l'empire d'une réaction morale qui lui mettait au cœur le pire des regrets, la honte d'un remords à son sujet, à lui; regret d'avoir passé indifférente à côté de cette affection; remords d'avoir méconnu, d'avoir fait souffrir, d'avoir humilié, peut-être, cette âme si haute et si grande !

Elle restait devant lui, interdite, n'osant ajouter une parole, crainte d'éclater ; gauche, en son sourire grimacé, et redoutant de se trahir.

Par bonheur Philippe n'y vit rien, et, quel que fût son propre trouble, il s'efforça de paraître calme, aisé.

— Eh bien, fit-il doucement, dois-je partir ?

— Oui, répondit Berthe sur le même ton.

Puis, sentant ses forces à bout, une sorte de vertige entraîner son cœur en dépit de sa volonté :

— Ah ! oui, ajouta-t-elle, partez, mon ami !...

Elle trouva encore l'énergie de lui faire un geste d'adieu amical, quand il se retourna sur la porte ; mais dès qu'il eut disparu, le visage de Berthe s'inonda de larmes, et elle s'affaissa sur un siège, épuisée, se répétant le même mot, d'un ton de cruel reproche :

— Aveugle !...

A un bruit de pas, dans la cour, elle se leva comme affolée, éperdue, et, s'élançant vers la fenêtre, elle en écarta le rideau, qu'elle retint d'une main tremblante. Elle avait envie d'appeler Philippe ; ce cri qu'elle retenait l'étranglait, et, de ses yeux hagards, elle le regardait comme, au bout de la jetée, l'amante regarde s'éloigner la barque qui emmène le bien-aimé.

Alors une interrogation terrible se posa devant sa raison.

« Est-ce que je l'aimerais ?... »

Mais sa conscience se révolta ; elle ne voulut pas se répondre, et, comme par pudeur, elle ferma les yeux.

Le bruit sourd de la porte cochère les lui fit rouvrir aussitôt. La cour était vide.

Lentement elle laissa tomber le rideau ; lentement elle s'éloigna de la fenêtre, et tout à fait désorientée, ne sachant plus, ne sentant pas sa peine, éprouvant seulement un vague soulagement, elle dit tout haut, sans besoin, malgré elle :

— C'est fini !...

Longtemps elle resta inerte, accablée, ne pensant rien de suivi. Peu à peu, ensuite, une sorte de rêve la reporta en arrière, la berçant des souvenirs du passé. Elle recommençait sa vie ; ce qui était arrivé ne se produisait pas ; c'était tout le contraire. C'était le projet paternel, qui se réalisait. Elle en imaginait les suites, et sa respiration, jusque-là haletante, se régularisait. Son cœur se dégageait de l'étreinte pénible sous laquelle, depuis une heure, il restait comprimé ; elle souriait à des tableaux où elle se voyait, en pensée, entre son père et le mari qu'il lui avait choisi, et la petite maison de Montmorillon, agrandie, mais toujours enfouie sous les branches, toujours emplie du parfum des corbeilles de roses, semblait le paradis retrouvé.

Durant ce temps, M. Penardier, fort insoucieux de déjeuner ce matin-là, se rendait chez Thérèse, qui avait dû quitter Franconville quelques instants après son oncle et la veuve du chambellan.

Déjà il était parvenu à convaincre celle-ci, non sans peine, il est vrai ! d'agir près de Berthe, dans le sens désiré par lui. Tout le long de la route, ç'avait été, entre le mari et la femme, un singulier débat, ou plutôt un combat singulier. Ce qu'ils s'é-taient lancé de pointes, de reproches et de déplai-sances, eût fourni la matière d'une scène comique, en raison de l'effort qu'ils faisaient, tous deux, pour observer les convenances, ayant le point d'honneur de se dire, en termes mesurés, combien ils se détes-taient et se méprisaient réciproquement.

Cependant, l'époux l'avait emporté. Madame, sur-excitée au point de redouter une attaque de nerfs, avait fini par se rendre à merci. « Eh bien ! oui, là !... elle parlerait à sa belle-fille, de façon à obtenir qu'elle se prêtât à la comédie qu'il s'agissait de donner à la tribu d'Estherelle et à tout l'entou-rage. »

Ce point concédé, elle espérait avoir la paix, pouvoir s'enfoncer dans le coin de la voiture, et reprendre le sommeil interrompu par une mise en route aussi matinale. Mais une concession provo-que des prétentions nouvelles de la part de qui l'a obtenue. Penardier la reprit en sous-œuvre. Que l'ex-comtesse vît Berthe et lui parlât, bon ! Mais que lui dirait-elle ? Et de quel ton ? Grave question ! car la jeune personne était de caractère à exiger de la diplomatie.

Cette fois la veuve l'envoya promener. Allait-il pas lui tracer son rôle, la souffler? S'imaginait-il qu'elle ne saurait pas tourner les choses avec délicatesse?

Pour qui la prenait-on, Seigneur! Et qu'est-ce que c'était donc que ce butor qui se donnait les gants de lui dicter sa conduite et ses paroles?

L'autre essuya la bordée d'une âme aussi impassible que si on lui eût chanté « Femme sensible »; mais, suivant son idée, avec la persévérance d'un mulet qui s'est mis en tête d'aller droit devant lui, il reprit son antienne, avec acharnement. Aussi, de nouveaux compliments s'échangèrent-ils entre eux, et si l'on ne fût arrivé à l'endroit où, pour vaquer à d'autres soins, le financier devait quitter madame, aucun décorum ne les eût retenus de se dire des sottises salées!

Néanmoins Penardier triomphait sur toute la ligne, auprès de sa digne épouse. Qu'elle enrageât plus qu'il ne le lui était arrivé de la vie, bagatelle! Il n'en restait pas moins que, non-seulement elle entreprendrait de circonvenir sa belle-fille, mais encore qu'elle ferait appel à ses sentiments, consentant, et avec quelle fureur rentrée! à singer de l'affection envers une « péronnelle » qui n'avait pas ombre de savoir-vivre.

En descendant de voiture, furibonde et humiliée, elle fit demander Berthe, décidée à en finir tout de suite, à se débarrasser de la corvée.

— Madame est sortie, lui répondit le suisse.

10.

Sur le moment, la mauvaise humeur de madame
Penardier s'en accrut; mais, par un retour immé-
diat, elle se dit que, peut-être, le ciel intervenant,
les circonstances feraient d'elles-mêmes obstacle à
l'exécution de ce qui était convenu, et, se réjouis-
sant par avance, elle se prit à rire, en se disant :

— « Au diable!...

Alors, songeant qu'elle n'avait pas dormi son
compte, elle gagna ses appartements, et se coucha
du meilleur cœur.

Quand Penardier arriva chez Thérèse, elle venait
de rentrer, et Raoul, sorti vers une heure du matin,
n'avait pas reparu.

Le financier se précipita vers la chambre de sa
nièce, négligeant de se faire annoncer, et au risque
de la surprendre en déshabillé. Avec celle-ci, on l'a
dit, il se souciait pas mal des façons et du fameux
décorum, dont on lui rebattait les oreilles chez lui!
Thérèse était de son monde à lui, la fille de Lepattu,
d'un simple gendarme sans « un radis » ! comme
on dit dans l'argot des coulisses de la Bourse; il n'y
avait pas à prendre de mitaines, Dieu merci !

Il y parut, car, abordant la jeune femme et quitte
à se répéter, il lui dégoisa, pour commencer, un
chapelet de remontrances sur son impudicité, en
des expressions qui n'avaient rien du langage mus-
qué des cours. Ce Penardier (Isidore), qui n'osait
parler de la position sociale de ses père et mère,
reprocha à Thérèse jusqu'à ses origines, s'appliquant à l'humilier en appelant le défunt gendarme :

— « Ton *soiffard* de père?... » On peut penser si, parti de là, il se fit faute de jeter au nez de sa nièce les bienfaits dont il l'avait comblée, disait-il.

Sans doute, elle avait de quoi lui répondre, et peut-être à la confusion de plus d'un, lui compris ; mais, par trouble ou dédain, elle le laissa exhaler sa bile sans dire un mot, sans faire un geste, sans changer de physionomie.

Puis, quand il parut à bout d'invectives :

— En somme, demanda-t-elle d'une voix brève, que voulez-vous ?

— Je *veux*, fit-il, car c'est bien le mot, en effet, je *veux* que vous répariez, dans la mesure du possible, l'effet scandaleux de cette déplorable histoire.

— Et comment ?

Il le lui dit en termes précis. Il fallait qu'à une heure donnée elle fît son entrée au bras de son oncle, à la soirée que donnait celui-ci le lendemain et que, de la façon la plus aisée, elle se laissât amener à Berthe, à qui elle aurait à tendre la main, comme à l'habitude, et devant tout le monde.

— Vous vous imaginez qu'elle s'y prêtera ? demanda Thérèse.

— J'en réponds ! Au surplus, ajouta-t-il, je ne vous amènerai à elle qu'après avoir pris mes précautions, et une fois fort de sa promesse formelle.

Thérèse haussa les épaules.

— Il faut, dit-elle, d'un ton dédaigneux, que vous vous illusionniez sur la hauteur d'âme de Berthe, autant que sur votre importance personnelle, pour espérer sa complaisance, dans une circonstance semblable. Vous croiriez-vous quelque autorité à ses yeux, par hasard? Seriez-vous, votre femme et vous, assez prétentieux pour vous attribuer un semblant de prestige auprès d'une fille de son intelligence, de sa droiture et de sa pureté? Par quoi donc comptez-vous la réduire? Votre fortune, le luxe dont vous la faites jouir? Elle s'en soucie comme de rien. Votre femme la révolte et vous, vous lui faites pitié. C'est que Berthe est un caractère, ne vous y trompez pas; un esprit fortifié par une éducation saine, qui lui a donné la notion du juste et de l'injuste; un très net sentiment du devoir et de sa propre dignité. Vous vous y userez les ongles, je vous en avertis, et si, par quelque procédé que ce soit, vous lui arrachiez la promesse de me recevoir publiquement, et de me toucher la main, défiez-vous d'autant, M. mon oncle! Quant on est irréprochable à ce degré, on n'a rien à appréhender du bruit, et l'on domine tout esclandre.

Sur le moment, le bonhomme, qui se croyait, en tout, si *fort*, se décontenança intérieurement; ce qu'il laissa voir, malgré lui, sur sa face anxieuse et jaunâtre.

— Ce que j'en dis, reprit Thérèse, n'est pas pour me refuser à ce que vous me demandez. Dans la situation détestable où, pour la satisfaction de vos ténébreux intérêts, vous m'avez mise, et après que, sottement, par je ne sais quelle défaillance et quel dégoût général, je l'ai aggravée de hontes diverses, je n'y regarde pas de si près! La fille d'un « soiffard » de gendarme n'a pas tant de précautions à prendre pour garder un simulacre de considération, qui va bien au delà de son mérite. Qu'est-ce que je risque? Un procès en séparation, qui me renvoie à mes « origines », comme vous dites, avec un peu de candeur, entre nous! Bah!... Votre sœur, qui fut ma pauvre mère, m'a appris à supporter la gêne, et, si vous croyez que j'aie grand regret de renoncer aux assommantes relations du monde, dans lequel vous m'avez introduite, au bras d'un malheureux garçon, qui, si peu qu'il vaille, méritait peut-être mieux que moi, vous vous trompez étrangement. Mais n'importe! Ce que vous me demandez de faire, je le ferai; non pour vous, qui n'avez aucun droit à mon intérêt et à ma vénération; mais je le ferai un peu pour mon mari, qui est votre dupe, comme moi, et surtout pour Berthe, à qui je ne me reconnais pas le droit de rien refuser; pas même l'occasion d'une vengeance, qui me déshonorerait aux yeux de l'univers entier.

Penardier n'insista pas. Il avait obtenu ce qu'il voulait de sa nièce. Quant aux conséquences, aux risques qu'elle lui faisait entrevoir, il se réservait d'y aviser.

Il demeura convenu que Thérèse viendrait le lendemain vers dix heures, à la soirée de son oncle, et qu'au lieu de pénétrer dans les salons, elle se ferait conduire à son cabinet. Alors, s'il y avait doute sur les intentions de Berthe, ou pourrait renoncer à la

mise en présence des deux jeunes femmes, Thérèse
se retirerait sans avoir paru, et l'on verrait à imaginer quelque autre moyen de réagir contre les
fâcheux propos mis en circulation.

Tout en prenant un semblant de déjeuner chez
Bignon, le financier s'efforça de résumer tous les
éléments de la situation, et, faisant la part du sentiment personnel, qui avait peut-être bien exagéré
l'importance des objections de sa nièce, il se rassura
peu à peu.

Jaugeant les autres à sa mesure, il lui fut difficile
d'admettre que Berthe risquât de perdre, par simple
satisfaction de vengeance, le bien-être qu'il lui pro-
curait. Il y eût fallu, pensait-il, de la vertu, un
extraordinaire attachement à des principes que lui,
Penardier, tenait pour utopiques, et, à son usage,
encombrants.

— « Oui, se disait-il, elle est susceptible, et même
fière ; mais elle n'est pas fabriquée d'un limon spécial, et, puisqu'elle est intelligente, elle démêlera
son intérêt, ce qui la fera réfléchir ! D'ailleurs, madame Penardier n'est point sotte non plus, et, puisque celle-ci consent à s'attaquer au cœur de sa belle-
fille, — le côté faible de ces natures orgueilleuses !
— nous parviendrons, avec quelques *grands mots*, à
attendrir l'irascible Montmorillonne ! »

Plein de confiance, il se prit à sourire de ses premières appréhensions. Il en avait *roulé* de si malins !...
Une enfant lui ferait échec ?... Allons donc !

X

Quand Aline entra dans le petit salon de Berthe, elle la trouva si profondément absorbée dans ses réflexions, qu'elle dut lui toucher le bras pour l'en distraire.

— Hein ? fit la jeune femme, en l'interrogeant du regard.

— Monsieur le comte.

— Qui ?... Ah ! oui, Robert. Eh bien ?...

— Il est là.

Berthe fut encore obligée de faire effort pour se ressaisir. Puis la notion de la réalité lui revenant tout d'un coup :

— C'est juste, dit-elle. Fais-le venir, Aline.

— « Et moi, pensa-t-elle, qui me disais que c'était fini !... »

Elle entendit son mari approcher.

— Allons, fit-elle. Surmontons-nous encore une fois, et faisons du moins qu'il me soit permis, désormais, de me souvenir et de regretter.

Robert parut,

— Entrez... Entrez, Robert, dit la jeune femme, d'une voix qui ne témoignait d'aucune émotion.

Elle s'assit et lui montra un siège. Comme il gardait un silence embarrassé :

— L'étrange figure que nous faisons ! dit-elle doucement. Et quelle façon de clore ce que les bonnes gens de là-bas appelaient un « poëme... ». Enfin !... ajouta-t-elle avec un soupir. L'important aujourd'hui est de nous mettre d'accord sur une solution.

— C'est à vous de dire vos préférences, répondit le jeune homme.

— Ah ! reprit Berthe en hochant la tête, je sais ce que vaut votre courtoisie, et je n'en suis plus, hélas ! à me payer de mots.

Robert garda son attitude un peu compassée.

— Pour qu'il n'y ait pas d'équivoques, dit-il, je reconnais vous devoir toutes les satisfactions...... Celles du moins qui sont compatibles avec les onvenances.

La restriction mit Berthe en défiance, et, saisissant au vol ce mot de « convenances » :

— Il vous sied assurément de vous en soucier ! répliqua-t-elle en raillant à demi. Cependant, voyons, que proposez-vous ?

— Le mieux, peut-être... serait que, sous prétexte d'une mission quelconque, j'entreprisse...

— Un voyage? fit Berthe en lui fournissant le mot. Je comprends : un voyage... Avec Thérèse?

Le jeune homme se redressa comme sous un coup de fouet, un peu surpris pourtant qu'elle eût de ces spontanéités de riposte. Il ne la soupçonnait pas sous cet aspect.

— C'est qu'il se scandalise! dit-elle.

Puis, jouant l'humilité :

— Il faut m'excuser, voyez-vous. Je suis de « petit monde », et quoi que vous ayez fait pour m'élever jusqu'à vous, je ne parviens pas toujours à comprendre les « convenances » à votre façon... D'ailleurs, j'entendais : Thérèse... et son mari!...

Robert avait froncé le sourcil, et, devenant glacial :

— Il vous plaît de le prendre sur ce ton, soit, dit-il. Le moins que je vous doive est de vous le passer.

Ce fut au tour de Berthe de le répliquer haut.

— Vous êtes vraiment magnanime! répondit-elle d'un ton de profond dédain, qui, de nouveau, frappa et déconcerta son mari.

Il ne l'avait jamais vue ainsi, et ce fut presque en subissant son ascendant qu'il reprit :

— Que faire pourtant? Je ne me permets pas de vous proposer de voyager ensemble.

— Ah! vous faites bien!

— En ce cas?

Berthe eut pitié de lui.

— Allez ! fit-elle, en se faisant facile, ne dérangez donc rien à vos habitudes ; je vous cède la place.

— Que voulez-vous dire ?

— Je ne raille plus, Robert. Je regrette même d'avoir cédé à ce mince plaisir. La situation est fort claire après tout : c'est moi qui gêne... eh bien, je m'en vais.

— Vous vous en allez ?

— Sans doute.

— Mais, dit Robert, paraissant ne pas bien comprendre, où supposez-vous donc que vous puissiez aller ?

— Où vous m'avez prise : chez moi ; dans cette petite maison où l'ombre de mon père me vaudra encore le calme et la sécurité.

Puis devançant toute objection :

— N'exagérons pas les choses, ajouta-t-elle, d'une voix ferme. Un fait est là, visible, frappant : nous nous sommes trompés, Robert. Reconnaissons-le de bonne grâce, et quittons-nous. C'est si facile ! Pour moi, sans débat, sans récrimations, je retourne à mon point de départ ; voilà tout !

— Vous savez bien que ce n'est pas possible, répondit le jeune homme.

— Parce que ?...

— Si j'avais une fortune personnelle, je pourrais, à la rigueur, me prêter à votre désir. Mais j'ai le malheur de tout tenir de M. Penardier, et...

Elle l'interrompit, croyant qu'il se préoccupait

de l'absence de luxe, à laquelle elle s'exposait en se retirant.

— Je vous remercie de cette pensée, dit-elle avec douceur. Mais je ne veux rien de lui, ni de... personne.

— Comment vivriez-vous pourtant?

— Modestement, comme je faisais avant de vous connaître.

Il parut éprouver un peu d'impatience en répliquant :

— Pardon ! vous êtes devenue la comtesse de Laïr...

— Ah ! fit-elle, si peu !...

— Madame !

— Ça ne se verra pas, je vous assure ! poursuivit la jeune femme sans s'arrêter au ton froissé de son mari. D'ailleurs, j'entends redevenir tout simplement la fille « d'un médecin de campagne », comme on dit ici, « la fille du docteur », comme disent, là-bas, ceux qui l'ont connu et qu'il a servis.

Robert s'était levé, comme pour couper court à ce qu'il tenait pour « des mots » sans plus, des idéalités presque ridicules et affectant de l'autorité :

— Vous entendez ! Vous entendez ! fit-il, c'est vite dit. Mais la loi est au-dessus de ce qu'il vous plaît d'entendre et le monde, dont vous êtes aujourd'hui, s'impose à votre volonté.

Le débat prenait un tour sérieux, et Berthe, devinant les arrière-pensées de son mari, les mit à jour résolûment.

— Le monde ? répéta-t-elle en s'animant peu à peu. Oui, oui, je comprends : le monde ne doit pas savoir que madame la baronne d'Estherelle m'a pris mon mari. C'est cela, n'est-ce pas ? Et ce qui vous tient au cœur, en me venant trouver, se résume ainsi : « Sauver les apparences !... »

Un peu pâle, un peu tremblante, mais le regard droit à lui :

— Sérieusement, Robert, reprit-elle, quelle idée vous faites-vous donc de moi ? Quoi ? Pour préserver la réputation de cette femme, vous vous mettriez en voyage ; soit, Thérèse irait de son côté... peut-être ! — Ah ! fit-elle sur un mouvement de son mari, et avec une sorte d'éclat d'orgueil, si vous saviez comme ça m'est égal !... — Mais, moi, durant ce temps-là ? Moi, je continuerais, sans doute, de vivre dans ce milieu, dont la facilité de mœurs révolte mes instincts ; je continuerais de respirer cette atmosphère, dont la galanterie me suffoque et m'humilie ? Pour l'avoir espéré un instant, il faut que vous vous soyez bien trompé sur les causes de ma résignation passée. Apprenez-le donc, monsieur, ce n'a jamais été de la faiblesse, et, quoi qu'il doive en advenir, tenez-vous-le pour dit : je pars !

— Quels que soient mes torts envers vous, répliqua durement Robert, j'ai le regret de n'y pouvoir souscrire.

— Ah ! fit Berthe, très tendue d'esprit, c'est que...

— Quoi ?

— Dame !... Tant pis !

— Vous passeriez outre à ma défense?

— Certes ! répondit-elle en le bravant en face.

Le jeune homme, très troublé par des sentiments opposés, frappa violemment sur la table.

— Prenez garde pourtant ! s'écria-t-il.

La colère de son mari rendit Berthe d'un calme superbe. Lentement elle se leva et se mettant devant lui :

— Vous me menacez? dit-elle.

Ce défi, cette énergie, cette hauteur, tout la transfigurait aux yeux de Robert. C'était une révélation. Il découvrait une Berthe inconnue, une femme nouvelle. Il resta un moment saisi, la contemplant, indécis, prêt à la faire plier de force, mais prêt, de même, à l'admirer. De ce combat confus, qui bouleversait toutes ses idées, il résulta, pour lui, je ne sais quelle envie de ramener les choses dans une gamme plus modérée.

— Non, dit-il presque humblement. Je ne vous menace pas, Berthe. Je vous supplie seulement de vous calmer.

— Eh ! qu'importe ! fit-elle, insoucieuse désormais de toute précaution. Vous m'avez outragée, Robert. Moins je le méritais, plus je vous le pardonne; mais, soyez-en certain, je suis incapable de l'oublier... jamais ! Le mieux est donc de rompre tous liens et tous rapports. Vous m'avez parlé des convenances de votre monde et vous semblez me menacer de la loi, qui va contre ma prétention. Eh bien ! vous pouvez ajouter que mon père est mort,

que je n'ai plus ni parents ni amis ; personne qui
me puisse soutenir et protéger, et cependant, —
regardez-moi bien, Robert, vous verrez que je suis
très calme en ce moment, — cependant, celte rupture définitive et absolue, je la veux ! Je la veux,
parce qu'elle est juste, parce que j'y ai droit devant
ma conscience et devant Dieu ! Je la veux, et je l'obtiendrai, en dépit des lois, en dépit de vos convenances et de mon isolement ; je l'obtiendrai coûte
que coûte, fût-ce au prix de la vie !... C'est que si
j'ai pu dévorer mes larmes, supporter vos trahi-
sons, endurer les humiliations dont vous avez tous
attristé ma jeunesse, il ne s'ensuit pas que j'aie fait
abnégation du respect qui m'est dû !...

Robert l'écoutait sans s'attacher au sens de ses
paroles, subissant le charme de la nouveauté, ému,
attiré vers cette femme qui se dévoilait tout autre
que par le passé. Il s'était attendu à des larmes, à
quelques crises de nerfs peut-être, à la scène d'un
être faible qu'une blessure de vanité exaspère et
désespère tour à tour. Et voilà qu'à sa grande surprise elle ne pleurait pas ; aucun amour propre
mesquin, aucune jalousie féminine n'entraient en
jeu. Nulle faiblesse ; de la grandeur et de la fermeté
au contraire ! Il en subissait de la fascination. Et
puis, elle se retirait de lui, elle entendait se déta-
cher de l'union ! Il y avait de quoi piquer un homme
de son caractère, et il trouvait, là, le stimulant
d'une lutte à recommencer ; l'attrait d'une conquête à refaire.

Alors, se rapprochant de sa femme et donnant à sa voix des tons soumis et caressants :

— Et si je vous demandais pardon, Berthe? lui dit-il lentement.

— Eh! dit-elle, pour quoi faire?

— Parce que je vous ai méconnue, parce que je vous ai fait souffrir.

La jeune femme s'étonna de ce changement d'attitude.

— Ne vous y trompez pas, pourtant, fit-elle, je ne suis pas jalouse.

Robert se rapprocha encore.

— Et, lui demanda-t-il, en attachant sur elle un regard à demi voilé, si la jalousie me prenait tout à coup, moi?...

— Vous?

— Eh bien, oui, continua-t-il, avec un sourd accent de passion. Oui, je me sens jaloux de tout ce qui vous occupera en dehors de moi, si vous partez, et la pensée de vous devenir étranger m'est insupportable. C'est que malgré mes écarts et mon aveuglement, le passé me possède et me rappelle à lui.

En dépit d'un peu d'inquiétude, à le voir se modifier si vite et si complétement, Berthe lui jeta un regard de gouaillerie cruelle.

— Prenez garde! lui dit-elle, en se reculant un peu, vous allez de nouveau confondre les personnes!...

— Berthe!...

— Vous n'auriez pas l'excuse de l'obscurité, cette fois ! Il fait grand jour, Robert !

L'effet, sur lui, fut tout le contraire de ce que la jeune femme attendait. Au lieu de le rappeler à lui-même, de le glacer, par cette allusion elle lui parut plus désirable encore.

— Tu veux te venger? s'écria-t-il, en s'animant à mesure. Tu veux passer ta colère? Soit ! Mais ton orgueil satisfait, tu te souviendras, toi aussi ! Ce que je n'osais proposer tout à l'heure, je te supplie d'y consentir à présent. Oui, c'est le mieux: partons ! Partons ensemble ; viens. Les souvenirs d'autrefois ne sont pas si loin de nous : viens, Berthe; nous les ressaisirons : nous retrouverons, sous un ciel pur, les impressions de ces nuits pleines d'étoiles, de parfums et de baisers furtifs...

S'avançant peu à peu, il lui avait saisi la main.

— Vous m'épouvantez, vous ! fit-elle, atterrée, livide, tremblante, et cherchant à se reculer.

— Tais-toi ! murmura Robert en l'attirant.

— Laissez-moi : j'ai peur !

— Non ! non. Écoute-moi ; écoute...

Par un brusque mouvement, elle échappa de son étreinte.

— Vous écouter? s'écria-t-elle, avec une indignation nuancée de sarcasme. C'est bien inutile et je comprends de reste : La petite fille soumise et résignée était devenue fade et lassait ; mais elle se transforme en épouse écœurée, qui se révolte et

qui se reprend ; à la bonne heure ! Cela devient
tout à fait de haut goût; n'est-ce pas, comte ? Et,
comme on dit en votre argot de club et de coulisses, « la niaise a pris tout à coup du montant ! »...

— Ah ! fit-il, égaré par le désir, et la saisissant
de nouveau, avec une force sauvage, dis ce que tu
voudras ; je ne veux pas te quitter, moi ! Je ne veux
pas de rupture, entends-tu ? Après tout, quoi ? Serais-
tu donc la première femme qui eût pardonné l'infidélité d'un caprice ?

— Celles qui le peuvent, répondit Berthe, en se
débattant, haletante, c'est qu'elles n'ont à surmonter
que la vanité froissée, ou l'amour déçu.

— Eh ! que peut-il y avoir de plus entre nous !

— Ne cherchez pas à le savoir.

— Bah ! fit Robert, s'efforçant de la réduire et
souriant déjà du triomphe sur lequel il comptait, en
sentant s'épuiser les forces de la malheureuse, tu es
folle ! Aucun lien n'est rompu, tu es toujours ma
femme...

L'excès de l'humiliation doua Berthe d'une énergie irrésistible, et le repoussant violemment:

— Moi ? s'écria-t-elle, exaspérée, jamais ! Je me
ferais l'effet d'une fille...

— Hein ?

Elle avait gagné la porte de sa chambre. Et là, se
sentant hors d'atteinte:

— Plutôt la guerre, dit-elle froidement, un procès,
le scandale, tout au monde!... Mais, sachez-le,
monsieur, vous n'êtes plus rien pour moi : il est des...

11.

répugnances, des dégoûts... oui, des dégoûts, répéta-t-elle, avec un haut-le-cœur, qui passent toute
vertu!...

Sur ces derniers mots, madame Penardier entrait.
Berthe l'aperçut et, sans y donner attention, sortit
en s'enfermant dans son appartement.

La veuve en resta confondue.

— Eh *ben!* fit-elle, avec cette nonchalance de
parler qui la caractérisait, elle s'en va quand j'arrive?

Son fils, humilié au plus profond de ses plus mi-
sérables instincts, comme en ses plus bas points
d'honneur, eut à peine la présence d'esprit de dissimuler sa honte par une réponse évasive :

— Vous vouliez la voir? Ce n'est pas le moment.

Madame Penardier fit un hochement de tête qui
témoignait d'un indicible mépris.

— Ah! ah! dit-elle, cette personne a des « moments », paraît-il...

Puis riant de pitié:

— Les drôles de gens que tout ça! ajouta-t-elle, se
parlant à elle-même.

Mais, subitement, elle contracta ses sourcils, et
tombant sur un canapé, en s'efforçant d'exprimer la
plus haute sévérité:

— Et pour vous, monsieur mon fils, demanda-t-
elle sèchement, est-ce le « bon moment »?

— Vous avez à me parler?

— S'il vous plaît! appuya la veuve, en le prenant
du ton le plus fâché qu'il lui fût donné d'affecter.

Vous admettrez bien, je suppose, que je ne sois pas
du tout flattée de ce qui se passe chez moi?... quand,
ajouta-t-elle, dans le même sentiment, il vous était
si facile au dehors...

Sur un mouvement de son fils, elle se fit naïvement
ment très digne :

— Quoi? demanda-t-elle. Votre père n'y eût pas
manqué, monsieur ! Il faut avoir perdu le sens pour
aller se méprendre à ce point.

— Mais... voulut objecter Robert.

— Tout ce qu'il vous plaira ! s'écria la veuve. Vous
pouviez bien attendre les lumières !

Puis, condescendant à la discussion :

— Ah çà ! quel homme êtes-vous donc enfin ? continua-t-elle. Et que diable a pu vous enseigner ce
précepteur, qui nous prenait, certes ! assez cher?
Ne vous a-t-il pas pourvu de principes ? Et à son
défaut, s'il nous a volé notre argent, votre propre
expérience, mon cher, ne vous a-t-elle point démontré qu'il est indispensable de respecter quelque
chose dans la vie?

L'empêchant encore de répondre :

— Vous me désolez, dit-elle, en haussant les
épaules. Je vous demande un peu : un jour où nous
avons du monde !...

En son âme et conscience, elle croyait, comme on
dit, « lui faire de la morale » ; elle pensait surtout
l'accabler par cette dernière considération.

Peut-être en fut-il saisi, car, avec un peu d'embarras apparent, il lui répondit à mi-voix :

— Je vous dois des excuses sans doute; mais...

— Eh! fit la mère, touchée au fond; mais résistant à le laisser paraître, vos excuses! Qu'est-ce que vous voulez que j'en fasse? Moi encore... passe! Mais il y a « ce monsieur Penardier !... »

— C'est lui qui vous envoie? demanda Robert.

— Après tout, répliqua l'épouse du financier, ce brave homme nous a rendu service ; je ne vois pas pourquoi on ne ferait pas quelque chose pour lui !...

Sur quoi, se redressant :

— J'ai des principes, moi, monsieur ! Voyez d'ailleurs où nous en sommes à présent ; l'attitude et le départ de votre femme ont fait, hier soir, à la campagne, le plus fâcheux effet...

Décidée à jouer jusqu'au bout le rôle que son mari lui avait soufflé, elle devança une fois de plus la riposte de son fils :

— Eh! mon ami, fit-elle, vous deviez le prévoir, sachant de quelle originale vous nous avez engantés-là ! Il faut donc à tout prix donner le change sur la signification de la fugue qu'elle s'est permise ; sans quoi, si ce petit scandale s'ébruite, si, surtout, nos cousins d'Estherelle en sont le moins du monde informés, voilà tout à fait compromises les... manigances de votre beau-père, et alors...

— Ah ! fit Robert, sans dissimuler son absolu dédain, quant aux ambitions de M. Penardier !...

La veuve se formalisa sincèrement.

— Que vous en fassiez bon marché, dit-elle, d'un air de reproche, ce vous est facile ; mais à moi ?...

— Vous vous y intéressez ? demanda le jeune homme.

Mais madame Penardier, le prenant du haut de la supériorité qu'elle s'accordait :

— Nigaud ! répondit-elle. Non !... Mais, moins favorisée que vous, en ma mésalliance avec ce piètre personnage, jamais je n'ai pu obtenir qu'il eût son appartement séparé à Paris. Bon gré, malgré, et, pour un peu, le Code en main, il faut que je l'aie en ma chambre, afin qu'on voie clairement qu'il est bien mon mari, que ce n'est pas un rêve, et que « c'est arrivé » ! Or si, à cause de vos écarts, ses projets sont finalement ruinés, ou seulement entravés, de son petit lit, juste contre mon alcôve, durant combien de mois me rebattra-t-il les oreilles de ses griefs ?

Puis, souriant à d'intimes souvenirs :

— Assez souvent, ajouta-t-elle, cela m'endort assurément ; mais quand parfois j'ai la gourmandise de prendre du café, ce n'est plus tenable !

Ne doutant pas, un moment, de la puissance d'une telle argumentation, elle conclut en toute confiance :

— Je vous en prie donc, Robert, si vous avez quelque souci de mon repos, prêtez-vous à ce que nous arrangions cette petite affaire.

— Arranger ? demanda celui-ci. Et comment ?

— Nous avons un moyen qui concilierait tout. Et pendant que M. Penardier en informe sa nièce, — il est chez elle en ce moment, — je me suis chargée de raisonner votre femme. Elle se pique de senti- ment, et grâce à quelques mots ronflants, auxquels les petites gens ont le parti pris de se montrer sen- sibles, je me fais fort d'en venir à bout : un jeu d'enfant ! En tout cas, et pour vous mettre à l'aise, je réponds que vous n'aurez point à vous en mêler. Il vaudra même mieux, puisque la comédie doit se donner demain, que vous ne paraissiez que fort tard, ou même pas du tout, à la soirée que ce M. Penardier s'est obstiné à donner chez nous... Fin de septembre ! Le bon air que ça vous a, pour des gens comme il faut !

— C'est à vos risques et périls, répondit Robert, fort peu confiant dans l'issue de ce qu'elle avait, elle-même, appelé une « comédie ».

— A la bonne heure ! fit-elle.

Puis satisfaite et comme lasse de son rôle :

— Passez-moi la gronderie, Robert, dit la bonne dame, et venez que je vous embrasse, pour nous raccommoder. Je prends tout sur moi, et je vais faire demander Berthe.

Au sentiment de la bonne dame, on avait gain de cause d'ores et déjà, aussi se retira-t-elle en se di- sant avec conviction :

— « L'affaire est arrangée ; oufl... »

Robert pensait de son côté :

— « Ma foi ! qu'ils s'en arrangent ! Du diable si j'en prends souci, désormais !... »

Peut-être n'était-il pas bien sincère envers lui-même, car, malgré cette apparente philosophie, la mortification que sa femme venait de lui infliger lui tenait au cœur. En tous cas, il éprouvait le besoin de s'en distraire, en se désintéressant de ce qui allait suivre. Le cercle, le jeu, la vie de garçon lui en fourniraient les moyens.

Comme il allait quitter sa mère, dans la galerie où s'ouvrait l'appartement de chacun des hôtes de l'hôtel, on entendit la voix de Raoul qui demandait à un domestique :

— Robert est là-haut ?

Madame Penardier ressentit, sans en démêler la raison, une impression d'inquiétude.

— « Le mari ! » pensa-t-elle.

Et se rappelant que, la veille, lui aussi avait subitement quitté la campagne, elle se demanda si les propos, colportés de coins en embrasures, dans les salons de Franconville, lui étaient venus aux aux oreilles.

— « Ça nous manquerait, » se dit-elle.

Elle et Robert avaient suspendu leur marche, attendant que Raoul eût gravi les degrés.

En l'apercevant, madame Penardier remarqua que sa tenue avait quelque chose de plus sérieux qu'à l'habitude ; ses cheveux étaient autrement arrangés. Visiblement, ce jour-là, il ne s'était pas tant étudié à ressembler à son cousin.

Nouveau détail, où la veuve crut voir une raison de l'observer : en se trouvant en face d'elle, Raoul parut embarrassé, contrarié.

Elle tenta de le pénétrer.

— Comme vous voilà de bonne heure, mon neveu ! lui dit-elle. Quelle mouche vous pique ?

— Aucune mouche, ma tante. Je viens demander à Robert ce qu'il propose que nous fassions aujourd'hui. N'est-ce pas l'habitude ? Ne sommes-nous pas inséparables ?

Et se sentant sous le regard de la veuve :

— Tu vas bien, toi ? ajouta-t-il, en tendant la main à Robert.

La vague appréhension de madame Fenardier ne tint pas là contre.

— « Il ne sait rien ! » se dit-elle soulagée.

Robert répondit, avec assez d'indifférence, qu'il n'avait encore rien projeté.

— Passons chez toi, répondit Raoul ; nous verrons à improviser quelque partie.

La veuve les vit rentrer, et, résumant la situation :

— Bah ! fit-elle, tout ça passera en conversation. Je suis folle de me tourmenter !...

XI

En entrant chez lui, Robert ouvrit un petit meuble, et faisant mine de prendre son chapeau :

— Tiens, dit-il à son cousin, en lui montrant le
tiroir, choisis un cigare et allons au cercle ; nous
verrons que décider, en chemin.

— Non, répondit Raoul, restons ici un moment.
J'ai à te parler.

Cela était dit doucement, mais d'un ton qui fit
retourner le mari de Berthe.

— Qu'est-ce qu'il y a? demanda-t-il, un peu surpris.

— Il y a..., reprit l'autre simplement, il y a que
je sais tout, Robert.

— Hein ?... Quoi?

— Tu es l'amant de Thérèse, ajouta Raoul, avec
le même calme.

Si maître de lui que fût ordinairement Robert, il tressaillit sur le coup, et sans trop savoir encore comment le prendre :

— Ah çà! fit-il, deviens-tu fou?

Mais Raoul, toujours doux et triste, continua :

— Ne prends pas la peine de nier, va!... Hier soir, frappé de certains détails et de l'inexplicable départ de ta femme, j'ai quitté seul la campagne, et je suis rentré chez moi. Je pensais bien, si mes soupçons étaient fondés, que tu avais dû écrire. J'ai trouvé tes lettres. Les voilà...

Et les tirant de sa poche, il les jeta sur la table.

Un silence suivit.

— Certes! reprit le malheureux garçon, en se roidissant contre la peine, quand on se laisse marier comme je l'ai fait, on doit s'attendre à bien des choses! Quels égards espérer de sa femme? C'est ma faute : je n'ai rien à lui dire à elle, et pour éviter de m'oublier, je ne l'ai même pas vue. Elle ne peut d'ailleurs modifier la situation. Mais toi!... Toi, Robert?...

Celui-ci s'était assis, et, appuyé à la table où ce paquet de lettres lui fermait toute échappatoire, il gardait le silence, cherchant à pressentir les intentions de celui qu'il avait outragé, indécis sur la conduite à tenir.

N'osant regarder le pauvre garçon, qui restait debout, à la même place, Robert le sentait grandir, prendre à son égard le prestige d'un juge.

— Depuis l'enfance, continua Raoul, je suis en contemplation devant toi, à qui j'accordais toutes les supériorités ; au collége, il t'en souvient, nos camarades m'appelaient : « Caniche ». En tous temps, j'ai fait ce que tu as voulu, sans conteste, sans jamais rien examiner. A tout ce que tu as dit, j'ai répondu : « Amen ! » croyant tout de confiance, sincère et ébloui par une affection sans bornes. Plus tard, pour ne pas m'éloigner de ton ombre, j'ai mené une vie qui ruinait ma bourse et ma santé ; encore qu'elle ne m'amusa pas souvent, car elle me rendait misérable et ridicule. Mais ça m'était bien égal : je t'aimais tant !... Et ça ne t'a rien fait, tout ça ? Tu ne m'as donc jamais rendu mon amitié ?...

Sur cette dernière phrase, sa voix s'était altérée ; les larmes emplissaient ses yeux.

L'embarras grandissant de Robert tournait à une sourde colère. Il eût préféré des reproches, des injures ; quelque manifestation brusque qui lui eût permis de réagir.

Mais que répondre à ce malheureux, qui pleurait et n'accusait que lui ?

Cependant, où voulait-il en venir ? Allait-il se borner à une plainte stérile, au risque d'ajouter à ce ridicule que, de son aveu même, il avait accepté jusque-là, en connaissance de cause ? Attendait-il que l'homme qui l'avait trahi le consolât, ou bien ?...

Mais... ou bien... quoi ? Qu'y avait-il de possible

entre eux ? Quelle réparation pouvait-il réclamer?
Robert, avec une étrange terreur, n'en entrevoyait
aucune ; rien, rien au monde qui fût à leur usage,
étant donnée leur situation réciproque.

Sans rien dissimuler, Raoul s'essuya les yeux, et
reprenant du même ton :

— Enfin !... fit-il, je n'ai pas de chance ; voilà
tout! N'en parlons plus. Mais, tu le comprends
bien Robert, je ne puis rester là-dessus, n'est-ce
pas ?

Celui-ci tendit toutes ses facultés. Il y avait donc
une conclusion à tout cela, une solution quelconque? Ah ! soit; tout ce qu'on voudrait, pourvu qu'on
en finît ! Mais, encore, quoi donc? quoi ?

— Il va falloir nous battre, ajouta Raoul.

— Nous battre ? répéta Robert, comme s'il eût
mal entendu.

— Dame !...

Il y avait tant de simplicité dans cette interjection que le doute n'était pas permis. Telle était formellement l'intention de Raoul.

Avec tout autre, la conférence eût été close d'un
mot :

— « A vos ordres. »

Mais loin de simplifier les choses, la proposition
d'un duel, de la part de Raoul, ne faisait que créer
de nouvelles complications, car, à première vue,
Robert tenait une rencontre entre eux pour impossible. D'abord c'était rendre l'affront public,
déshonorer Thérèse, déconsidérer la famille.

— Quel prétexte donner? demanda Robert, croyant faire réfléchir le pauvre diable.

— La vérité, répondit celui-ci.

— Comment! Tu irais dire ?...

— C'est fait.

Robert resta cloué sur place.

— Oui, reprit Raoul. Mes témoins sont au courant. Ils vont venir et, ainsi, rien n'est à discuter avec les tiens. Liés comme nous sommes, toute autre raison leur eût paru équivoque, et je suis las de l'équivoque. Donc, c'est dit. Nous irons à la frontière afin de mettre nos amis à l'abri des poursuites. En partant par le train de cinq heures, tout sera terminé demain, vers midi.

Il avait pensé à tout et le disait avec netteté.

— Mais, s'écria Robert, se débattant, tu ne sais pas tenir une épée; tu tires le pistolet en dépit du bon sens...

— Tandis que tu boutonnes Gâtechair et que tu loges une balle à trente pas au cœur d'un as de trèfle. Je le sais. Eh bien ?...

— Eh bien !... eh bien !... fit Robert, perdant la tête, en désespoir d'échapper à l'odieux de sa situation, quel air aurais-je donc à me battre avec toi ?

— C'est cela qui te préoccupe? Je le comprends. Mais que veux-tu !... Tant pis ! En me prenant ma femme, as-tu songé à l'air que j'aurais, moi? Ça ne peut pas non plus être toujours au même à se sacrifier ! Enrichi par Thérèse, je ne suis pas dans les conditions ordinaires; trompé, berné, moqué, passe encore; mais... complaisant ?... payé? Ah! non! Il n'y a amitié qui tienne : je ne peux pas, Robert!

— Tu ne vois donc pas que le remède est cent fois pire que le mal! on va croire à une comédie qui nous déshonorera tous.

— Ne le crains pas.

— Pourtant!

— Non! car j'y ai pensé avant tout; aussi faut-il que l'issue du combat empêche personne de rire.

— Hein! fit Robert épouvanté. Mais, à faire couler une seule goutte de ton sang, j'aurais un rôle ignoble!

— Il n'est plus temps d'y songer, répliqua posément Raoul. En tous cas, ce n'est pas ma faute. Et sache-le bien : il ne peut y avoir ni simulacre, ni générosité de ta part. J'entends t'attaquer de mon mieux; mais... — ne t'y trompe pas, Robert; tu me connais; je ne suis pas un garçon à grands mots ! — mais, dis-je, je te le jure, si je te voyais me ménager, je ne m'arrêterais à rien, pour te contraindre à te défendre, quand bien même je devrais te souffleter sur le terrain.

— Je ne peux pourtant pas te tuer! s'écria celui-ci avec égarement.

— Et moi, reprit Raoul avec une énergie empreinte de grandeur, je ne puis pas... je ne veux pas rester déshonoré !

C'était trop pour Robert. Cerné de toutes parts,

placé, quoi qu'il fît, devant l'obligation d'un acte, dont le caractère ne pouvait lui échapper, il eut un accès de vertige et se prenant la tête à deux mains.

— Ah ! mon Dieu ! mon Dieu !... murmura-t-il, en retombant sur le siège qu'il venait de quitter.

Le mari de Thérèse, très ému lui-même, le contempla un long moment; puis cédant à son affliction :

— Vois, fit-il, vois dans quelle situation tu nous as placés tous deux. Je sais bien que ce n'est pas de parti pris que tu m'as rendu méprisable. Non ; mal élevé, gâté, tu n'as pensé qu'à toi, à la satisfaction de ta fantaisie. Cependant nous voilà !... Tu pleures, et moi, qui n'ai pu perdre si vite l'habitude de t'aimer, c'est à peine si je puis te plaindre en secret. Mais, encore une fois, que veux-tu ! Cette situation s'impose ; force est d'en subir la fatalité et il faut un combat réel, sérieux, ou bien...

— Ou bien? demanda vivement l'amant de Thérèse.

— Ou bien, si tu refuses, Robert, il faut que je rentre chez moi et me fasse sauter la cervelle.

— Raoul !... s'écria celui-ci, avec un mouvement vers le malheureux.

Mais Raoul, se maîtrisant, resta calme et dit d'une voix ferme :

— Choisis !

Robert était vaincu, il cédait, il consentait à tout.

— Bien, reprit Raoul. En ce cas, c'est entendu comme ça?

— Tu l'exiges ; soit donc. Je n'ai pas les moyens d'échapper à ta volonté.

— Bien ! répéta son cousin. Alors, à cinq heures au train.

Et, tranquillement, il se retira sur le temps de silence qui suivit.

Resté seul, Robert, d'abord abattu, se leva d'un bond, et frappant du pied avec colère, il jeta aux quatre murs un jurement fort peu distingué. Puis, il arpenta le tapis, en repoussant, par un mouvement de fureur, les sièges qui se trouvaient sur son passage.

A la longue, cet exercice le calma, et revenant s'asseoir, il s'efforça de réfléchir.

Étant donné que le duel fût décidément inévitable, restait la conduite à tenir. Or, avant tout, il ne se pouvait qu'un cheveu de Raoul seulement fût effleuré. Alors quoi?

La logique l'amena à une conclusion qui lui fit faire la grimace ; il se voyait dans la nécessité de se faire blesser. C'était déjà une perspective peu agréable. Encore, se faire blesser à quel point?...

Mais, au fait, pour se faire blesser, la première condition était qu'on se battît à l'épée. En ce cas, il ne doutait pas, tablant sur son savoir à l'escrime, d'arranger les passes de façon à s'enferrer lui-même. Mais il n'avait pas le choix des armes, et si Raoul choisissait le pistolet ? C'était son droit !...

Ces réflexions le rembrunirent. Il lui parut que, en tous cas, il n'y avait pas moyen de s'en tirer sans donner à rire à tout Paris. La maladresse notoire de Raoul ne laissait pas espérer un instant; qu'avec des pistolet de combat surtout, il touchât jamais son adversaire. Or, lui, Robert, ne pouvait sous aucun prétexte chercher à l'atteindre. Combien de balles faudrait-il donc échanger en pure perte, pour que l'honneur fût satisfait, ou la patience des témoins épuisée? On ne pouvait pourtant pas tirer l'un sur l'autre durant des heures; les gendarmes ou les paysans viendraient nécessairement séparer les combattants, et le dénouement de l'affaire tomberait dans la farce.

Et si Raoul, exécutant la menace qu'il venait de signifier, au cas où son cousin le ménagerait, en venait jusqu'à le frapper au visage, le « souffleter... » ?

Quoique, à cette supposition, le sang lui montât au front, Robert se demandait si cette extrémité n'était pas encore préférable à ce qu'il y avait de grotesque dans une rencontre sans issue.

Un « soufflet », une offense aussi grave, sur le terrain même, permettrait d'excuser que Robert fît usage de son arme. Il y aurait dès lors prétexte suffisant à ce qu'il touchât Raoul.

Le reste allait de soi : une blessure légère au bras droit mettait celui-ci dans l'impossibilité matérielle de continuer la lutte.

A contre-cœur, il s'y résolvait, tout en répugnant

12

à l'odieux, qu'on dépit d'une voie de fait, il ne parviendrait pas à éviter ; mais il se répétait, après d'autres, qu'« entre deux maux il faut choisir le moindre ».

Cependant, malgré sa déclaration, Raoul en viendrait-il là ? Robert n'osait y compter. Sceptique par nature, il avait assez pratiqué ces sortes d'affaires pour savoir qu'à l'heure de l'action, l'âme humaine se trouble. Il en avait vu plus d'un qui, peut-être aussi résolu qu'au moment de la provocation, avait manqué, non de courage, mais de sang-froid, de présence d'esprit, dérouté par l'appareil de l'acte en lui-même, retenu par le regard de ces quatre juges d'honneur. D'autant que la résolution ne suffit pas en pareille occasion ; il faut que les moyens s'y trouvent. « Souffleter son adversaire », c'est vite dit. Mais, dans un duel au pistolet surtout, où l'on est séparé par une certaine distance, qu'il faut parcourir, les témoins ne sont-ils pas là pour empêcher ce qui, à leurs yeux, serait un manque de respect envers eux, une indignité ?

Non ! Robert ne risquait pas d'être souffleté ; non, ce qu'il risquait, c'était de jouer un rôle absurde, dans une sotte affaire, de devenir la fable des salons, de se faire moquer de lui.

Et il n'y avait aucun moyen d'éviter cette mésaventure ? De rage il se rongeait les ongles, en murmurant de sourdes imprécations contre lui, contre Thérèse, contre Raoul, dont il disait, avec un féroce dépit :

— « Cet imbécile !... »

A la fin, las de tourner dans le même cercle, il sonna et Fox étant venu à son appel :

— Prépare ma valise, lui dit-il brusquement ; tu m'accompagneras. Seulement arrange-toi pour qu'on ne soupçonne pas notre départ. Nous partons à cinq heures, au Nord. J'y compte.

— Oui, monsieur.

— Bien. Tu prendras mes armes.

— Ah ! monsieur ! fit le vieux laquais.

— Eh ! garde tes hélas ! répliqua Robert avec une impatience brutale ; va, cette fois, nous n'y risquons rien que du ridicule.

Sur quoi, éprouvant le besoin de prendre l'air, il sortit.

A la porte extérieure, il trouva deux personnes de son cercle, qui allaient sonner. Il offrit de les introduire. Cela leur parut inutile, n'ayant à lui demander que le nom et l'adresse de deux de ses amis.

Robert les satisfit ; on se salua, et chacun tira de son côté.

A ce moment, le coupé de Penardier venait de *stopper* au milieu de la chaussée.

— La porte, s'il vous plaît ! cria le cocher.

Et Robert, tournant la tête, aperçut son beau-père.

— Tiens ! se dit-il, avec une secrète et malicieuse satisfaction, je l'oubliais, monsieur le candidat. Il aura du plaisir bientôt !...

Ce lui était une ma ière de consolation à ses propres soucis, de pen er que le bruit qu'allait faire son duel ruinerait les ambitions du financier.

A coup sûr, Penardier ne s'en doutait pas, et cela se voyait sur sa face jaunie. Il était plein d'espoir au contraire, car, à son sentiment, le plus difficile était fait. Et quand, dans le salon de sa femme, celle-ci lui demanda s'il avait obtenu que Thérèse vînt à la soirée du lendemain.

— Quelle raison aurait-elle pu donner à son mari pour s'abstenir ? lui répondit-il triomphalement.

— C'est juste ! dit la veuve. Donc que Berthe y paraisse de même, les mauvais propos tombent, les d'Estherelle vous restent acquis, et vous gardez vos chances d'entrer à la Chambre. Car c'est là le fond de l'affaire, pas vrai ? Ah ! vous y tenez, vous ! C'est drôle.

— Drôle ? fit Penardier, un peu susceptibilisé.

— Dame ! pour ce que vous y direz, entre nous !...

Il eut une riposte qui eût ravi Joseph Prudhomme et La Palisse :

— Pour qu'il y en ait qui parlent, dit-il sentencieusement, il en faut qui écoutent !

— Plaignons-les, fit la veuve.

L'ambitieux, adoptant par avance les usages parlementaires, dédaigna la raillerie, et questionna à son tour, au sujet de sa belle-fille.

— Je lui ai fait dire que je l'attends ici, répondit la veuve, et je pense qu'elle ne peut tarder.

Penardier offrit de se retirer.

— Du tout ! j'aime autant que vous soyez présent à l'entrevue. Vous qui rabâchez sur tous les
tons qu'on ne fait rien pour vous, vous verrez si,
moi du moins, je lésine à m'employer pour votre
service. Laissez-moi la parole seulement ; je sais par
où la prendre, et quelque dépit que j'éprouve à affecter de la tendresse envers cette petite personne,
qui ne nous a occasionné que de l'embarras, vous
verrez, dis-je, si je vous marchande mes bons offices.

L'ex-comtesse ne doutait pas du succès de sa
démarche près de Berthe. « Un jeu d'enfant ! »
avait-elle dit.

Quand Berthe entra, la veuve allant au devant
d'elle, les mains tendues, le prit du haut de cette
bienveillance enjouée qui semble pure bonhomie
de cœur.

— Eh *ben !* ma belle, c'est donc vrai ? fit-elle.
Mon mauvais diable de fils vous a donc fait des
siennes, eh ?...

Puis s'interrompant :

— Dieu me pardonne ! s'écria-t-elle gaîment, ses
yeux sont rouges : elle a pleuré ? Et toute seule encore ! — Pour quoi donc faire, mon doux Seigneur !
ajouta la bonne dame, véritablement surprise. Est-
elle assez enfant ! Allons, consolez-vous, mignonne.
Pour commencer, je viens de sermonner Robert,
au point qu'il en est resté tout penaud. J'étais en
train de le] dire à votre beau-père ; pas vrai, mon
brave ?

Penardier n'était pas mécontent du début ; mais

12.

ce « mon brave » lui en gâta le bon effet. Aussi se
borna-t-il à un signe de tête affirmatif.

— Allez, ma chère ! reprit la veuve, je vous réponds qu'il n'y reviendra plus !

Berthe, qui avait gardé le silence jusque-là, répondit, non sans laisser percer de singulières réticences.

— Ah ! je vous en réponds bien de même, madame !

Qu'entendait-elle par là ? Les époux Penardier ne
le devinèrent pas ; mais qu'importe ! Et, poussant sa
pointe, l'ex-comtesse reprit :

— Pour en être plus sûre, ma belle, laissez-moi
vous faire un doigt de morale, eh?...

— A moi ?

— « Nous y voilà ! » se dit Penardier, sans s'arrêter à l'extrême étonnement de la jeune femme.

Et madame Penardier poursuivit, en toute confiance, sûre de la toucher dès les premiers mots
prononcés, avec une onctueuse affection, fort bien
jouée d'ailleurs.

— Innocente !... Ah ça ! mignonne, vous avez
donc cru bonnement qu'il n'aimerait jamais que
vous?

— Dame ! fit Berthe, un peu surprise.

— Toute sa vie?... Ah ! ben !

Le flair de Penardier lui disait que la veuve faisait fausse route.

Mais elle était lancée, et continuant de débiter
son rôle :

— Et voilà, dit-elle, qu'après... Combien déjà? Presque trois ans que vous êtes mariés. — Trois ans!... Il faut être raisonnable aussi! — Voilà, dis-je, que, pour quelques frasques, vous vous faites un chagrin noir? Ah! *ben!* nous ne sommes pas au bout!

— Qui sait? répondit Berthe tranquillement, plus près que vous ne supposez peut-être!...

Mais la veuve n'en fit que sourire.

— Par le moyen des larmes, des reproches et des coups de tête, comme votre départ d'hier soir? Ah, non! Non, ma chère, ne comptez pas là-dessus et croyez-en mon expérience!... C'est que, si vous avez le fils, j'ai eu le père, moi!... Mais, douée de l'instinct de la chose, quand je me suis sentie trop lasse des tours qu'il me jouait, au lieu de perdre le temps à m'érailler les yeux à pleurer, je lui ai dit tout net : — «Mon bel ami, la première fois que je vous y retrouve, sur l'honneur... entendez bien; sur l'honneur! je prends un amant!... »

Et elle disait cela en se rengorgeant, croyant faire merveille, écraser sa « bru » de sa supériorité, sans se douter que, pour celle-ci, il n'y avait guère, là, qu'une monstruosité.

Penardier ne s'y méprit pas non plus. Malgré lui, il lui échappa un : «Oh! oh!... » qui trahissait une désapprobation formelle.

Sa femme n'y comprit rien, et lui jetant un regard oblique :

— Qu'est-ce que vous avez, vous? lui demanda-
t-elle.

— Permettez!...

— Bah! ajouta l'ex-comtesse en riant, n'en prenez
pas ombrage : ce n'eût pas été à votre compte, après
tout! — Pas vrai, Berthe?

A sa grande surprise, Berthe ne parut pas goûter
la plaisanterie. De fait, elle était honteuse pour
cette dame, pour cette mère; pis que honteuse,
écœurée.

— Ah! moi, madame, répondit-elle, sans parvenir à adoucir ce qu'il y avait de réprobation dans
ses paroles; moi..., je m'aperçois une fois de plus
que je n'entends pas les choses à votre manière.

— Voilà précisément par où vous manquez, répliqua madame Perrdier, un peu piquée au fond
de l'âme. Et puisque, malgré mes dents, je me vois
réduite à l'office de bonne maman, vous me laisse-
rez vous tracer une ligne de conduite plus conforme
à votre position.

Puis, ne supposant pas qu'on pût mettre son
autorité en question, elle revint à la bonhomie.

— Convenez-en, poursuivit-elle. Vous avez, hier
soir, oublié la tenue qui convient aux gens élevés.
Aussi, dans l'intérêt de notre considération à tous,
la considération du nom et de la famille, comme
dans l'intérêt de votre propre dignité, c'est, avant
tout, là-dessus qu'il faut revenir.

— Revenir? Comment donc?

— Très simple! Il s'agit de profiter de cette sauterie que M. Penardier donne demain, pour ruiner les commentaires que votre conduite inconsidérée a fait naître... Très-simple, vous dis-je! répéta-t-elle, en devançant la réponse de Berthe.

Et de l'air le plus simple et le plus naturel du monde, comme s'il se fût agi d'un rien, elle lui expliqua le projet auquel on s'était arrêté.

Puis, sans s'apercevoir que la jeune femme, à orce de comprimer les révoltes qui bouillonnaient n elle, était devenue livide, la veuve en vint à lui exposer le programme:

— A un moment convenu, dit-elle, Thérèse fera on entrée dans le petit salon, où vous serez censée vous trouver par hasard, et alors...

Berthe ne l'en pouvait croire.

— Thérèse? fit-elle. Vous vous imaginez qu'elle iendra?

— C'est absolument entendu!

— Ah! c'est?...

— Quoi?

— Rien. Achevez.

— Eh *ben!* tous les cancans colportés depuis deux jours, par nos meilleurs amis, tomberont d'eux-mêmes, dès qu'on vous verra l'accueillir comme d'habitude et lui donner la main.

C'était trop. Berthe avait bien pu supporter que cette femme inconsciente du bien et du mal prétendît la morigéner; elle avait bien pu dissimuler l'impression que lui inspiraient les mœurs que cette mère affichait; mais, à l'entendre lui proposer, presque lui enjoindre, de toucher le gant de la maîtresse de Robert, elle resta interdite, hésitant à porter un jugement sur celle qui semblait ne voir, en cela, qu'une démarche indifférente.

Est-ce donc que la veuve cachât, sous des dehors de grande dame, si affectés qu'ils fussent, le plus déplorable cynisme?

Non! pas même! ce n'était qu'une créature passivement dépravée par la démoralisation ambiante du milieu dans lequel, dès sa sortie du couvent, elle avait été transplantée, en plein épanouissement de jeunesse.

Elle avait été surprise d'abord. Mais, comme le dit excellemment Prévost-Paradol : « Le spectacle de l'iniquité triomphante est un agent de corruption bien puissant sur l'âme humaine, » et pour elle, subissant l'influence de son entourage, elle avait incliné « au culte du succès », adoptant l'idée que « la fin justifie les moyens ».

Dès lors, elle ne s'arrêta plus à cette considération, qu'en cette cour improvisée, rien n'était régulier, sanctionné, par un principe avouable. Entraînée par la sarabande de ces jouisseurs de hasard, hier en bottes éculées, aujourd'hui considérables par criminelle entreprise, elle oublia, de parti pris, que le maître, lui-même, subissait, avec humiliation, la promiscuité de tels acolytes ; cohue d'aventuriers sans foi, sans frein, sortis, par chance, des bas-fonds où ils vivaient d'expédients et qui, pour avoir échappé aux lois, n'avaient plus d'autre souci que la débâcle appréhendée en secret. Elle

admit, avec eux et comme eux, sans examen,
» sans fanatisme, sans croyance personnelle, que
» la force est la mesure du droit, que celui qui en
» use à propos, même contre toute justice, a rai-
» son, s'il a des chances suffisantes pour réussir,
» et mérite, s'il réussit, l'admiration univer-
» selle ! ».

Berthe le comprit, et si elle eût été plus calme,
ou plus désintéressée dans la question, elle se
fût bornée à se retirer, en haussant les épaules,
plaignant plutôt la pauvre femme d'être déchue
à ce degré. Mais le moyen d'en faire si mince
cas, quand celle-ci affichait hautement la prétention de lui infliger une conduite conforme à ces
principes négatifs? Berthe refusait encore d'y
croire.

— Vous ne parlez pas sérieusement, madame?
demanda-t-elle.

— Ai-je donc l'air de rire? répliqua la veuve
froissée.

— Comment? reprit Berthe, plus encore étonnée
qu'indignée, mais en s'animant à mesure, vous
proposez, de bonne foi, qu'au nom du décorum et
de la dignité, madame d'Estherelle, que j'ai prise
sur le fait, ait l'effronterie de se présenter dans la
maison que j'habite? Et vous avez pu espérer un
moment qu'au lieu de la confondre, comme elle le

1. *La France Nouvelle.* — PRÉVOST-PARADOL. — Éditeur
Calmann Lévy.

mérite mille fois, j'aurais la lâcheté de me salir les
doigts au contact des siens?...

— Voilà de bien grands mots! fit madame Penardier, avec une moue de pitié.

Puis, le prenant d'un ton sévère :

— Puisque aussi bien, ajouta-t-elle, vous êtes
devenue « des nôtres », il faudrait cependant finir
par « avoir du monde!... »

— « Du monde », répéta Berthe avec une expression de dégoût. Duquel?

Et interrompant la veuve :

— Ah çà! s'écria la jeune femme, vous ne comprenez donc pas que, dès ce moment, je ne vaudrais
pas mieux que Thérèse ; que je descendrais à son
niveau! Ah! non, tenez! ne me dites plus rien,
c'est peine perdue, et, par respect pour votre âge et
votre qualité de mère, j'aime mieux renoncer à me
définir vos intentions. Tout ce que vous me dites est
inouï, j'en tombe du ciel, et je veux continuer de
croire qu'innocemment vous en arrivez à me scan-
daliser au plus profond de ma conscience.

— « Le ciel!... la conscience!... » fit la bonne
dame en s'interrogeant, comme si ce fussent des
mots iroquois, des formules d'algèbre. La voilà qui
rédige à présent!... Ah! *ben!* si c'est à ce régime
que vous mettez mon fils, ne nous étonnons plus.

Mais sentant le besoin d'un appui :

— Pas vrai, Penardier? ajouta-t-elle, en se tournant vers lui. Oui, vous, là-bas, qui restez dans
votre coin et qui ne dites rien.

S'il se laisait, ce n'était pas faute d'avoir à dire.
Désolé de la tournure qu'avait prise l'entretien,
inquiet des suites et furieux de la maladresse de
sa femme, le bonhomme rageait à blanc et se mor-
dait les poings.

L'interpellation directe le fit sortir des gonds.

— Eh !... s'écria-t-il en éclatant, elle a mille fois
raison, cette enfant...

Madame Penardier en fut littéralement suffoquée.

— Allons, bon ! fit-elle, voilà l'autre à présent !...

— « L'autre ? » reprit le petit homme, dont la
bile parut se répandre dans tout son organisme ;
oui, le voilà, madame... Madame Penardier ! ! !

— Attrape !... fit celle-ci en manière de risposte.

— Oui, le voilà, « l'autre » que vous scandalisez
tout autant, avec votre fameux « décorum » et la
singulière morale de votre étrange monde !... C'est
que, Dieu merci ! je n'en suis pas plus quelle, entendez-vous !...

La veuve lui lança un regard superbe, et le toisant :

— Inutile de le dire, fit-elle au bout des lèvres ;
ça se voit, l'ami !...

A cette insulte, le financier ne se maintint plus,
et, laissant déborder son dépit, il lui jeta au visage
tout ce que, jusque-là, il avait accumulé de griefs
contre elle et les siens. Elle écoutait impassible,
nullement atteinte, incommodée seulement de la
grossièreté des expressions. Et lui, s'affranchissant
de toute contrainte, parla de ses droits, de sa prétention à faire respecter son autorité de chef de famille.

13

— Je suis las de vos grands airs, vociférait-il. Par bonheur j'ai pris mes mesures pour remettre chacun à son plan, et je vous montrerai à vous aussi, madame, si vous m'y obligez, que vous oubliez un peu trop qui je suis.

— Et quoi donc ?

— Votre mari, je pense.

L'ex-comtesse le toisa de nouveau.

— Malhonnête ! fit-elle.

Puis, gagnant la sortie, elle lui dit d'une voix claire et sans apparente émotion :

— Allez au diantre ! vous et vos sottes ambitions; je ne veux plus seulement en entendre souffler.

Sur quoi, elle sortit d'un pas tranquille, comme une reine quittant un conseil de ministres, où l'on se serait permis d'émettre un avis contraire au sien.

Tout en soulevant la portière, elle tourna la tête vers le financier, resté cloué sur place, et au moment de sortir elle répéta par trois fois :

— Pouah !... pouah !... pouah !...

La consternation continua de paralyser celui-ci un moment encore. Berthe éprouvait quelque embarras d'être, si innocemment que ce fût, la cause de ses déboires et d'avoir été spectatrice de son humiliation, quand, sortant de sa torpeur, le financier vint à elle.

— Là ! s'écria-t-il avec un éclat de colère brutale, voilà tout brouillé, tout perdu, maintenant ! Vous devez être satisfaite, vous !

— Moi, répondit la jeune femme étonnée jusqu'à

l'intimidation, vous me donniez raison tout à l'heure.

— De vous moquer de leur décorum? Certes !
Mais...

— Quoi ? Allez-vous me demander, vous aussi,
de recevoir madame d'Estherelle?

— Et quand vous feriez cet effort?

— Pourquoi donc le ferais-je?

— Parce que, au-dessus de leurs préjugés suran-
nés, il y a...

— Il y a?

— Il y a... des intérêts, madame !

— A vous voir hésiter, répondit Berthe en raillant,
on croirait que vous en avez honte.

Puis, avec un léger haut-le-corps.

— Des intérêts ! répéta-t-elle.

Il est à supposer que la patience du financier
avait été mise à bout par l'ex-comtesse, car se révol-
tant, sans plus de souci de l'élévation de sa voix :

— Ouais ! s'écria-t-il, haussez les épaules ; cela
vous va, je vous assure, et en vérité je vous admire,
tous tant que vous êtes ! « Des intérêts ! » « Pouah ! »
Tudieu ! on en faisait moins fi quand on troquait
son titre de comtesse contre les écus de celui qui
n'est plus aujourd'hui que « ce monsieur Penardier » !

— Tans pis ! répliqua la jeune femme ; mais quant
à moi du moins...

— Vous ! fit-il en l'interrompant... Ah ! ne me
croyez pas tant de mon village aussi !...

— Plaît-il ?

— Et qui donc, poursuivit-il, qui donc vous forçait d'épouser, malgré nous, le beau-fils d'un millionnaire? Et puisque finalement nous vous l'avons passé, un peu de complaisance de votre part ne serait pas de trop. Vous avez fait, je crois, une assez belle affaire!...

— Assez, monsieur! s'écria-t-elle en se dressant devant lui.

Mais Penardier, redoublant de violence,

— « Assez? » répéta-t-il. Pourquoi pas « silence »? La manie des grands airs se gagne ici, paraît-il. Mais non! mille fois non! je n'en supporterai pas davantage. Vous n'êtes pas « née d'Estherelle » vous; vous n'avez ni parents ni alliés dans les chambellans, que je sache! Et qu'il vous plaise ou non, je me permettrai de trouver mauvais que, par un coup de tête, vous me barriez la route. De quel droit, d'abord? Et sous quel prétexte? Parce que votre mari vous aura trompée? Comme si en épousant un pareil sujet, vous ne vous y attendiez pas, peut-être? Et pour une misérable question de vanité féminine, vous... — une enfant de vingt ans! logée dans mon hôtel! servie par mes gens! promenée dans mes équipages!... — vous renverserez de gaîté de cœur l'édifice de toute ma vie!...

A l'entendre, Berthe avait repris son sang-froid. Elle était d'une extrême pâleur; ses nerfs, tendus jusqu'à la douleur, frémissaient sous sa volonté; mais ses idées s'étaient faites d'une lucidité parfaite, et sa résolution définitive était prise.

— Non, monsieur, dit-elle d'une voix grave, rien par moi ne sera renversé, je vous le certifie. Je vois que je me trompais sur vous, que je ne vous comprenais pas ; mais vous m'avez éclairée, convaincue, et puisqu'il vous suffit que, devant vos amis, je reçoive votre nièce comme je l'ai fait jusqu'ici, je cède...

La colère du bonhomme tomba subitement. Ce brusque et inattendu revirement, la pâleur, le ton fébrile de la jeune femme le mirent en défiance.

— Vous cédez, fit-il, comme ça... tout d'un coup ?

— Oui monsieur, je consens ; je consens à tout. Dès maintenant, vous pouvez faire dire à madame d'Estherelle que demain à votre soirée, et selon votre désir, je la recevrai.

— Bon ! Mais comment ?

— N'ayez aucune appréhension. Je vous jure de la recevoir de façon à cesser d'être votre obligée. En surplus de ma parole, l'envie que j'en ai vous servira de garantie. Demain soir, monsieur, vous serez satisfaits... tous !.. Mais, pour l'amour de Dieu ! ajouta-t-elle, d'un accent où se mêlaient du désespoir et de la prière, jusque-là... ah ! jusque-là, laissez-moi à moi-même. C'est la seule grâce que je vous aurai demandée de ma vie !

Penardier n'en sut que penser.

— Bien !... balbutia-t-il, pardon, je... Enfin, demain...

Il n'eut pas à poursuivre ou à se contraindre ;

Berthe, d'un pas précipité, avait quitté la place.

Il resta un moment indécis sur ce qu'il devait conclure, hésitant à lui attribuer l'arrière-pensée d'une aggravation de scandale pour le lendemain. L'excès de sa victoire, sur un caractère qu'il savait ferme et haut, lui laissait du doute, malgré lui. Puis pensant aux uns et aux autres, il baissa la tête, soucieux et mortifié, en se disant :

— C'est égal ! je me suis fait là une jolie famille, moi !

Par bonheur, il lui revint en mémoire un livre, qu'il avait lu récemment, sur la vie privée du premier Bonaparte ; livre où étaient relatés, au long, les déboires, les soucis, les chagrins que lui avaient fait subir ses parents, et il éprouva quelque consolation à constater, entre eux, ce point de ressemblance.

Pendant ce temps, Berthe traversait la galerie, haletante et presque en courant.

En rentrant dans son petit salon, elle alla droit à une petite table qui lui servait de bureau, et, sans plus réfléchir, elle écrivit en hâte après avoir sonné.

— Ah ! tout !... se répétait-elle à mi-voix, tout plutôt que de continuer de vivre ainsi !

Entendant entrer Aline :

— Attends, lui dit-elle, j'achève. Pour toi, tu vas envoyer sur l'heure cette lettre à Philippe.

C'est en effet à lui qu'elle écrivait. Elle s'était souvenue de ce qu'il lui avait répété : «A toute heure et où que je sois, vous me trouverez à vos ordres. »

Eh bien ! il était là, et l'heure prévue par lui avait sonné. Elle ne lui expliquait rien du reste, se bornant à ces deux lignes.

« Venez demain soir vers dix heures, à la soirée » de M. Penardier ; j'ai besoin de vous. »

Aline connaissait trop sa sœur de lait pour ne pas deviner l'émotion qui l'agitait.

— Qu'avez-vous donc, mon Dieu ? lui demanda-t-elle.

Berthe venait de terminer sa lettre. Se levant, et venant à Aline :

— Sais-tu, lui dit-elle, tout près de suffoquer ; sais-tu ce qu'ils me disent ?... Que j'ai fait une « affaire » en épousant leur fils !

— Vous ?... Ah !...

Et la pauvre Aline se mit à pleurer.

Mais Berthe releva la tête fièrement.

— Eh bien ! non, s'écria-t-elle, en renfonçant ses larmes ; non je ne pleurerai pas. Il vaut mieux me délivrer d'eux !

Elle essuya les yeux de sa compagne d'enfance, elle l'embrassa tendrement et lui dit :

— Va maintenant. Fais porter cette lettre !...

XII

Les intentions de Berthe se formulaient nettement dans son esprit.

Déterminée à rompre avec son mari, surtout avec
cette famille qui, décidément, lui était odieuse, et,
voyant qu'on refusait de la laisser se retirer chez
elle, où elle entendait vivre humblement, mais en
paix, elle s'était dit :

— « Eh bien ! je ferai comme Angèle de
Prailles »

Pourquoi pas ?

Quels scrupules ?

A l'égard de tous les de Laïr, d'Estherelle et
Penardier du monde, aucun.

S'expatrier ! Oui ! cela était triste ; mais que voulez-vous ! Quand la patrie est inhospitalière, n'a-t-

on pas le droit de chercher des cieux plus clé-
ments?

Qu'en penseraient, à Montmorillon, quelques
vieux amis de son père? Rien de défavorable pour
elle ; on savait bien là-bas quel martyre moral endu-
rait la pauvre fille.

Restait son frère.

Mais, par son choix de la carrière maritime,
Adrien avait suffisamment établi qu'il s'accommodait
d'une séparation. Cette séparation ne serait ainsi
devancée que d'un an, et, pour un marin, Paris,
Montmorillon, ou tel point quelconque du globe,
c'est bien à peu près la même chose !

Au surplus, elle avait de trop bons yeux pour
n'avoir pas pénétré le vague chagrin qu'éprouvait
l'enfant, à la voir dans la situation que son mariage
lui avait faite, et elle entendait tout lui dire,
comme au chef prochain de leur famille; le faire
juge, certaine d'obtenir de son cœur une approbation attendrie.

Adrien, en outre, ne risquait rien à son absence.
Sa part d'héritage suffisait à ses besoins et aux frais
de ses études ; enfin, le notaire de là-bas, son
tuteur, l'aimait assez pour que conseils, direction
et appui ne lui manquassent pas.

Elle pouvait donc, sans inquiétude à ce sujet,
mettre à exécution son projet de départ.

Quant à la question des voies et moyens, chose
facile : Puisque Philippe s'embarquait le mercredi
suivant, il aurait certainement la bonté de l'em-

13.

mener avec lui, et de la conduire près d'Angèle.

Là, à l'exemple de celle-ci, elle s'emploierait, non pour arriver comme madame de Prailles à se faire naturaliser, en vue d'obtenir le divorce et de contracter une autre union ; mais uniquement à se créer une existence paisible et digne.

Il n'entrait pas dans ses idées d'imiter Angèle au delà.

Française, elle avait à cœur de garder sa nationalité. Son éducation, — la philosophie paternelle, — lui faisait rejeter le divorce. Elle y voyait une sorte de déconsidération du mariage, qui ne cadrait pas avec certaines croyances, certaine foi, adoptées intimement. D'ailleurs, elle ne renonçait pas à l'espoir de revenir en son pays, de rentrer chez elle, de finir en Poitou. Telles circonstances pouvaient se produire plus tard, qui le lui permissent en toute sécurité. Le temps aplanit tant de difficultés que, d'abord, on estimait insurmontables !

Le tout, pour le présent, était de s'affranchir d'un lien qui lui pesait à l'égal d'un joug ; puis, une fois au loin, à l'abri, il ne s'agirait plus que d'attendre les événements.

Elle s'en sentait les moyens sans recourir à quiconque. Elle savait qu'en Amérique. lois et esprit public sont, pour la femme isolée, d'une protection efficace. D'autre part, son modeste revenu était, à la rigueur, suffisant pour une vie obscure. En tout cas il lui permettrait de chercher et de choisir une oc-

cupation qui lui convint. Enfin, depuis que son
mari s'était rapproché de sa mère, comme on par-
tageait la vie des Penardier, ce léger revenu, dès
lors sans emploi, lui avait constitué une réserve;
de quoi faire face aux frais de voyage, à l'installation en Amérique, et à près d'une année d'existence.

Grâce à cela, elle se sentait l'esprit en repos.
Non-seulement elle était certaine de s'en aller, mais
encore, de s'en aller comme il lui convenait de le
faire à l'égard de Robert et de ses parents; c'est-à-
dire en laissant tout ce qu'elle avait pu tenir d'eux.
Pas le plus insignifiant souvenir, elle n'emportait
rien.

Quand Aline revint lui dire que la lettre à Philippe avait été remise, par elle-même, au commissionnaire, Berthe ressentit un bien-être de soulagement qui la calma. Les indignités dont les époux
Penardier venaient de l'abreuver tombèrent en oubli d'un coup. Il lui sembla que tout cela et le reste
concernaient une autre personne, une comtesse de
Laïr qui n'avait plus rien de commun avec mademoiselle Sigelin. Quelques heures encore, et son
mariage, sa peine, ses humiliations seraient comme
du domaine d'un passé lointain.

Alors, elle poussa un soupir, puis souriant. elle
dit à Aline :

— Assieds-toi là.

En quelques mots, elle lui exposa sa résolution.
Aline l'écouta sans broncher, et quand Berthe,

ayant achevé, lui demanda s'il lui convenait de la
suivre :

— Pardi ! répondit Aline.

Et les deux femmes s'embrassèrent.

En sortant de l'hôtel Penardier (Isidore), après
son entrevue avec Berthe, Philippe, beaucoup plus
ému et chagrin qu'il ne l'avait laissé paraître, s'en
fut droit devant lui, sans savoir où.

Il se trouva dans les hauteurs des Champs-Ély-.
sées, vers Chaillot. Les alentours étaient à peu près
déserts ; un banc se trouvait là. Il s'y assit.

Longtemps le chaos de ses pensées lui rendit la
réflexion impossible. Cependant, un besoin dominait: s'arrêter à une ligne de conduite quelconque.

Pour lui aussi, l'impression des derniers événe-
men : le conduisait à tenir le passé pour vain et
non avenu. Tout n'avait servi de rien, et l'aveu de
son amour, — étant donné le caractère de celle qui
le lui avait surpris,— dressait, entre elle et lui, une
une barrière infranchissable.

Il se le reprochait, maintenant, cet aveu. Au cas
même, — pour lui probable, — où Berthe aurait eu
besoin de son dévouement, il estimait qu'elle n'o-
serait plus y recourir. Sa modestie l'empêchait
d'admettre qu'elle le crût capable de la servir sans
arrière-espérance, et il était tristement convaincu
qu'ils ne se reverraient plus.

Que devenir en ce cas ?

Avoir vécu tout le commencement de sa vie avec
un idéal unique, vers lequel toutes les forces ont

tendu ; et, à trente ans, voir cet objectif sup-
primé, cet idéal évanoui ; se retrouver tout seul,
sous cet incommensurable ciel, avec des facultés
sans emploi, sans but, sans raison d'être, est-ce
bien la peine de continuer d'exister ?

Il se le demanda posément, sans larmes, sans
trouble de désespoir, n'en appelant qu'à sa raison.

Qui ou quoi pouvait, par aventure, se substituer
aux ruines de son cœur? Il cherchait. Un autre
amour? Il n'y voyait point de charmes, et le pli
d'aimer Berthe était trop profondément pris pour
qu'une affection quelconque l'effaçât jamais. Se
marier, se créer des devoirs d'époux et de père, ne
se peut décider comme pis-aller , comme on se ré-
sout à suivre un traitement ; il y a cas de conscience pour qui se pique de délicatesse. L'ambition ? De quel genre ? Et puis triompher tout seul,
s'en réjouir à huis clos, en face de soi-même ? Mai-
gre joie ! Reste l'étude, pour elle-même, ou simplement comme dérivatif. En y songeant, il lui revenait en mémoire la riposte de Penardier.

«... Pour qu'un obscur suppléant de professeur
au Muséum prononce votre nom devant des banquettes vides, parce que vous aurez envoyé, de n'importe où, un n'importe quoi, *grandi-flora !*...»

En ce moment, il concluait comme avait fait le
financier, homme pratique :

— « La belle gloriole !... »

Mais alors, quoi donc ? Pour certains caractères,
il est insupportable, il est matériellement impos-

sible de vivre pour rien, ou, ce qui revient au même, de vivre pour soi, soi seul.

Il s'était levé, et, marchant au hasard, il avait
gagné le quai, où, s'accoudant au parapet, il regardait couler l'eau verdâtre. Le courant, rapide en cet
endroit, produisait des remous où s'engouffraient
les objets légers, qui, jusque-là, flottaient à la sur-
face. Philippe, en y attachant son regard, en subissait une manière d'éblouissement vertigineux
qui l'attirait à cette eau, au mystère de ces profon-
deurs... C'eût été si vite fait ! si vite fini !...

A un moment, ses yeux se brouillèrent, un bour-
donnement sinistre lui emplit les oreilles ; le sang
envahissait son cerveau à flots précipités. Il croyait
voir des sirènes ruisselantes, les entendre l'appeler à elles, et subissant le charme, il se redressa,
marchant vers l'escalier de pierre qui conduit à la
berge.

Le soleil miroitait sur les petits flots, l'aveuglant,
multipliant les chimères vers lesquelles il avançait les bras tendus, comme pour les saisir et se
mêler à leur ronde fantastique.

Tout à coup, une voix rude vociféra un juron qui
dissipa l'hallucination. Il venait d'écraser la ligne
d'un pêcheur qu'il n'avait pas même aperçu, et
surpris de se trouver là, sans savoir comment il
y était venu, il se recula, effrayé.

Puis, désorienté, las, il fit quelques pas, n'osant
plus tourner la tête du côté de la rivière, et, remon-
tant sur le quai, il revint à son banc solitaire, s'af-

faissant sur lui-même, partagé entre la honte de sa faiblesse et l'effroi que lui inspirait la perspective d'une existence stérile.

A la fin il parvint à prendre un parti ; rentrer à l'hôtel, régler sa note, et s'enfuir, se sauver sur l'heure, quitte à attendre un jour entier, au Havre, le départ du paquebot. Déjà il y aurait de la distance entre Berthe et lui ; la séparation éternelle aurait commencé ! Il lui semblait qu'il y éprouverait du soulagement.

Se levant de nouveau, il se mit en marche, s'en tenant à cette résolution, ne voulant plus rien débattre en lui-même. Le cœur était toujours serré, mais l'esprit se dégageait de toute indécision. C'en était fait irrévocablement ; il renonçait à tout.

Un instant, il fut tenté de passer par le faubourg Saint-Honoré. Mais pourquoi ? Qu'y aurait-il vu ? Une porte close ! Non ! autant en finir, et, bien qu'il eût hâté le pas, il éprouva le besoin d'abréger le temps et la distance. Un coupé passait, il s'y jeta.

En moins d'une demi-heure, il eut terminé ses préparatifs : ses dépenses étaient soldées ; le fiacre qui l'avait amené attendait à la porte pour le conduire au chemin de fer. On chargeait ses malles.

Tant qu'il avait agi, son âme était restée ferme ; mais au dernier moment, tout tomba et l'abandon de soi le gagna peu à peu.

N'en voulant point convenir, il se rejeta sur dif-

férentes considérations. Ne convenait-il pas d'informer la jeune femme? Ne ferait-il pas bien d'aller
jusqu'à Sainte-Barbe embrasser une dernière fois
Adrien? Et M. Penardier? Il lui devait une réponse
à ses offres, ne fût-ce que par politesse élémen-
taire. Il en venait à se dire :

— « J'ai dîné chez lui, après tout !... »

C'est là-dessus qu'il se détermina à écrire à celui-ci. Mais, dès la première ligne, les larmes le suf-
foquèrent, et force lui fut de s'avouer qu'il se men-
tait, sans parvenir à se donner le change.

— « Je l'aime; je l'adore; je veux l'arracher à ces
gens, à cet indigne mari. Elle m'appartient, je la
veux ! » se répétait-il avec égarement.

Il s'insurgeait contre le sort. Était-il possible que
deux êtres fussent ainsi malheureux, à ce point
sacrifiés à la pire espèce de gens? N'y avait-il donc
pas de justice ici-bas? Alors, la vie était absurde.
Alors si l'honneur, le respect humain, la vertu ne
servaient de rien, les coquins avaient donc raison
de tout affronter, de tout se permettre ; l'honnêteté
n'était donc qu'un leurre, et les gens de bien, des
niais, des sots, des dupes, qui méritaient que le
monde entier les bafouât.

Il divaguait, passant de la colère à l'abattement,
invoquant le ciel qu'il venait de maudire et de
nier.

On frappa et le garçon d'hôtel lui dit qu'on le
demandait.

— Qui?

Le garçon parut hésiter, cherchant une expression juste, et, de fait, balançant entre: «un *monsieur* et un *homme*».

— Un individu, dit-il.

Philippe se donna le temps de se remettre, puis il descendit, et entra dans un petit salon retiré.

En apercevant celui qui l'attendait, le jeune homme fut d'abord frappé de l'étrangeté du visiteur.

L'aspect était particulièrement sordide, en cela que les vêtements, usés jusqu'à la corde, n'en gardaient pas moins le cachet de quelque bon faiseur. Ces guenilles avaient dû être «à la mode». Ce pantalon déformé, de couleur indécise, devait avoir figuré sur un mémoire, au prix normal de quarante-cinq francs. Le gilet s'ouvrait par une échancrure de «gommeux» et la boutonnière de cette jaquette délabrée, flasque, à poches béantes, semblait s'être éraillée aux épines des roses qui l'avaient fleurie autrefois.

La chaussure était encore plus lamentable: d'ex-bottines de casimir gris, claquées en vernis. Mais à quoi avait tourné ce gris! Et le cuir, fendillé de toutes parts, n'offrait plus au regard, que des couches superposées de poussière séchée le tout éculé par derrière, et faisant proue de gondole à la pointe. Y avait-il des chaussettes là-dedans?

Du linge, aussi peu que possible, et un chapeau de bain de mer, en paille, avec un ruban bleu, que la pluie avait fait déteindre sur les bords.

Quant à celui que couvrait, à peu près, tout cela, un être chauve par places, un teint de plomb, avec rougeurs violacées aux pommettes et aux ailes du nez; barbe inculte; mais un monocle fixé dans l'arcade sourcilière et tenant sans cordon, par la grâce de Dieu.

Comme Philippe s'attardait à le contempler :

— Vous ne me remettez pas, dit l'inconnu. Aussi bien, sommes-nous fort changés tous les deux !... Allons! voyons! rappelez-vous : un matin sur la route de Montmorillon, là-bas, dans un nuage de poussière, que des chevaux poussifs et fourbus semblent vouloir sauter, comme une banquette irlandaise, le lourd berlingot de Poitiers, où vous vous apprêtiez à monter, pour gagner l'Amérique...

— Monsieur de Prailles? demanda le jeune homme.

— Vous y êtes, mon cher !...

Et le drôle gardait, sur sa face de Scapin hors d'âge, ce sourire des effrontés qui ont toute honte bue. A l'examiner, en tel accoutrement et en pareille posture, qu'eussent pensé, non de lui, mais d'eux-mêmes, ceux qui, jadis, au temps où il tenait emploi dans les Commandements de la Cour, avaient été en rapports avec cet être, devenu burlesque et fangeux, le type du cynique « décavé »? L'eussent-ils reconnu seulement !...

Sur Philippe, ce « mon cher » et la désinvolture

du personnage produisirent l'effet d'une insulte.
Aussi, se faisant glacial :

— Et que me voulez-vous ? dit-il brièvement.

— Mon Dieu! reprit le misérable, sans se décon-
certer, et tout en se coulant dans un fauteuil, au
risque de le salir, j'ai appris, par le journal, votre
présence ici. Sachant, d'autre part, les services que
que vous avez rendus à ma femme là-bas, j'ai cru
utile, pour tous deux, de vous parler d'elle,
puisque, sans revenir sur les fait accomplis,
une entente amiable peut satisfaire à certains intérêts.

Vous avez eu beau la remarier, cher monsieur,
continua-t-il, elle n'en reste pas moins soumise à
la loi française, quant à ses biens dotaux. Or, tout
cela est sous séquestre. Pour en disposer, ce qui
doit être son désir, il faut ma signature, eh
bien !.....

— Eh bien?

— Eh bien, je m'imagine que, par votre entremise,
il serait facile de s'entendre.

Philippe ne répondant rien, l'assurance de
de Prailles s'évanouit peu à peu. L'instinct lui disait que l'aplomb n'était point de mise ici. Il se fit
triste, alors, et s'accusant de faiblesse d'abord, il
accusa bientôt tous ceux auxquels sa vie s'était
frottée.

Avec d'autres, il se plaisait à débiter une tirade
toute faite, qui le posait en victime des événements
politiques : « Le Quatre-Septembre était cause de

tout. Son attachement à l'empire lui avait fermé
toutes les portes. » Et il expliquait sa ruine d'un
mot :

—La République !... »

Mais en face d'un homme que le docteur Sigelin
avait élevé, il n'y avait pas à chanter cette antienne. Il la retourna agréablement, accusant la
démoralisation impériale de l'avoir démoralisé, dépravé.

Il fallut conclure à la fin : il s'y décida sans confiance :

« Cinq louis lui permettraient de se vêtir décem-
ment et de poursuivre des démarches, en vue d'obtenir un emploi. »

Tout en le laissant dire, Philippe, qui prévoyait
la chute de ce discours, contemplait cet homme
tombé au dernier degré de l'indignité humaine, et
sa foi lui revenait. Certes ! il fallait qu'il y eût une
justice pour que ce misérable en fût là; cette justice, c'était la grande loi, l'inévitable logique des
choses, dont l'éclat n'échappe qu'aux esprits dis-
traits, superficiels ou impatients.

De quoi donc avait servi, à celui-ci, de se faire
épouser par une fille riche, d'avoir accaparé sa
dot, de s'être imposé à la société? Tout ce qu'il
avait accumulé pour se préserver de la misère et
de l'abjection n'avait fait que l'y précipiter, et il en
était finalement réduit à la pire des mendicités : à
« tirer des carottes » à l'aide d'un piteux « boni-
ment » qui ne pouvait prendre personne.

La conscience du jeune homme se rassurait à
l'entendre. Maintenant, il tenait pour impossible
que Berthe ne s'affranchît pas de l'odieuse oppres-
sion qui l'écrasait. Et comment? Qu'importe! Appréciant, clairement, désormais, la situation de son
amie d'enfance, à l'égard de son entourage, une
crise qui la délivrerait, lui apparaissait comme une
certitude. Et cela, sans superstition étroite, sans
besoin d'une intervention d'en haut; rien que par
clairvoyance raisonnée: uniquement par la force
des choses. Pour lui, dès cette heure, ce n'était
plus qu'une affaire de temps; encore bien qu'une
indéfinissable intuition le portât à compter sur une
solution prochaine.

— Comme vous le pensez bien, répondit-il à
M. de Prailles, je me garderai de parler de vous à
celle qui a cessé d'être votre femme. Mais je m'imagine être en conformité d'intention avec elle, en
venant à votre secours. Attendez un instant.

Il passa dans le bureau de l'hôtel, et, tirant
un carnet de sa poche, il signa cinq chèques de
cent francs.

— Tenez, dit-il, en revenant à l'ex-mari d'Angèle. Voici cinq traites à vue sur mon banquier;
vous n'aurez qu'à les présenter le premier de chacun des cinq mois prochains. Cela vous permettra
de chercher et de... choisir l'emploi dont vous avez
besoin. Enfin, voici de quoi renouveler immédiatement le plus indispensable de votre habillement.

Et il lui mit cinq louis sur la table.

Comme l'autre commençait à le remercier, Philippe l'interrompit.

— Excusez-moi, fit-il, je suis attendu.

Et il lui tourna les talons ; après quoi, donnant contre-ordre, il fit remonter ses bagages et reprit possession de sa chambre. Sans rien changer à son premier projet de retour à Boston, il pouvait rester un peu plus de vingt-quatre heures à Paris.

Qui sait ce qui peut advenir en vingt-quatre heures !

Comme il se le disait, un commissionnaire lui apporta la lettre de Berthe.

Le soir de ce jour-là, il y avait une « première » au Gymnase. Les journaux en faisaient grand bruit. L'auteur, récemment admis à l'Académie, s'était, disait-on, surpassé.

De plus, on allait voir, dans cette pièce, une jeune artiste, jusque-là inconnue, qu'un des grands critiques avait découverte, je ne sais où, et dont le début, paraît-il, devait faire sensation. Une trouvaille !

Au sujet de cette personne, on colportait trois ou quatre romans, en complet désaccord, du reste, que répétaient les gens qui se piquent de tout savoir. Il n'y a à leur en apprendre sur rien ; quelque événement que ce soit, « ils y étaient ! » Le héros de l'aventure ? Ils sont de ses amis. La petite Une-Telle ? Ils l'ont connue haute comme ça !

Les uns donnaient la débutante comme une femme du meilleur monde, séparée de son mari. Les autres voulaient qu'elle fût la fille d'un portier qu'ils connaissaient comme vous et moi! Tantôt c'était une élève de Talbot, qui n'avait pas encore vu la rampe; tantôt une actrice de province, à qui l'on n'avait pas fait attention.

Quoi qu'il en soit, la curiosité d'un certain « tout Paris » était surexcitée au possible, et les fauteuils se cotaient quatre ou cinq louis aux agences.

Philippe avait éprouvé trop d'émotions, dans cette journée, pour ne pas se sentir las de penser, las de réfléchir. Jusqu'à ce qu'il pût savoir, de Berthe, ce qu'elle désirait de lui, il n'avait aucun parti à prendre, et les heures qui le séparaient de son entrevue avec elle lui semblaient interminables. Il avait dîné au hasard, chez Bignon, espérant que le mouvement du boulevard le distrairait. A huit heures, l'addition payée, son isolement l'inquiéta. Que faire? Comment échapper à soi-même, se dérober à cette éternelle question!— « Que me veut-elle? »

A une table voisine de la sienne, trois jeunes gens, en habit, fumaient pour couronner leur dessert, quand un quatrième survint. Il avait l'air contrarié.

—Il y a de quoi! répondit-il à la question de ses camarades. Mon père débarque de Sologne à neuf heures. Voilà sa dépêche; il faut que j'aille l'attendre au train.

— Alors tu ne viens pas au Gymnase?

— Comment veux-tu! puisque papa arrive.

— Tu ne peux pas le *lâcher?*...

— Il ne manquerait que ça, pour le bien disposer ; quand, déjà, j'ai toutes les peines du monde à
l'empêcher de m'interdire. Non! il faut *y aller de la
petite fête!* Ce qui m'embête, c'est que j'ai payé mon
strapontin cent dix francs. Vous ne voyez personne
à qui je pourrais le *coller?*

Comme on voit, c'était un garçon du meilleur
monde !

— Demande à Bignon, lui fut-il répondu ; il fera
peut-être un heureux.

Bien que Philippe fût un peu dépaysé en cet endroit, et qu'il eût conservé un grand fonds de timi-
dité naturelle, il se leva et s'offrit de prendre le billet.

Pour lui, c'était une ressource, en cet instant, et,
bien qu'il ne fût pas au courant des choses, la première représentation d'une pièce suffirait, pensait-il,
à le distraire de lui-même, durant quelques heures.

Le marché fut conclu, et se croyant en retard, —
Philippe ignorait qu'on ne va plus guère au théâtre
qu'après neuf heures, — il sauta dans une voiture
qui le jeta au Gymnase quelques minutes après.

La pièce n'était pas commencée, et les marches
qui conduisent au contrôle, étaient encombrées du
monde spécial, à qui les malheureux auteurs, quoi
qu'ils vaillent, quoi qu'ils fassent, sont obligés de
donner la primeur de leurs ouvrages. Reporters, in-
fimes confrères, coulissiers de la Bourse, viveurs

équivoques, farceurs et farceuses en renom, voilà
la masse ; une agglomération d'illettrés, à qui tous
les abus d'une existence pervertie infligent le besoin
du piment en toutes choses, et dont les critiques,
comme perdus dans cette cohue interlope, subiront
inconsciemment l'influence.

Vide-toi le cerveau, ô poëte ! crève-toi les yeux à
la lumière brûlante de la lampe, épuise-toi de corps
et d'âme, pour offrir au jugement de tes pairs une
œuvre pensée et écrite. C'est à ce ramassis de *bla-
gueurs* que tu devras plaire d'abord !

Vois au premier rang cette vieille impudique,
dont la face plâtrée, peinturlurée, ne fait plus illusion qu'à sa propre lubricité sénile. Son haleine
tient à distance un cortége de personnages en
crédit : aventuriers d'État, spéculateurs que Mazas
revendique, notabilités de l'impudence triomphante ; tout un groupe de coquins plus ou moins
officiels.

N'en cherche pas plus long ; ne regarde pas à
côté : ce serait exactement la même chose. Partout
une vieille éhontée, couverte de diamants, ramas-
sés en pleines boues nocturnes ; la Ninon moderne,
le prototype d'un high-life de prostitution, que pa-
nachent des importants, entreteneurs ou entrete-
nus, et qui, selon la chance, finiront, les uns béate-
ment dans une sinécure, obtenue par un évêque,
les autres en police correctionnelle, pour quelque
attentat, commis nuitamment, dans les massifs des
Champs-Élysées !

11

C'est pour *ça* que tu travailles, ô poëte ! A eux, à ces guenons endimanchées du prix de leur luxure bestiale, le premier parfum de ta pensée, la fleur de ton génie.

Bouche-toi le nez, misérable ; surmonte les haut-le-cœur qui te serrent la gorge ; elles donnent le ton ; bien pis, elles font décorer leurs amants !

A vrai dire, ce n'est pas payé ! Pouah !...

Philippe était trop étranger au courant parisien pour distinguer le bon grain de l'ivraie. De la table du café Marguery, où il s'était assis, en attendant qu'on pénétrât dans la salle, il jetait sur la foule des regards naïvement curieux et admiratifs, ne doutant pas qu'il ne se trouvât en présence de la crème des célébrités contemporaines. Et quand une illustration de bon aloi venait à traverser les groupes, sans s'arrêter à rendre les saluts, c'est précisément à celle-ci qu'il ne faisait pas attention.

Certains noms, jetés à la volée, le faisaient se lever, pour apercevoir le visage de celui à qui il appartenait ; bien qu'il n'eût que de vagues notions sur le genre de mérite de l'individu. Ce nom, il se rappelait l'avoir lu ici ou là. Ce devait être celui de quelque personnage « fameux ! » Mais un « fameux » quoi ? Littérateur, musicien, peintre, banquier ? Il ne savait au juste. Qu'importe, au surplus ! C'était un *fameux*, il l'avait vu, et cela lui suffisait pour accorder une sorte de respect superstitieux et bénévole à tout ce monde parasite, dont

les écrivains et les artistes ont le dégoût de subir
l'écœurance promiscuité !

Tout à coup, le son d'une voix attira son attention sur un groupe très compacte et tout voisin.
Cette voix, il l'avait entendue récemment ; la mémoire lui en restait dans l'oreille.

C'était une voix, haute, assurée, qui semblait
trancher les questions avec autorité. L'individu tenait le centre du cercle, et les poignées de main lui
arrivaient, par-dessus l'épaule de ceux qui l'entou-
raient au premier rang. Quelqu'un de considérable
sans doute !

Philippe se leva pour l'entrevoir et retomba
ébaubi sur sa chaise, en reconnaissant qui ?,... de
Prailles.

C'était lui, en effet. Le gaillard ne se ressemblait
plus : l'extérieur était du moins décent, et il avait
un certain air, bien que ses habits, un peu trop
neufs, affectassent un *chic* particulier aux maisons
de confection.

Ainsi cet homme, ce *décavé*, qui s'était présenté
tantôt en mendiant, et à qui il avait fait l'aumône
du bout de ses pincettes, avait rang parmi ces personnages ; on souffrait qu'il donnât du « mon cher »
et du « mon petit » du haut d'une bonhomie suffi-
sante !

La considération de Philippe pour ces notables
inconnus en diminua terriblement sur le coup, et,
à les mieux observer, il se railla un peu des les avoir
pris d'abord pour autant de Victor Hugo.

A ce moment, un coupé de maître s'arrêta en face du péristyle. Sur le siège, un cocher en poudre et un valet de pied, raide comme un président de haute cour.

Le correct laquais sauta à terre, après avoir ramassé les interminables basques de sa houppelande, puis, droit comme un I, gourmé comme un cent-suisse au port d'arme, il ouvrit la portière.

Madame Penardier, enfouie dans un amoncellement de gazes et de fourrures, en descendit, en s'appuyant au poing que l'autre lui présentait à l'anglaise.

Elle était seule, et le valet de pied s'apprêtait à l'escorter, quand de Prailles, s'élançant au devant de la dame, la salua et lui offrit le bras.

Toute cette représentation en imposait aux badauds, qui, saisis, admirant de confiance, trouvaient à cela un « un grand air ».

Sur Philippe l'effet fut tout autre. A voir la veuve et son estimable cavalier traverser la foule, qui respectueusement s'écartait, comme pour une reine au bras d'un Marfori, le jeune homme fut pris d'un accès de gaieté, et jetant un regard de pitié sur l'ensemble des comparses de cette comédie :

— Dignes les uns des autres, se dit-il ; compères et compagnons !...

XIII

Le lendemain, au petit jour, les ouvriers de Belloir arrivaient à l'hôtel Penardier (Isidore), afin de parer les salles de réception, pour la soirée musicale. Tout le jour ce furent allées et venues interminables, coups de marteau, appels, chants, cris qui révolutionnaient la maison et faisaient damner la domesticité.

Mais aussi, dès que le jour tomba, quel aspect! Des fleurs et des plantes vertes à toutes les marches du perron et de l'escalier; des tentures jusque dans la cour; des tapis jusque sur le pavé.

Au dehors, des municipaux à cheval, embarassant la circulation des voitures, comme pour une réception ministérielle; des sergents de ville courtois, vous savez comme! et partout, une cohue de

14.

curieux bousculés, bousculants, gobant la lune, sans savoir de quoi il était question.

A huit heures et demie, Pasdeloup fit signe à ses musiciens, et, battant la première mesure, régala son monde d'un terrible galimatias d'harmonies incongrues, que son « grand homme » de prédilection, le sieur Richard Wagner, avait, paraît-il, *composé*.

A chaque minute, de nouveaux invités arrivaient et prenaient place, après un rapide, mais attentif examen de la composition des différents groupes encore espacés.

C'est que l'assemblée se divisait en deux catégories nettement tranchées; non par l'extérieur : le luxe, les prétentions, et, quoi qu'on veuille dire, le goût allaient de pair de chaque côté; mais par la qualité nominale des personnes. Ici les amis de madame la comtesse veuve de Laïr; là, les invités de... « ce M. Penardier » ; des négociants, des industriels, des financiers, tout aussi gentlemen que les gentilshommes de l'autre bord; mais sans particule à leur nom.

Pour les dames, la similitude était encore plus complète, bien que les types vulgaires et communs se trouvassent en majorité dans le clan de celles qui, sur la foi des parchemins, se croyaient d'une espèce supérieure.

De toute la famille, Berthe seule s'était encore montrée. Sa mise avait fait sensation; de la mousseine blanche, sans plus; mais portée avec un charme tel qu'il n'y avait qu'à s'incliner. Pas un diamant, pas un bijou, pas même une fleur dans ses beaux cheveux, qu'elle-même avait arrangés.

Jamais on ne l'avait vue si jolie, si grande et élégante de simplicité; elle imposait la sympathie, même aux femmes !...

A son entrée, elle avait rencontré toute la tribu des d'Estherelle, ayant à leur tête l'aigle de la maison, « le vieux d'Estherelle » comme on l'appelait; le député qui devait se démettre en faveur de Ponardier.

Sans plus de cérémonie, celui-ci prit le bras de Berthe et l'entraîna dans la salle du concert, les autres formant cortège. Là, ils la firent asseoir, et l'entourant, l'accaparèrent, la choyant comme une enfant gâtée.

Les d'Estherelle aimaient beaucoup la jeune femme.

L'heure avançait et Pasdeloup jouait toujours, tandis que, toujours, de nouveaux invités se faisaient annoncer ; en sorte que, bientôt, les places manquèrent et que tous les salons furent peu à peu envahis.

Jamais on n'avait vu pareille affluence à l'hôtel Penardier (Isidore). C'est que, cette fois, il y avait pour chacun, un mystérieux attrait.

L'*affaire* du dimanche précédent s'était répandue dans tous les mondes; depuis deux jours les commentaires avaient marché leur train, et tel qui se fût volontiers dispensé d'assister à une soirée don-

née à une pareille époque, s'était présenté à l'heure
dite, crainte, en tardant, de ne pas assister à la scène
que tout Paris, — le leur; chaque monde a son
« tout Paris », — tenait pour inévitable.

Passé neuf heures, madame Penardier, ouvrant
une petite porte, qui donnait sur un boudoir, pénétra dans un salon, voisin de l'antichambre.

Deux tables de jeu y étaient disposées, mais elles
n'avaient tenté aucun assistant. De chaque côté
d'une cheminée, dont la glace sans tain laissait voir
l'intérieur des grands salons, une porte obstruée
par des auditeurs debout, qui tournaient le dos.
A part Aline, qui surveillait le service, il n'y avait
personne dans ce petit salon.

— Aline, dit la veuve, boutonnez-moi mes gants,
je vous prie. Où en est-on de ce concert?

— A l'avant-dernier morceau, madame.

— Ma belle-fille est descendue?

Aline la lui montra, à travers la glace sans tain.

— Ah! diable! qu'elle est jolie ce soir! fit madame Penardier, en l'admirant à son tour.

Puis, ses gants boutonnés, elle se tourna vers un
miroir de Venise, qui penchait au-dessus d'un petit
meuble, et, sortant de sa poche une pomme d'api
en ivoire, où se trouvaient de la poudre de riz et
une petite houpe, elle se saupoudra un peu plus les
épaules.

— Monsieur et madame Coquart, annonça le domestique.

La veuve fit la grimace.

— Là, donc! fit-elle entre ses dents.

— Madame et mademoiselle Pelgrumot.

Puis encore :

— Messieurs Lévy-Lévy Max.

Scandalisée d'entendre jeter de pareils noms à travers ses lambris, la pauvre dame finit par hausser les épaules.

— Non, se dit-elle philosophiquement, il vaut mieux en rire.

Mais elle n'en riait pas du tout.

Au passage des dames annoncées, elle se tourna à demi, les examinant comme bêtes curieuses, et, fort candidement surprise de ne leur rien voir des caractères d'une maritorne, elle répondit d'un signe de tête à leur salut, murmurant d'un ton de raillerie dépitée :

— Trop d'honneur, en vérité !

Puis, revenant à Aline :

— Est-ce que mon fils a dîné chez lui ce soir?

— Non, madame.

— Et M. Penardier, l'a-t-on vu dans les salons?

— Pas encore, madame.

— Au fait, tout ça, c'est son affaire, qu'il s'arrange !

A l'heure présente, elle ne savait plus du tout où en étaient les choses, ni sur quoi l'on devait compter. Le financier avait-il maté la femme de Robert, ou bien s'était-elle obstinée? Thérèse viendrait-elle ou resterait-elle dans l'ombre? Enfin la candidature de Penardier avait-elle vécu, ou restait-il, à celui-ci, un semblant d'espoir? Elle ne s'en doutait pas. Elle avait défendu sa porte tout le jour, et, prétextant une migraine, elle s'était fait dresser un lit dans une pièce reculée de son appartement. Elle n'avait revu son mari ni personne de la famille, s'en souciant, finalement, comme de son premier bouquet de bal.

Elle avait même hésité à figurer à la soirée que donnait Penardier; mais à cause de ceux de son monde à elle, qui pourraient s'y fourvoyer, elle avait surmonté son déplaisir d'y paraître.

Maintenant, qu'il arrivât tout ce qu'on voudrait, elle s'en lavait les mains, en toute quiétude d'esprit et de conscience. Je vous demande un peu, après tout, ce que ça pouvait lui faire?

Comme elle se le répétait, on annonça de nouveau :

— Madame la baronne d'Olébourt; madame la vicomtesse de Lyévilhe.

— Ah! fit la veuve avec un soupir de satisfaction, ça soulage ! Voilà enfin du monde.

Et souriante, empressée, elle alla au devant de ses amies.

C'étaient deux jeunes femmes mondaines à tous crins; deux honorables dames qui n'avaient pas moins de quarante mille francs de dettes chez leur couturière. La distinction même !

Aussi, quelle mise! Pas une fille entretenue, à Paris, ne pouvait se vanter de les dépasser en excentricité de costume ; de quoi flatter un mari au premier chef.

Cependant les deux leurs n'étaient plus à en tirer vanité ! Le baron, époux de la première, en était mort quelques années avant. Quant à celui de la vicomtesse, non-seulement on ne le voyait jamais avec elle, mais encore elle-même ne l'apercevait que fort rarement... chez les autres. A croire qu'il eût déménagé.

En revanche, elles avaient toutes deux un amant infiniment sensible à leur suprême élégance ; à preuve que chacun de ces deux messieurs les affichait tant qu'il pouvait.

En s'abordant, ces trois personnes parurent au comble de la satisfaction. C'étaient des « chère amie, » des « ma belle » à n'en jamais finir, et cela d'une sincérité à inquiéter Bazile.

Puis on admira les toilettes, puis on dit un mot pointu sur une de leurs communes « chères amies », après quoi, la conversation tomba dans le froid ; le répertoire des lieux communs se trouvant épuisé.

— Au fait, s'écria tout à coup la baronne, ravie de se raccrocher à une branche, vous étiez hier au Gymnase, comtesse ?

Et, sans vergogne, la belle dame avoua que M. un tel — son amant — lui avait dit l'avoir lu dans le *Gaulois.*

Madame Penardier, elle aussi, l'avait lu dans le *Gaulois ;* mais peut-être le *Figaro* ou le *Paris-Jour-*

nal avaient-ils de même mentionné sa présence, et elle eût désiré le savoir. Les autres en crevaient de dépit d'ailleurs ; car les dames de ce genre sont délicieusement flattées de donner matière à la chronique.

— Une soirée superbe ! répliqua la veuve. Mais superbe, vous savez : une véritable fête de l'intelligence.

— On peut aller voir ça ?

— Ah ! mon Dieu ! n'y manquez pas, ma belle. C'est monté avec un soin, avec un art étonnant. Au second acte, notamment, il y a un intérieur de garçon simplement merveilleux ; tout y est *nature :* des tableaux de maîtres, des faïences authentiques et des bibelots, des bibelots !... On ne voit plus les murs ! Et puis la scène est tellement encombrée de sièges, de tables, de poufs, que les acteurs ne peuvent remuer. Il y en a toujours un ou deux qui tournent le dos à la salle. On s'y croirait : un chef-d'œuvre de mise en scène.

— On m'a parlé surtout, dit la vicomtesse, d'un acte de bal masqué...

— Ah ! délicieux ! Des costumes !...

— De Grévin ?

— De Grévin !

Et toutes trois en chœur :

— Ah ! ce Grévin !

Elles pâmaient.

— Et la débutante ? demanda madame d'Olébourt.

— Ah ! fit madame Penardier, charmante ! Rappelez-vous cela : une *étoile*... A son entrée, au dernier acte, l'enthousiasme a dépassé les bornes ; on trépignait, il pleuvait des bouquets sur la rampe. La situation d'ailleurs est fort tendue. Tout le temps de ce qui précède, ajouta-t-elle, s'apprêtant à conter la pièce, il y a eu des tiraillements entre les personnages, à propos de... Ma foi, je ne sais trop quoi. — Il m'est venu tant de monde dans ma loge que je n'ai pas fait bien attention. — Mais enfin il y a eu entre eux de grands tiraillements ; cela, j'en suis sûre. Or, à ce dernier acte, ils sont presque tous réunis le soir chez la grand'mère. Alors, comme ils ont commencé de prendre le chocolat...

— Le chocolat ?

— Le chocolat ! répéta madame Penardier. Et du vrai chocolat ! qu'ils prennent parfaitement bien, comme des personnes naturelle !...

— C'est inoui !

— Alors, dis-je, la débutante, qu'on croit en fuite, apparaît au fond brusquement, et...

— Et ?... firent les deux mondaines.

— Non ! s'exclama la veuve, il faut l'avoir vue !... Figurez-vous : la jupe est en faille, avec retroussis de crêpe bouillonné qui gravissent le corsage en s'évanouissant en spirale sur l'épaule... Ah ! dame, chère amie, un effet !... une sensation !...

— Oui, oui ! fit la comtesse, qui à tout le moins voulait paraître informée. Un de mes amis, qui a

15

vu la répétition générale, me l'avait annoncé. Un succès !

— Colossal ! Si Robert était là, il dirait : *Epatant !...*

— Et de qui est-ce ? demanda la baronne.

— De Worth, je crois, répondit la vicomtesse.

Mais madame Penardier parut scandalisée.

— Oh ! oh ! fit-elle. Qu'est-ce qu'elle nous dit là, ce bébé ! Elle confond tout, maintenant ! « De Worth ? » Jamais : de madame Laferrière ; il n'y a pas à s'y tromper.

— J'irai voir ça demain à tout prix.

— Eh bien, ajouta la femme du défunt chambellan, je vous recommande, à l'acte du bal masqué, un arbalétrier Charles VIII, qui vous intéressera, ma chère. Il paraît que les boutons de ses guêtres sont de l'époque !...

Ses deux amies restèrent en extase. Elles ne semblaient pas avoir prévu qu'on pût pousser l'art jusqu'à ce point.

— Ma foi ! conclut la veuve, je le constate avec un plaisir un peu chauvin, il y a vraiment un réveil au théâtre depuis quelque temps !

A ce moment, des bravos retentirent dans le grand salon ; l'avant-dernier morceau venait de finir. Madame Penardier engagea ses amies à prendre place, et elle se disposait à les accompagner, quand elle aperçut son mari.

Si détachée qu'elle fût des ambitions de celui-ci, une certaine curiosité la retint. Elle voulut savoir de lui si tout risque de scandale était écarté et, en ce cas, comment il s'était tiré de passe.

Tout en gagnant la salle du concert, la vicomtesse et la baronne se disaient :

— Elle paraît bien libre d'esprit, « la belle madame de Laïr ». Est-ce que la *comédie* n'aura pas lieu ?

— Tiens, voilà la femme de Robert.

— Elle a l'air de n'y pas penser.

— Oui, mais Thérèse ! où est Thérèse ?

— Je l'ai parié : elle ne viendra pas.

— Alors c'est manqué. Si j'avais su ça, par exemple !... Partons-nous ?

— Bah ! qui sait !...

Sur un signe de sa femme, Penardier était venu la rejoindre.

— Eh *ben ?* lui demanda celle-ci du bout des dents, où en êtes-vous ?

— Vous avez vu que Berthe est là ?

— Oui. Dans quelles dispositions ?

— Résolue à nous satisfaire.

— Dieu vous entende ! fit la veuve, un peu mortifiée de ce qu'il eût réussi où elle avait échoué. Mais ce n'est pas tout. Et Thérèse ?

— Elle vient d'arriver. Je l'ai installée dans mon cabinet, jusqu'au moment de faire son entrée.

Malgré qu'elle en eût, madame Penardier dut reconnaître que le financier était habile homme ; mais, ne voulant pas en convenir, elle affecta de l'impatience.

— Quand donc, mon Dieu ! fit-elle.

— Aussitôt après le concert, comme il a été convenu : c'est-à-dire dans quelques instants, puisque le dernier morceau vient de commencer.

— Et vous êtes certain que ma belle-fille ne vous servira pas un plat de sa façon ?

— Je réponds d'elle.

— Allons ! fit aigrement la veuve, vous pouvez vous vanter d'avoir le diable dans la manche.

— Regretteriez-vous qu'elle eût fini par entendre raison ?

— Ah ! ciel, aucunement ! Car ainsi les choses remises à votre convenance, je suis votre servante et m'en retourne à ma campagne, où vous ferez sagement de ne plus m'infliger la compagnie de vos Lévy-Lévy Max, Pelgrumot et tous autres Coquart !

Ce fut au tour de Penardier de s'aigrir.

— « Mes Coquart, mes Coquart !... » répéta-t-il d'un ton pincé. Eh ! madame, après tout, Coquart ou d'Estherelle, Penardier ou de Laïr, nous descendons, tout comme vous, des mêmes Adam et Ève !

La bataille était l'élément de la veuve ; le goût qu'elle en avait stimulait sa verve.

— De bons esprits le croient, répliqua-t-elle ; mais on ne m'ôtera pas de l'idée qu'il n'y ait quelque chose là-dessous...

— Eh ! que pourrait-il y avoir ?

— De l'obscurité dans les textes ! C'est bien le

diable aussi que des gens si bien nés que nos premiers parents n'aient pas eu quelque domestique !...

— Trop heureux en tous cas, risposta le financier, qu'ils aient travaillé pour vous faire des loisirs.

Et comme elle s'apprêtait à le prendre de haut pour lui répondre,

— Ah! fit-il en l'interrompant, voilà vos grands airs! Mais, j'en suis revenu; vous n'aurez plus le dernier avec moi, je vous en avertis. Et si « Coquart » que soient mes invités, ils ne peuvent qu'honorer les salons de « ma femme » car, en somme, ce sont gens tout à fait notables, sachez-le !...

— Ils en ont l'air! dit-elle avec une grimace de dégoût gouailleur. Mais, sans être curieuse, je donnerais ma part de paradis pour savoir ce qu'ils vendaient.... avant.

— Ah! votre part de paradis... fit Penardier sur le même ton.

— Quoi?

— Pour ce que vous y risquez!...

— Vous pensez que j'irai en enfer?... C'est possible, répondit-elle en jouant la bonhomie; tout ce qui m'en chiffonne... c'est qu'on vous y verra.

— Ah! tenez, s'écria Penardier furieux, vous feriez damner un saint.

Et la bonne dame, gaiement, triomphante, lui rit au nez, en lui disant :

— Touché, mon cher !

Puis, le plantant là :

— Bon Dieu ! qu'il est farce ! ajouta-t-elle en s'éloignant.

Neuf heures et demie sonnaient quand Philippe se présenta.

— Bonjour, vous, lui dit la veuve, quand il s'approcha pour la saluer. Si vous venez vous amuser, vous y avez la main. Il y a de quoi rire ici.

Le jeune homme ne comprit pas le sens de cette boutade. Très-inquiet, malgré tout, des raisons qni avaient déterminé Berthe à l'appeler, il était indifférent à la composition de la réunion.

Penardier l'aperçut et, se souvenant de la promesse d'une réponse, que lui avait faite Philippe, il alla au devant de lui.

— Eh bien ! lui demanda-t-il, avez-vous réfléchi ? venez-vous me dire que vous acceptez mes offres ?

— Je viens vous faire mes adieux, répondit le jeune homme.

— Décidément vous partez ?

— Sauf empêchement imprévu, à une heure du matin. Le train est en correspondance avec la marée et, à l'aube, quand finira le cotillon chez vous, monsieur, j'aurai déjà perdu de vue les côtes de France.

Le bonhomme, encore troublé des sarcasmes et de la terrible ingratitude de la femme qu'il avait tirée de la misère, eut un accès d'accablement sincère.

— Allons! fit-il avec mélancolie, je n'ai vraiment pas de chance. Non! ajouta-t-il du même ton ; quelque vanité que la réussite entraîne, il faut avouer qu'il y a des choses que la fortune et l'habileté ne sauraient procurer, et, pour moi, j'en reste tristement déçu. C'est qu'en dehors du concours que je pouvais attendre de votre savoir, je vous l'avoue, j'espérais parvenir, — enfin! — à trouver, en vous, un ami.

— En êtes-vous donc si dépourvu? demanda le jeune homme, impressionné de cette humilité.

— A un point qui me surprend moi-même! répondit naïvement le spéculateur. J'ai passé ma vie à inventer des affaires étonnantes!... à faire la culbute cent fois; à ruiner vingt agents de change d'un coup ; à risquer... j'en ai le frisson quand j'y repense!...

Rien qu'à ce début, Philippe ouvrait de grands yeux stupéfaits, tant l'autre mettait de candeur à confesser ces malpropretés, comme s'il se fût agi d'actes simples et méritoires.

— Et moi, Penardier, continua celui-ci, sans remarquer la consternation de son interlocuteur, consternation qu'il eût été incapable de s'expliquer, au surplus, moi, Penardier (Isidore), sorti, on ne sait d'où, j'ai pu épouser la veuve d'un comte,— un vrai, de l'ancien temps, dont mes ancêtres, si j'en ai! (ce n'est pas sûr!) n'auraient pas été dignes de graisser les guêtres. — Or, tandis qu'il mourait insolvable, — ce seigneur! —je me faisais construire

cet hôtel à Paris, j'achetais des châteaux à la campagne, et je m'imposais assez au monde pour avoir, à
mon heure, dans mes salons, qui je veux : jusqu'à
mes détracteurs, mes envieux; ceux-là mêmes que
j'ai *enfoncés!*... Ah! fit-il, en montrant la foule qui
grouillait aux lumières, ils sont là!... Pas tous!
ajouta-t-il modestement. Je n'aurais peut-être pas
la place. Enfin, et pour couronner l'œuvre, un
marquis d'Estherelle, — mon parent, par alliance,
qu'on le veuille ou non, après tout! — résigne son
mandat de député, en ma faveur. Voilà qui est
clair, net et certain. Eh bien, je vous le demande :
étant donné le point de départ, est-ce d'un homme
ordinaire?

— Au contraire !

— Suis-je donc le premier venu, « monsieur un
tel », n'importe qui?

— Non, certes!

— Eh bien! répéta le parvenu, avec une rage
sourde, au milieu de ce monde, qui me fait cortège,
monsieur, qui écoute ma musique, en gobant mes
sorbets, et m'assassinera de suppliques le jour où je
deviendrai ministre, je suis plus seul et isolé que
Robinson dans son île. Oui, mon cher monsieur :
seul dans mes salons, dans ma maison, et jusque dans
ma famille, dont je n'ai à attendre que rebuffades
et quolibets!...

— Allons!...

— Vous en doutez?... Tenez : savez-vous comment ils m'appellent entre eux, quand, parfois, je

demande à vérifier les mémoires dont leurs dilapidations m'accablent? Le « marchand de peaux de lapin ». Allusion délicate à l'origine d'une fortune sans laquelle, madame... « la comtesse » en serait à solliciter la ferme de quelque débit de tabac, et l'aimable rejeton des illustres Laïr, — des plats-pieds comme moi, anoblis pour des services d'entremetteur, au service d'un monarque hystérique : Louis XV le Bien-Aimé ! — réduit à tricher le gouvernement sur les frais de bureau d'une sous-préfecture de dernier ordre. La voilà, ma famille ! Du premier au dernier, pas un qui ne me déteste à cœur-joie. En sorte que mes efforts, mes veilles, jusqu'à mes... transes! tout cela se trouve n'avoir servi qu'à enrichir ce tas de gens, — que je ne connais pas, notez bien ! — et qui se font du lard, en me goguenardant!... Et, reprit-il, on s'écrie de toutes parts : — « C'est un habile !... qu'il est malin ! »— Oui! il y paraît ! Ce que je suis, monsieur, — je vous l'avoue avec humiliation, — leur dupe, n plus ni moins, et, qui pis est, bien malheureux !

— En attendant d'être Excellence, répondit Philippe, pour lui remonter le moral.

— Ah! ce jour-là!... s'écria l'ambitieux d'un ton triomphant; ce jour-là, s'il vient jamais!...

— En douteriez-vous?

— Avec vous, j'en eusse été certain !...

— Bah ! fit le jeune homme, sans être prophète, je vous y vois avant un an.

Penardier l'englobait d'un regard ravi.

15.

— Doucement! dit-il, en affectant la modestie.

Puis, pensant s'en tirer par un trait, il ajouta en lui tendant la main :

— Tâchons d'abord d'être... « honorable ».

— Eh ! répliqua Philippe, ce n'est pas toujours un mauvais moyen !

Penardier n'y vit pas malice, et comme les bravos annonçaient la fin du dernier morceau de musique, il reçut les adieux du jeune homme, sentant le moment venu de la mise en présence de Berthe et de Thérèse.

On quittait les salles du concert, qu'il fallait débarrasser des banquettes, pour livrer l'espace aux danseurs. L'assistance se répandait un peu partout. Encore un moment, et ce qu'il attendait des deux femmes allait, pensait-il, ruiner les mauvais propos colportés depuis l'avant-veille.

Avant d'aller chercher sa nièce, il voulut s'assurer, une fois de plus, des dispositions de sa belle-fille, et, l'abordant, il lui dit à mi-voix, en plongeant son regard dans ses yeux :

— Thérèse est dans mon cabinet.

— Je l'attends, répondit Berthe. Amenez-la, j'ai hâte d'en terminer. Vous me trouverez dans le petit salon d'entrée.

— Merci, fit-il.

XIV

Pendant que Penardier, pleinement rassuré, gagnait son cabinet, où Thérèse morne, anxieuse,
agitée de petits mouvements convulsifs, attendait
le moment de l'épreuve, Berthe traversait lentement les salons. Avec une aisance parfaite, elle répondait aux politesses qui lui étaient adressées,
bien qu'elle n'en entendît que vaguement les formules. Elle cherchait Philippe.

Dès qu'elle l'aperçut, son visage s'éclaira et elle
alla lui prendre le bras, pour l'entraîner dans un
coin retiré.

— Vous voilà ! lui avait-elle dit.
— A heure dite, répondit le jeune homme.
— Venez, mon ami !

Ils se trouvèrent bientôt dans une sorte de jardin

d'hiver, où la lumière des lampes d'albâtre donnait
aux plantes vertes un aspect féerique. Ils étaient
seuls, et les groupes, que l'on voyait, par la porte
ouverte, passer et repasser en causant, les isolaient
encore.

Alors, Berthe se plaçant en face de son ami d'enfance :

— Donnez-moi vos deux mains, lui dit-elle, et
répondez-moi nettement.

— Parlez, fit-il.

— Si je vous en prie, si c'est une obligation
de la situation qui m'est faite, aurez-vous la volonté, aurez-vous le pouvoir d'oublier l'aveu que
je vous ai arraché ? Pourrez-vous enfin, — et
cela sans restriction mentale ! — ne voir, à jamais, en moi que l'amie... « l'aveugle » d'autrefois ?

Philippe ne parut ni ému ni inquiet.

— Que vous dire, répondit-il, si le passé ne suffit
à vous garantir l'avenir ?

— C'est juste ! En ce cas, sachez-le, mon ami,
en vous répétant hier que je suis heureuse, je vous
trompais.

— Vous l'avez tenté sans y parvenir, Berthe ;
n'ayez donc point de scrupules.

— Ah ! du moins, répliqua celle-ci, soyez-en
certain, Philippe : ce que j'ai volontairement sup-
porté jusqu'ici passe l'énergie et l'abnégation ordinaires. Mais, depuis deux jours, les choses en sont
venues au point que... le dégoût déborde ! Aussi,

quoi qu'il doive en résulter, il faut que je me dérobe à ce milieu, que je rompe avec cette famille et que je me reprenne tout entière !

J'avais cru possible, d'abord, continua-t-elle, de rentrer tout simplement chez moi, en Poitou. Mais ils s'y opposent ; ils ont, paraît-il, le droit de m'en empêcher. Je me vois donc sans appui, sans refuge, et... à moins que de mourir...

— Berthe !... s'écria le jeune homme, avec un mouvement d'effroi.

Elle lui sourit tristement.

— Rassurez-vous, dit-elle, ce courage-là me manque ; je n'oserais pas me tuer. Dès lors, écoutez-moi, Philippe, et comprenez-moi bien : vous êtes la seule personne au monde dont je puisse, sans risque, accepter du secours... Or, vous quittez la France demain...

— Je puis rester. Le voulez-vous, Berthe ?

— Non. Faites mieux, emmenez-moi !

— Vous emmener ? répéta le jeune homme, un peu étourdi sur le coup.

— Oui, aujourd'hui même, tout à l'heure. Vous me conduirez en Amérique. Là, comme Angèle de Prailles, je me ferai institutrice, employée...

— Vous ?

— Qu'importe ! Pourvu que je respire une atmosphère pure et qu'il me soit permis d'honorer mes dieux. Voilà ce que je vous demande, Philippe, ajouta-t-elle d'une âme calme. Le pouvez-vous, le voulez-vous ?

— Vous avez pesé toutes choses ? demanda gravement Philippe.

— Quoi ? Dites ?

— Madame de Prailles fuyait seule...

— Eh bien ?

— Si nous partons ensemble, que croira-t-on, que dira-t-on de vous?

— Ah ! ce qu'on voudra ! s'écria la malheureuse fille, en s'animant tout à coup. Ça m'est égal, allez! Je n'en suis plus à compter les sacrifices. Eh! qu'est-ce donc que l'opinion du monde, quand, pour briser la chaîne qui me salit, je me vois réduite à renier jusqu'à mon pays ! Réfléchissez-y mûrement, Philippe; rappelez-vous quels principes mon père m'a enseignés et vous admettrez que, si je me décide à vous avouer ma peine, après avoir appris quels sont vos sentiments pour moi, il faut que je sois à bout de force. C'est que, depuis trois ans, aucun ne m'a fait grâce d'une amertume, d'un mépris ; hier encore, des dernières insultes !

Le croirez-vous? continua-t-elle en l'interrompant; du premier jour de mon arrivée, je suis, au milieu d'eux, dans la situation d'une servante qui aurait capté le fils de la maison.

— Et vous avez enduré cela ! fit le jeune homme outré.

— Sans me plaindre une fois.

— Eh bien, s'écria Philippe, avec un éclat de colère indignée, vous emmener ne suffit pas, Ber-

the. Non, je n'accepterai pas qu'on vous ternisse
d'un soupçon, qu'on vous accuse un seul instant ;
moi aussi, je veux qu'on respecte mes dieux. Vous
sortirez au grand jour; car, avant tout, je vous aurai vengée !

— Non, fit vivement la jeune femme.

— Non ?

— Je ne le veux pas, ajouta-t-elle, avec fermeté.

Et, comme il restait atterré, elle répéta doucement :

— Je ne veux pas, Philippe.

Il se laissa tomber sur un divan, en murmurant
d'un ton plein d'amertume:

— Vous l'aimez donc bien!...

— Qui? demanda Berthe, croyant avoir mal
compris. Mon mari? Ah! fit-elle, que va-t-il imaginer!...

Puis, s'asseyant près du jeune homme :

— Pour continuer d'aimer un tel homme, lui
dit-elle posément, il aurait fallu être folle ou dépravée. Vous qui me connaissez, vous savez si je
suis l'une ou l'autre.

Mais songez donc, mon ami, qu'à peine de retour à Paris, jouissant enfin de la pension qui l'a-
vait décidé, malgré ma répugnance, à se rapprocher
de son beau-père, il s'affichait avec des femmes
dont le nom traîne dans les journaux ; que l'année
dernière, il allait publiquement, pour l'une d'elles,
se battre en Italie, où — l'ayant annoncé d'ailleurs,

car il est sûr de son tir— il fracassait l'épaule d'un de ses compagnons.

Qui sait ! peut-être est-ce la même qui, par reconnaissance, en sortant du Café Anglais, il y a huit jours, avait la charité de le ramener jusqu'à la porte de l'hôtel, que, seul... il n'eût certes pas retrouvée !

Attribuez-vous encore mon abnégation à l'amour ? demanda la jeune femme en réponse au mouvement de Philippe.

L'amour !... Ah ! Dieu ! Ce... « gentleman » m'en a guérie !

Non, Philippe ! Cette abnégation, j'en ai puisé la force dans un mot que répétait mon père — souvenez-vous, mon ami : « Le devoir doit tout dominer ! »

J'ai vécu là-dessus, et ce me suffirait encore si, par excès d'infortune, cet homme ne s'était repris de... goût pour moi !

Ah ! mais, tout plutôt! fit-elle, avec une sorte de terreur. Et s'il doit croire demain qu'en partant avec vous, j'ai suivi « mon amant », tant mieux ! Ce scandale apparent m'aura du moins soustraite à la honte de son « caprice » !

Elle s'était levée. Le jeune homme se leva à son tour.

Il était calme et grave.

— Appuyez-vous à mon bras, madame, dit-il simplement, et que ce soit en toute sécurité.

— Vous consentez ? vous m'emmenez? dit-elle avec une profonde joie.

— Partons, répondit Philippe.

Berthe lui tendit la main. Puis, remise de son
émotion, et se rappelant ce qu'elle avait promis de
faire :

— Un moment encore, dit-elle. Ils ont prétendu
que je leur dois quelque chose, je veux m'être ac-
quittée avant de m'en aller. En attendant, dites à
Aline de se tenir prête, et venez me rejoindre dans
le salon d'entrée.

Elle n'était plus la même femme ; il lui semblait
qu'elle commençât une vie nouvelle, tant elle se
sentait soulagée, affranchie. Recevoir Thérèse, lui
donner la main ne provoquait plus en elle aucune
révolte ; au contraire, elle avait hâte d'en être là.
C'est que l'instant d'après allait marquer à ses yeux
la reprise pleine et entière de sa liberté.

Elle traversait les groupes, légère et souriante,
ne s'apercevant pas qu'on l'observait, qu'on cherchait à pénétrer ses impressions.

L'arrivée, à l'hôtel Penardier, de madame d'Estherelle, était sue ; on se l'était annoncée à l'oreille
et les commentaires se croisaient, chacun tirant
une conclusion opposée.

Le salon d'entrée où Berthe avait promis d'attendre que Penardier lui amenât sa nièce était
désert quand elle y pénétra ; mais, après un instant,
on ne pouvait plus y circuler.

Elle comprit alors, et se raidissant contre le dégoût que lui inspirait la curiosité malsaine de tout
ce monde, elle se composa une physionomie.

Bientôt, un mouvement se produisit dans le grand salon. Par une glace placée en face d'elle, la jeune femme aperçut Penardier; Thérèse était à son bras.

Celle-ci, pâle et glaciale, rendait à peine les saluts qu'on lui adressait au passage.

Quant au financier, sa peau jaunâtre tournait au vert.

Visiblement, tous deux, se voyant au moment décisif, se débattaient intérieurement contre un doute terrifiant. Leur confiance dans la parole de Berthe s'était presque évanouie. Il ne leur revenait à l'esprit que ce qu'on avait pu dire pour les dissuader de risquer l'aventure, et ils se demandaient s'ils n'allaient pas, de gaîté de cœur, au devant d'un affront, d'un esclandre.

Quand Berthe les vit, par la glace, à mi-chemin, elle tourna la tête vers eux.

Penardier se sentit défaillir. Pour Thérèse, soit cynisme, soit fascination, elle quitta le bras de son oncle, et, d'un pas ferme, elle marcha vers la jeune femme.

Les conversations s'étaient arrêtées; on restait immobile. Pour un peu, ceux du fond se seraient hissés sur les chaises afin de mieux voir.

Berthe avait fait un pas au devant de la femme de Raoul, et, s'efforçant de garder un visage tranquille, elle lui mit la main sur le bras, pour l'attirer jusqu'à un canapé, où elle la fit asseoir près d'elle.

A voix basse, elle lui avait dit :

— Allons, avancez; vous voyez bien qu'on nous observe; ne contractez pas les sourcils.

Quand elle la tint près d'elle, sur le divan :

— Qu'avez-vous à craindre d'ailleurs ? ajouta-t-elle. Ne vous a-t-on pas dit qu'on m'a fait entendre raison ? C'est chose faite, cousine ; j'ai dépouillé la provinciale et je comprends tout à fait le décorum à présent.

Puis, faisant pour elle-même allusion à son départ avec Philippe et à ce qu'on en supposerait :

— Dès tantôt, poursuivit-elle, vous verrez qu'à si bonne école, j'ai fini, moi aussi, par « avoir du monde !... »

Thérèse se taisait.

— Seulement, reprit Berthe, il faut m'aider un peu. Ce rôle est si nouveau pour moi ! Donnez-moi la réplique au moins ! Ce doit vous être facile à vous, qui vous êtes acclimatée tout de suite dans cette aristocratie. Et puis, vous triomphez en somme: vous m'avez pris mon mari et c'est moi qui fais les avances !... Au fait, tenez, parlons de lui, de *notre* Robert. Qu'en dites-vous, Thérèse ?... Comment vous a-t-il plu ? Serait-ce en vous chantant la ballade de Gounod :

> Quand tu dors calme et pure
> · Dans l'ombre...?

A moi, figurez-vous, c'était la nuit, sous les arbres, avec des étoiles plein le ciel !...

Voyant que Thérèse se taisait toujours, la jeune

femme céda à un mouvement d'impatience et, changeant de ton :

— Ah ! mais... fit-elle, parlez ; ou quelque envie que j'aie de payer ma rançon, je vous préviens que j'y renonce !

Le mouvement de Berthe avait fait glisser son éventail sur le tapis.

Thérèse se baissa pour le lui ramasser, puis, quand elle fut là, à ses pieds, elle mit un genou à terre, et murmura :

— Je vous demande pardon.

Très surprise, Berthe la pressa de se relever, craignant que l'assistance ne devinât la scène.

Mais, déjà, on n'y faisait plus attention. Voyant que les deux jeunes femmes s'étaient abordées et causaient simplement, on s'en était désintéressé. Les uns désappointés, les autres satisfaits, tous, après quelques phrases d'appréciation, retournaient dans les grands salons, où Waldtheuffel donnait l'accord à ses musiciens, avant d'attaquer son ré- pertoire de valses viennoises.

Et Thérèse qui, s'étant relevée, restait debout devant Berthe, lui disait :

— Je ne suis pas venue vous braver. Ce qui me rend muette, c'est que je m'attendais à un éclat.

— A un éclat public ?

— Public !

— Et vous vous y exposiez ?...

— Je vous en reconnais le droit.

— Et la candidature de votre oncle ?

— Que m'importe ! fit Thérèse. Si je suis dans cette posture devant vous, c'est sa faute ; c'est leur faute à tous. L'existence qu'ils m'ont fait mener, les exemples qu'ils ont mis sous mes yeux et jusqu'à l'air qu'ils m'ont fait respirer, tout devait me conduire au point où j'en suis.

Avec un autre entourage... qui sait ? mon Dieu !... j'aurais peut-être pu m'intéresser à ce mari, dont l'alliance leur était nécessaire. Mais le moyen ? puisqu'eux-mêmes s'appliquaient à le ridiculiser à plaisir ! Ils ont si bien fait que j'en ai eu honte et que je me suis révoltée contre le sort.

Eh bien ! oui, encore une fois, c'est leur faute ! Et puisqu'en me mariant malgré moi, je n'ai été qu'un instrument sacrifié à leurs intérêts équivoques, non, je n'ai pas à me soucier d'eux, et je ne leur dois rien !

— Et moi, dit Berthe avec calme. Que vous avais-je fait ?

— Vous, répondit Thérèse d'une voix altérée, je vous ai trahie ; c'est vrai, et je suis sans excuse ; mais envers vous, vous seule ! Aussi, quoi qu'ils m'aient pu dire de vos dispositions, je n'en ai rien cru. J'ai pensé que vous feigniez de subir leur volonté, de condescendre à leurs désirs, avec la secrète intention de vous venger d'eux et de moi par un scandale retentissant, et, au risque d'être déshonorée publiquement, je suis venue me mettre à votre merci.

Berthe l'écoutait impassible. Après un assez long

silence, elle se leva à son tour, et d'un accent empreint d'une exquise pitié, elle lui dit à voix basse la parole du christ :

— « Que celui qui est sans péché vous jette la première pierre... Allez en paix. »

L'orchestre de Waldteuffel retentissait d'éclats joyeux, qui faisaient un étrange contraste avec les préoccupations de ceux qui donnaient à danser.

Penardier, satisfait de l'entrevue des deux femmes, s'était tenu à l'entrée du salon, observant du coin de l'œil les tristes personnages de cette lamentable scène.

Les voyant se séparer, il se tourna vers sa nièce, qui revenait à lui, et son anxiété le reprit, quand il s'aperçut du bouleversement de ses traits. Elle était livide, des larmes roulaient au bord de ses paupières, et elle approchait en chancelant, obligée de s'appuyer au dossier des fauteuils.

— Thérèse, fit-il en venant la soutenir, que vous a-t-elle dit ?

— Ne vous en inquiétez pas, répondit-elle avec une nuance de dédain. Vous n'y comprendriez rien.

Puis, s'essuyant vivement les yeux et se faisant plus brève encore :

— J'ai fait ce que vous avez voulu. Désormais n'attendez rien de moi. Je ne vous connais plus.

Il voulut répliquer.

— Ne me parlez pas, fit-elle, j'étouffe. Conduisez-moi jusqu'à ma voiture, c'est tout ce que je vous demande. Mais allons vite... je n'en peux plus!

Penardier l'entraîna dans son cabinet, afin de
la faire sortir sans qu'on remarquât l'excès de son
trouble.

A ce moment Philippe arrivait dans le petit salon.

— M'en voilà quitte, lui dit Berthe ; vous êtes
prêt?

— Oui:

— Allons ! Vous me ferez donner une chambre à
votre hôtel afin que je change de toilette. J'aurai le
temps?

— Sans doute : onze heures vont sonner seulement.

— Eh bien, votre bras, Philippe... Partons ouvertement ; si l'on nous voit, tant mieux, venez.

Selon les indications de Berthe, Aline avait tout
préparé. Un fiacre attendait dans l'avenue Gabriel ;
il contenait, en peu d'espace, tout ce que la jeune
femme entendait emporter ; à peine l'indispensable.

Gagner ce fiacre était chose facile. En raison de
la douceur du temps, on avait illuminé les massifs
du petit parc, où quelques invités venaient de temps
à autre prendre le frais et fumer une cigarette.
Qui pourrait s'étonner d'y voir la comtesse Robert
enroulée dans un burnous, au bras d'un cavalier?
Elle ne prévoyait aucun obstacle, pas l'ombre d'une
difficulté, pas le plus léger contre temps, son martyre avait pris fin !...

Guidant Philippe à travers la galerie du premier étage, elle descendit le grand escalier.

Au bas, des valets de pied attendaient les ordres. Certains s'étaient endormis.

Berthe ouvrit la porte d'une salle d'été qui donnait sur le parc. Il n'y avait personne, et elle allait poursuivre, quand elle s'entendit appeler.

La voix était celle d'Aline et partait de la bibliothèque, voisine de la salle d'été.

D'après ce qui avait été convenu, Aline aurait dû l'attendre dans le fiacre même, qui stationnait avenue Gabriel. Cependant la jeune femme n'augura rien de fâcheux, et, se retournant :

— Tu es donc là, Aline? fit-elle. Qu'y a-t-il?

Aline avait paru, et sa physionomie trahissait de l'anxiété.

— Il y a... répéta-t-elle, il y a...

Tout à coup, Adrien se montra derrière elle.

— Rien d'extraordinaire, fit-il vivement. Cette Aline se fait un monde de la moindre chose!

En apercevant son frère qu'elle croyait au collège, Berthe eut un serrement de cœur.

Adrien était un peu pâle, et l'assurance qu'il affectait ne dissimulait qu'à demi son propre trouble. Du premier coup d'œil, Berthe remarqua que le col de la chemise de l'enfant était déchiré, ainsi que l'une de ses manchettes. Sur sa veste d'uniforme un large accroc sautait aux yeux, et plusieurs boutons dorés manquaient. Enfin, il avait les cheveux en désordre, et il tenait à la main sa casquette, dont la visière, en partie arrachée, pendait.

— Toi, ici, à pareille heure? s'écria Berthe en sortant de sa stupéfaction. Que s'est-il passé?

— Mais rien! répondit encore Adrien; rien de grave; n'aie pas peur!...

— Rien?... Dans quel état est ton costume, pourtant! Tes traits sont altérés; ton linge et tes habits en lambeaux. Et là, à l'oreille..., du sang; tu es blessé? Adrien, il est arrivé un malheur.

— Non! non ! fit celui-ci, en rentrant avec elle dans la bibliothèque. Calme-toi, avant tout!

— Alors, parle, je t'en conjure! tu vois bien que je meurs d'inquiétude!...

— C'est cela que j'appréhendais le plus ! dit l'enfant avec tristesse.

Puis se décidant à la mettre au fait :

— Écoute, dit-il; voilà : ce soir, à l'étude, il y a eu une révolte dans ma division.

Un *pion*, figure-toi, un méchant *pion*,... — parce qu'il y en a un qui avait mis des pois fulminants sous les pieds de son tabouret, — il nous a appelés d'abord « galopins » et même « mauvais drôles ».

On n'a rien dit! ajouta l'enfant, avec une dignité naïve. Mais, comme on riait, ça l'a mis en rage, et il nous a traités de « manants!... »

— Alors?

— Alors, comme on criait, il y en a un... — un grand, — qui a dit : —« Non ! pas de *boucan*, il faut qu'il fasse des excuses. »

16

Là-dessus, il y en a deux... — deux grands — qui
sont allés à lui en délégués, et, bien poliment, au
nom de toute la classe, ils lui ont demandé de retirer le mot.

Il a paru hésiter un instant, se consulter. On
attendait. Et puis...

— Et puis?

— Et puis... il a allongé une claque aux délégués : tu penses !...

Ah! dame! alors, on a fermé la porte à double
tour, on en a ôté la clef, et les *bouquins*, les diction-
naires, les écritoires ont commencé de pleuvoir dans
sa chaire, derrière laquelle il s'était retranché.

Mais, bientôt, il a été forcé d'en sortir, et une
fois descendu... on a tapé! Ah! ce qu'on a tapé !.. Il
se défendait rudement. Cependant, accablé par le
nombre, il finissait par plier et on l'aurait contraint à faire des excuses, si... malheureusement
le bruit n'avait attiré les garçons.

Ils ont fait sauter la serrure ; le proviseur est arrivé et puis alors... dame! alors...

Enfin, acheva l'enfant avec gros cœur, la division
est licenciée provisoirement, et il y en a quatre
qui sont mis à la porte!

Berthe ne put réprimer un mouvement de con-
trariété.

— Ne te chagrine pas, reprit Adrien, sur le
même ton de tristesse rentrée... moi, je ne suis pas
du nombre. Je peux rentrer demain... et même je
suis le seul.

— Pourquoi?

Il baissa les yeux, comme s'il eût eu honte.

— Parce que, dit-il, moi je n'ai pas tapé.

— En ce cas, fit sa sœur, c'est au mieux ; pour-quoi es-tu triste mon ami ? pourquoi as-tu envie de pleurer?

— Ah ! je sais bien! répondit-il, avec un sourire plein d'amertume. Les femmes ne comprennent pas ces choses-là !...

— Quelles choses?... Quoi donc enfin?... Qu'as-tu, mon enfant?.. Je t'en supplie, parle !

— Eh bien... dit-il en faisant des effort pour contenir ses pleurs, eh bien... je suis déshonoré, moi!...

— Hein?

— Les autres m'ont traité de cafard, de *capon*, de lâche!

— Toi?

— Dame ! fit-il, vaincu par les sanglots, puisque je n'ai pas tapé!...

Troublée autant que lui, Berthe lui saisit la main, et l'attirant doucement :

— Mais, dit-elle, il fallait faire comme les autres alors ; il fallait...

— J'en ai été à ça! reprit le collègien en s'ani-mant d'abord. Déjà j'étais debout sur mon pupitre, prêt à lancer ce qui me tombait sous la main.

Et puis... ajouta-il en retombant dans sa mélan-colie, et puis, j'ai réfléchi; j'ai pensé à toi, à ce que diraient ton mari, ta belle-mère et M. Penar-

dier, si j'étais renvoyé, et je me suis dit : — « Eh
bien ! non... faut pas ; pour elle !... »

— Pour moi ? répéta Berthe, profondément frappée. Pour moi, tu t'es exposé au mépris de tes camarades ?...

— Dame !... dit l'enfant avec simplicité. Tu n'es
pas déjà si heureuse, ici !...

— Ah ! mignon, mignon ! s'écria la jeune femme
en l'étreignant sur sa poitrine.

A son tour, elle pleurait et ses larmes tom-
baient dans les cheveux de son frère, qui lui baisait
les mains.

Alors, Berthe, s'essuyant les yeux :

— Ne pleure pas, dit-elle, je ne veux pas que tu
sois triste, ni humilié, entends-tu, Adrien ? Tu ne
resteras pas là-dessus, et quand je devrais réunir
tes camarades de classe, je leur dirai...

— Va ! va ! répondit l'enfant, en souriant sous
ses larmes, il n'y a pas besoin que tu interviennes :
je les ai fait changer d'opinion. C'est pour ça que
j'arrive si tard.

— Qu'as-tu fait ?

— Je les ai attendus à la sortie, fit-il avec
sa crânerie d'adolescent : j'en ai choisi trois, —
trois grands ! — et alors... Ah ! alors, oui, j'ai
tapé !...

Ils m'ont déchiré, arraché, mais ça m'est égal,
ils ont bien vu, ils ont bien été forcés de convenir
que... ça n'est pas vrai, que je ne suis pas un
lâche !...

Il pensait la calmer, quand, à sa grande surprise, il la vit suffoquer de nouveau.

— Mais console-toi donc, répétait-il ; puisque je te dis qu'ils en ont convenu !

C'était le principal pour lui ; son honneur d'enfant était sauf ; qu'avait-elle donc ?

Elle le regarda, souriant à sa candeur, puis l'embrassant encore :

— C'est passé, mon cher petit, lui dit-elle. Va te changer chez moi, et reviens vite me trouver.

— Oui, répondit gaiement Adrien, je veux te voir danser là-haut. Mais, ris encore, et embrasse-moi.

Alors, serré contre elle, et, tout bas, à l'oreille :

— Tu m'aimes bien ? lui demanda-t-il d'une voix câline.

— Toi ?... Ah ! toi, fit la pauvre fille, avec un débordement de tendresse ; toi, je t'adore ; va !...

Aline le prit par la main et l'entraîna vers l'appartement de la jeune femme.

Philippe, témoin de cette scène, était resté immobile et muet.

Quand Adrien eut disparu, Berthe se tourna vers son ami d'enfance et d'une voix très calme :

— Vous l'avez entendu ? lui demanda-t-elle.

— Oui, Berthe, répondit-il simplement. Je l'ai entendu... et j'ai compris !...

Aucun doute : le projet de fuite était abandonné, aussi bien par lui que par elle. La même éducation les amenait à sentir de la même façon.

16.

— Ah ! tenez ! fit Berthe, avec de l'accablement et de la confusion, je me fais honte. Il a fallu qu'un enfant réveillât ma conscience, me rappelât la parole de mon père : « Le devoir doit tout dominer ! »

Il ne l'a pas oublié, lui, il n'a. pas hésité un moment. L'injustice, les injures, le déshonneur aux yeux de ses compagnons, il a tout accepté pour m'éviter une peine. Et pendant qu'il me donnait cette leçon, moi...

— Berthe !

La jeune femme s'interrompit. Quelle utilité de poursuivre avec lui qui la comprenait si bien ?

Elle garda le silence un instant, puis avec un regard affectueux et affligé :

— Faisons, du moins, tous deux, reprit-elle, que cette leçon ne soit pas perdue. Quoi que j'aie souffert dans cette maison, quoi qu'on puisse encore m'y réserver, le devoir pour moi est de rester là... quand même, malgré tout !... Voilà ce que je comprends, Philippe. Si vous m'approuvez, mon ami, donnez-moi la main.

Quand elle tint la main de Philippe dans les siennes, il lui prit un éblouissement de défaillance.

— C'est pourtant bien dur de ne plus nous revoir, murmura la malheureuse, sans chercher à dissimuler son chagrin. Cependant il le faut. Vous le comprenez, n'est-ce pas ?

Il eut à peine la force de l'approuver par un signe de tête.

— Eh bien, dit-elle encore, puisque c'est le dernier moment qu'il nous soit donné de passer ensemble, pardonnez-moi, Philippe.

— Vous pardonner ?

— Oui, mon ami, pardonnez-moi de vous avoir méconnu autrefois. Allez ! si, par là, j'ai fait votre malheur, j'en porte la peine, car cet amour, que je n'ai pas su découvrir jadis, je vous le rends aujourd'hui de toute mon âme !

C'était trop pour le pauvre garçon. Éperdu, haletant, il tomba sur un siège, en cachant son visage dans ses mains.

— Ne pleurez pas, Philippe, lui dit-elle tout bas ; vous emportez le meilleur de moi.

Des jeunes gens qui étaient allés fumer dans le parc rentrèrent à ce moment. Ils allaient traverser la salle d'été.

— Votre bras, dit la jeune femme. On nous a vus sortir ensemble, ramenez-moi là-haut.

Dans le salon d'entrée, comme ils allaient se séparer, madame Penardier les aperçut.

— Eh *ben !* dit-elle, que faites-vous donc là, tous deux ? On danse là dedans, on valse ; allez, jeunes gens, allez-donc vite. Qu'est-ce que c'est que ça !

Berthe et Philippe se regardèrent. Puis la jeune femme sourit doucement, et lui dit à mi-voix :

— Pourquoi pas ? Oui, venez. Nos amours auront duré le temps d'une valse. Vous partirez à la dernière mesure.

XV

Le personnel plus ou moins réellement aristocratique de la réunion, les amis de l'ex-comtesse, en
un mot, déçus dans leur curiosité, s'étaient, un à un,
retirés de cette « cohue », et la veuve, dédaigneuse
du surplus, *lâchait* bravement la compagnie.

Dans la galerie qu'elle traversait pour rentrer
chez elle, elle croisa la sœur de lait de Berthe.

— Où est donc le vieux Fox ? lui demanda-t-
elle.

— On ne l'a pas vu à l'hôtel aujourd'hui, madame.

La veuve haussa les épaules, et se parlant à elle-
même :

— Il en prend à son aise, le vieux drôle !

Puis revenant à Aline :

— Ayez donc la complaisance de le remplacer,
ma fille, en vous occupant des accessoires du cotillon. Vous trouverez cela dans quelque armoire: des
têtes grotesques en carton, des fleurs en papier,
tout un attirail du diable.

— Bien, madame.

Elle fit quelques pas, puis, s'arrêtant de nouveau :

— Ah! dit-elle encore, si M. Penardier me demandait, dites-lui que « sa petite fête » est charmante et... que je vais me coucher.

Voyant sortir Adrien de l'appartement de sa
belle-fille :

— Tiens, fit madame Penardier, il est encore là,
ce petit bonhomme?... Ah ça! c'est donc toujours
congé dans ce collège-là?... Bonsoir.

Ce n'était pas un reproche, à vrai dire, car en
poursuivant son chemin, elle pensait :

— « Il est gentil, ce petit polisson! »

La mesure de sa bienveillance n'allait pas au
delà.

Au surplus l'existence qu'elle avait menée la laissait, sur toutes choses, d'un calme constant. D'une
quiétude invétérée, habile qui fût parvenu à l'émou-
voir. Toute sa vie, ç'avait été un être inconscient,
naïvement cynique, sur qui passions, sentiments,
joies, ruines et deuils avaient glissé, sans seulement
effleurer l'épiderme.

Durant sa jeunesse, durant sa maturité, elle
avait été mêlée à des événements de toute nature ;
tout cela lui avait échappé, et elle avait suivi le

courant avec l'indifférence d'une épave au fil de l'eau, ressentant à peine plaisirs ou contrariétés ; ne sachant jamais l'heure qu'il était. Le temps n'avait pour elle qu'une forme appréciable : le présent. Passé, avenir, des mots confus sans intérêt. L'univers, quelque chose qu'elle n'éprouvait pas le besoin de se définir ; un tout quelconque qui lui semblait à son usage, fait pour elle, gens, bêtes et objets, et au centre duquel elle trônait de sa propre autorité, à l'aide d'un seul mot : « Moi !... »

Elle avait assisté à la chute des d'Orléans, sans regretter rien que le départ des princesses ; 1848 l'avait amusée, et l'empire lui avait paru tout naturel. La mort de ses parents ne l'affligea point. Dans la classe où elle était née, la tenue a plus d'importance que la tendresse ; d'ailleurs, il avait été bien entendu que ses père et mère mourraient avant elle ; la preuve est que leur héritage était entré en ligne de compte, au moment de son mariage avec le chambellan. C'était donc un événement prévu et tout simple.

Son mari, et, aussi, pour tout dire, un ou deux de ses amants, avaient bien eu le don de l'impressionner un peu, mais plus en mal qu'en bien ; des piques d'amour propre, des brouilleries, sans plus. Son veuvage l'avait laissée tout aussi tranquille, et l'on a vu avec quel détachement, quelle belle humeur, elle parlait du désastre où elle s'était trouvée à ce moment critique, dont jamais elle n'avait apprécié le réel danger, les terribles conséquences.

Si dans son cercle on avait vanté le courage avec lequel elle avait approché la misère, on s'y était mépris. Elle n'avait seulement pas supposé qu'une personne de sa sorte, une dame née, *elle* enfin ! pût manquer de quelque chose.

L'écroulement de l'empire même ne lui mit pas un souci dans l'esprit, une appréhension. Elle n'en éprouva ni peine au sujet des personnes, ni regret quant aux institutions. Elle constata tout bonnement que ce qui était jusque-là n'était plus, et elle en prit son parti, comme s'il se fût agi de la pluie ou du beau temps.

A celui de ses familiers qui lui en apporta la nouvelle, elle répondit : — « Pas possible !... », du ton dont elle aurait dit :

— « Tiens ! il pleut... »

Femme, elle n'avait qu'à un degré restreint la faculté d'apprécier le rapport des choses et son étrange façon de vivre ne l'avait guère développée.

En faut-il conclure qu'elle n'eût pas d'âme et qu'elle fût un monstre ?

Non ! Le monstre est une exception, en tout temps ; cette dame était un type au contraire, un spécimen plus complet que d'autres peut-être, d'une certaine couche sociale de ces prétendues « hautes classes » pour qui, vous et moi, bon lecteur, ne sommes que « le commun », de minces contribuables, créés et mis au monde pour fournir à ces personnes-là de quoi se goberger en nous faisant la loi. La loi ? non, pas même : « la barbe !»

Eux seuls sont distingués, de bon ton, « comme
il faut, » c'est tout dire! Nos seigneurs les évêques
en répondent, et ce serait les diminuer que de les
astreindre a la moralité qui nous sied.

La veuve en était convaincue, et cela se com-
prend : sans famille, elle n'avait pas eu les sentiments de l'enfance; sans mari, elle n'avait pu être
épouse, et de la maternité, un seul point l'avait
frappée : l'injustice des douleurs de l'enfantement.
Aussi n'avait-elle pas souffert qu'on l'y reprît !

Pour elle, la vie s'était réduite à ceci : plaire
pour plaire, et, en toute occasion, malgré vent et
marée, quand même, et à tous risques, être une
personne « de bonne compagnie ».

De combien n'est-ce pas l'unique objectif, le seul
idéal ?

Ce soir-là, par je ne sais quel retour, cette
femme qui avait vécu si longtemps, sans prendre
garde à rien, sans s'en apercevoir seulement, sans
réfléchir plus qu'un oiseau, se prit tout-à-coup à
songer.

Rentrée chez elle, comme elle allait sonner sa
femme de chambre pour l'aider a se déshabiller,
elle se souvint que celle-ci était occupée au ves-
tiaire, et elle s'abstint.

Il y avait du feu dans la cheminée, elle s'assit
auprès et, s'enfonçant dans un fauteuil, elle s'aban-
donna un moment de corps et d'âme.

Les accords de l'orchestre arrivaient jusqu'à son
oreille, avec un murmure assourdi de fête, qui lui

était indifférent, et qui contrastait avec le silence de sa chambre.

Alors un sentiment singulier, — singulier pour elle, — l'envahit peu à peu ; cette indifférence l'étonna. On s'agitait tout autour d'elle et elle était là, si seule, si abandonnée !

Mais quoi d'extraordinaire ? N'en avait-il pas été toujours de même ? A qui s'était-elle jamais intéressée ?

Tout le passé se déroula à son imagination, la conduisant de surprise en surprise à sa propre contemplation. Pour la première fois, elle envisagea le caractère quelconque des événements qu'elle avait traversés, faisant des découvertes rétrospectives, portant un jugement sur les autres et sur elle, et s'apercevant, à la fin, de la parfaite stérilité de son existence.

Un immense désappointement résulta bientôt de cette excursion en arrière. Avoir vu tant de choses, sans y avoir pris part, n'avoir rien éprouvé, rien ressenti ! pourquoi ?

Par malheur, elle était incapable de se répondre ; mais accablée de son isolement, il lui vint l'envie de se raccrocher à quelqu'un ou à quelque chose ; le besoin de s'intéresser en dehors d'elle-même, qui ne l'intéressait plus ; de se passionner, si possible était encore, de recourir à autrui pour animer le vide glacial qu'elle trouvait en elle et qui finissait par l'inquiéter.

A ce « moi » qui avait été jusque-là l'unique mobile de.ses actes, de ses préoccupations, elle rêvait vaguement de substituer n'importe quoi, qui lui fût une distraction de sa personnalité, et naïvement elle chercha.

Mais dès le premier examen, une sorte d'effroi l'interdit. De quelque côté qu'elle portât sa pensée, aucune ombre d'espoir ne pouvait subsister un instant. Trop expérimentée pour rien attendre du « monde » qui lui rendait précisément ce qu'elle lui avait accordé, elle constata qu'elle n'avait pas même la ressource extrême des jolies femmes vieillies : la dévotion. Celle-ci ne croyait pas à grand'chose, d'ailleurs il y avait si longtemps qu'elle s'était déshabituée de toute pratique !

Que lui restait-il donc ? La famille ?...

A cette question, elle eut comme un éblouissement de terreur. La famille ! Oui, c'est un refuge ; mais il faut s'en être fait une, et à aucun moment, elle n'y avait tâché.

Pourtant, elle était mère, comme une autre ; elle avait un fils...

Elle se répéta le mot, à plusieurs reprises : « Mon fils ! »

Hélas ! ce n'était qu'un mot, une consonnance, qui n'éveillait aucun écho dans son cœur atrophié ! Un fils, oui ; mais non pas « un enfant ».

Tel qu'il était, que pouvait-elle espérer de lui ? Rien.

Rien, là encore ; rien partout ! Rien que des égards,

une courtoisie de dehors, sur la banalité desquels il était impossible qu'elle se fît illusion.

Tout ce néant finit par l'oppresser si péniblement que pour se soustraire à l'impression, elle essaya de se railler elle-même.

— « C'est comme ça ! se dit-elle, tant pis ! A quoi servirait de s'en chagriner ? Bah !... »

Mais ce n'était qu'une bravade, et n'osant se mettre au lit, crainte d'une insommie tourmentée, elle fut tentée de retourner au bal, dans l'espoir de se distraire.

Cependant, qui l'eût distraite ? Ses amis partis, il ne restait là que les commensaux de « ce M. Fenardier ». Elle ne les connaissait pas et ne tenait pas à entamer des relations avec « ces gens-là ! »

Comme elle hésitait, un nom lui vint aux lèvres :
— « Berthe !... »

Insensiblement, ses idées prirent un autre cours, et il lui sembla qu'une lueur d'espoir, si faible qu'elle fût, se levait à un horizon lointain.

Elle se souvint qu'à l'arrivée de celle-ci dans la maison, la jeune femme s'était offerte de cœur. En certaines occasions, les égards, prodigués par elle à sa belle-mère, avaient eu un exquis parfum de tendresse discrète, dont, maintenant, celle-ci se sentait touchée. Pourquoi n'y avoir pas répondu ? Pourquoi l'en avoir découragée !...

Mais qui sait ! peut-être pouvait-on encore lui inspirer de l'attachement, de l'affection.

Ah ! être affectionnée de quelqu'un ! A cette

femme qui n'avait aimé personne, l'affection d'autrui
paraissait le souverain bien à présent! Il lui semblait qu'elle en aurait de la reconnaissance; qu'elle
parviendrait à y répondre, à rendre sentiment pour
sentiment.

Toute la question se réduisait à ceci: n'est-il pas
trop tard?

La veuve fut amenée, ainsi, à s'absorber fortement
dans la pensée de sa belle-fille. Elle n'en était plus
à la suspecter d'ambition au sujet de son mariage
avec Robert; elle savait que son fils, ayant soigneu-
sement dissimulé l'opposition qu'y faisait sa parenté,
la jeune fille pauvre avait bel et bien épousé un
garçon sans fortune.

Peu à peu, en se souvenant de certaine paroles,
voire de certaines résistances de sa belle-fille, madame Penardier l'entrevit, la découvrit sous son
véritable jour; Berthe lui parut telle qu'elle était
réellement : grande d'âme, haute de caractère, un
être qui se sent fort, et sait se devoir d'être large,
indulgente et généreuse.

Cette conviction suffit à calmer les appréhensions
de la veuve, et intentionnellement, elle se détermina à entreprendre de se rapprocher de celle
dont elle avait dédaigné les avances, à tenter sa
conquête. L'instinct le lui disait : entreprise facile,
auprès d'un cœur naturellement bon.

Eh bien, soit! Décidée à mettre tout orgueil de
côté, elle exprimerait à Berthe le regret de l'avoir
méconnue, elle lui montrerait sa peine, et dût-elle

se confesser dans une certaine mesure, elle lui demanderait du secours : la charité de son amitié.

— Dès demain ! se dit-elle, définitivement résolue.

Et, là-dessus, elle se coucha, l'esprit en paix, répudiant son passé, espérant des joies nouvelles et solides, comme convertie.

Il n'y avait pas une heure qu'elle dormait quand la voix de Penardier l'éveilla brusquement.

En ouvrant les yeux, elle le reconnut à la lueur de la lampe qu'il avait apportée ; il lui fit l'effet d'un spectre.

Ses traits, renversés, avaient une expression d'effarement et d'épouvante.

— Qu'est-ce que vous avez encore ? lui demanda-t-elle.

— Levez-vous, répliqua-t-il d'une voix étranglée. Levez-vous vite !

Elle entendait l'orchestre de Waldteuffel qui continuait de jouer, et elle ne comprenait rien aux injonctions ahuries du financier.

— Me lever ? fit-elle. Pour quoi faire ?

— Vous ne le saurez que trop tôt !...

Malgré tout, cette insistance et ce laconisme la frappèrent, et s'asseyant sur son lit :

— Qu'arrive-t-il, voyons ?

— Un malheur ! répondit Penardier. Mais je ne puis vous parler ainsi ; il faut vous habiller d'abord.

Comme le plus grand nombre des femmes de

loisir, madame Penardier avait beaucoup de littérature ; j'entends de cette littérature contemporaine
dont la principale préoccupation consiste à imaginer des situations *fortes*, et, plusieurs fois, elle avait
rencontré une scène à effet, où quelque brasseur
d'affaires, en passe louche, tente de raffermir son
crédit en donnant une fête, durant laquelle, précisément, il se produit une catastrophe où sombre le
prestige de l'aventurier.

Ces violons qui grinçaient là-bas, ce financier
livide et abîmé, qui parlait de malheur, tout cela
remit cette scène, aujourd'hui classique, en mémoire de la veuve; aussi, sautant sur ses vêtements :

—«Ah çà ! se dit-elle, est-ce qu'il aurait fait ban-
queroute? Est-ce qu'on va le fourrer à Mazas !...»

Non! il ne s'agissait pas d'un désastre financier.
Le malheur survenu avait un caractère plus lugubre
encore.

Voici ce qui était arrivé :

En quittant madame Penardier dans la galerie,
Aline avait conduit Adrien au bal. Puis, comprenant, elle aussi, que le projet de départ de Berthe
et de Philippe était abandonné, à tout le moins
pour le moment, elle descendit donner des ordres
aux gens attachés au service particulier de la jeune
femme, afin qu'on reprît les objets déposés dans le
fiacre de l'avenue Gabriel.

Cela fait, elle se disposait à remonter pour grou-
per les accessoires du cotillon, selon la recom-
mandation de la veuve, quand, au bas de l'escalier,

elle se trouva en face du vieux domestique anglais, dont l'absence avait été remarquée par celle-ci.

Sortant de la salle d'été, il arrivait du dehors par le petit parc.

Aline fut saisie en l'apercevant. Il ne portait pas sa livrée, il paraissait gauche, embarrassé, désorienté plutôt, son visage flétri par l'âge avait une expression indicible d'effroi, qui le rendait presque méconnaissable.

— Ah! Aline, fit-il à mi-voix.

Puis l'attirant dans un coin sombre :

— Où est madame?

— Qui? Madame Penardier !

— Non, votre maîtresse.

— Elle danse.

— Elle danse! répéta Fox avec égarement. Ah ! non, faut pas. Empêchez-la, Aline.

— Pourquoi ?

— Empêchez-la, je vous dis !

— Ah çà! reprit la jeune fille, inquiète à son tour, d'où venez-vous donc et qu'est-il arrivé?

— Il y a... répondit le vieillard, vaincu par les larmes, il y a que son mari est mort.

— Mort ! s'écria Aline. M. Robert est mort?

— M. Raoul l'a tué...

— Ah !

— Raide !

Alors, d'un débit précipité, le vieux serviteur raconta ce qui s'était passé sous ses yeux :

On était arrivé la veille, dans la nuit, à la frontière. Robert ses témoins et Fox avaient couché à Maubeuge, tandis que Raoul, ses amis et le médecin poussaient jusqu'à Charleroi.

Avant le lever du soleil, le lendemain c'est-à-dire le matin du jour présent, on devait se rencontrer dans un bois qui sépare Jeumont de Soire-sur-Sambre, sur le territoire belge; mais à moins de cent pas du poteau qui limite les deux pays.

A cette heure, cette partie boisée de l'extrême frontière est absolument déserte. Les contrebandiers ont fait leur coup, ou y ont renoncé, et les douaniers sont rentrés au poste.

L'heure des trains ne correspondant pas, Robert et son monde avaient loué une voiture, un ancien landau, à l'hôtel de la ville où ils avaient couché, et, le laissant à la lisière du bois, ils étaient entrés en Belgique juste au moment où Raoul, ses témoins et le docteur, partis de Charleroi, descendaient de la station d'Erquelines.

Sur le terrain il y eut une assez longue conférence entre les quatre assistants. Les conditions du duel épouvantaient un peu ceux de Robert. On devait placer les combattants à dix pas, un pistolet à la main, avec faculté de viser à loisir, au risque, il est vrai, en s'y attardant, de se faire toucher par l'adversaire avant de tirer sur lui.

Robert l'avait voulu ainsi, disant à ses amis, pour les rassurer :

— « Il ne me touchera pas, et, après la première balle échangée, force étant de couper court à des

tentatives inutiles, qui nous rendraient tous, lui surtout, la risée des salons, je lui briserai son arme
dans la main. La secousse suffira à le mettre dans
l'impossibilité matérielle de tirer une troisième fois.

On compta là-dessus, et, toutes formalités obser-
vées, on donna le signal.

Alors, sans songer à ajuster, avançant son arme
à bout de bras, par un geste gauche, et tournant la
tête, comme s'il eût eu peur d'entendre la détona-
tion, Raoul tira précipitamment sur son cousin,
puis, fermement convaincu de l'avoir manqué, il se
posa bien en face de Robert, qui n'avait pas bougé.

Mais, tout à coup, celui-ci ouvrit démesurément
la bouche, comme si l'air lui manquait, et, portant
les mains à sa poitrine, il tomba en avant, roulant
dans l'herbe, sur laquelle, aussitôt, s'étala une mare
de sang.

Raoul parut ne pas comprendre d'abord, paralysé
par la stupéfaction ; n'ayant jamais supposé que,
d'une maladresse proverbiale, il pût seulement approcher du but proposé à son tir. Mais devant le
fait, en présence du cadavre de ce garçon, qu'en
dépit de tout il n'avait pas cessé d'aimer, il devint
comme fou de douleur.

Poussant un cri, il se précipita vers Robert, répétant avec désespoir : « Non ! ce n'est pas vrai ; je
ne l'ai pas touché ; je ne l'ai pas tué ! » l'embrassant, l'appelant, criant : — « Robert ! mon ami, ré-
ponds-moi. O Robert ! Robert !... »

Il fallut l'arracher de là, l'entraîner de force à

l'écart. Puis ses nerfs se détendirent, il pleura, il
gémit comme un enfant, trépignant de rage contre
lui-même, maudissant le ciel, s'arrachant les cheveux, oubliant toute tenue, toute dignité.

Pendant ce temps, le médecin, faisant son office,
constatait la mort foudroyante. La balle de Raoul,
pénétrant dans la poitrine, avait tranché net l'aorte,
à deux centimètres du ventricule gauche. Rien à
faire. Et les témoins se consultaient...

Quand Fox, accouru près de son maître, poussa
un cri, appelant à l'aide. C'est que Raoul, qu'on
avait laissé anéanti, à quelques pas, s'était relevé,
élancé, et, saisissant à terre le pistolet de sa victime,
venait de se le poser sous le menton, pour se faire
sauter la cervelle.

Heureusement l'arme était encore au cran de sû-
reté. Le malheureux perdit dix secondes à s'en apercevoir ; ce qui laissa le temps de la lui arracher des
mains. Mais il fallut le tenir à quatre, presque le
brutaliser, pour l'empêcher de poursuivre son œuvre et de se suicider sur place.

Qu'était-il advenu ensuite de lui ? Fox ne le savait pas. Aidé du docteur, il avait placé son maître
dans le landau, et l'on était revenu à Maubeuge, où
la police, prévenue, vint dresser un procès-verbal.

Un agent avait été chargé d'accompagner le
corps à Paris. A la gare du Nord, autres formalités,
qui avaient pris du temps.

— Où est-il? demanda Aline, quand le vieux domestique eut achevé son récit.

— Dans une voiture, à l'entrée du petit parc.

— Ah ! fit la jeune fille épouvantée.

— Et sa femme qui danse ! dit Fox en pleurant. Empêchez-la, ma bonne fille, empêchez-la, pour Dieu !...

Aline fit un pas vers l'escalier; puis songeant tout à coup aux conséquences de cet événement tragique :

— Mais, dit-elle, en revenant au vieux domestique, qu'allez-vous faire, vous? Il n'y a pas que madame à prévenir. Il faut que vous montiez avec moi, Fox ; il faut que vous voyiez M. Penardier.

— Moi? fit celui-ci avec crainte.

— Oui, sans doute. Que redoutez-vous de lui ?

— C'est que, par là, le scandale qu'il voulait éviter à tout prix va devenir public, et c'est dur d'aller lui apprendre que ses ambitions s'effondrent d'un seul coup.

— Ah ! tant pis ! répondit Aline. Le plaindra qui pourra, d'ailleurs. Il faut le prévenir à l'instant. Venez, il doit être à son cabinet.

Et elle entraîna Fox.

Le financier venait de mettre Thérèse en voiture. Tout avait tourné à son gré, durant cette soirée ; il se sentait léger d'esprit, et, se disposant à rejoindre ses cousins d'Estherelle, il revenait d'un pas pressé par la galerie, au moment où la sœur de lait de Berthe et Fox y pénétraient.

— Monsieur, dit Aline en allant au devant de lui, voilà Fox qui a une communication de la plus haute gravité à vous faire.

— A quel propos ?

— Pas ici, monsieur, répondit timidement le vieux serviteur. Dans votre cabinet, s'il vous plaît.

Aline les laissa ensemble, comprenant, comme Fox, qu'il fallait empêcher Berthe de danser.

Quand elle passa la porte du salon d'entrée, la valse venait de finir ; les groupes se répandaient ici et là, et dans le nombre, elle aperçut sa maîtresse et Philippe, à qui Adrien s'était joint.

Ils se dirigeaient eux-mêmes dans le salon d'entrée ; Aline attendit.

Après quelques pas, Philippe reprit son chapeau, qu'il avait laissé sur un siège, puis il tendit la main à Berthe.

— Adieu ! dit-il.

Elle fit bonne contenance et répondit :

— Adieu !

Le jeune homme fit quelques pas vers la sortie, puis se retournant pour la contempler une dernière fois, il vit qu'appuyée à l'épaule d'Adrien, elle n'avait cessé de le suivre des yeux.

Quel que fût l'état de son cœur, la jeune femme lui sourit encore, en lui adressant un geste affectueux, sur lequel Philippe hâta le pas, poussé par le besoin de donner libre cours à son chagrin.

Comme il passait devant Aline, celle-ci lui dit brièvement à mi-voix :

— Ne vous embarquez pas, monsieur.

— Eh ? fit le jeune homme, ne comprenant pas la raison de cet avis.

— Elle est veuve ! reprit Aline.

— Veuve !

— Chut ! Elle n'en sait rien encore !...

A ce moment, l'orchestre attaqua brillamment une ritournelle endiablée.

— Le cotillon ! le cotillon ! fit-on de toutes parts.

L'entrain était au comble, on s'accouplait pour la danse, on courait prendre place, et c'est aux échos de cette joie fébrile, que madame la comtesse veuve de Laïr apprenait que le cadavre de son fils gisait au fond d'un fiacre, sous ses fenêtres.

A deux années de là, madame Penardier, retirée, malgré la rigueur du climat, dans une propriété en pleine chaîne des Ardennes, recevait une lettre qu'elle attendait impatiemment sans doute, car elle en déchira l'enveloppe avec précipitation.

Il y avait six pages d'une écriture fine et régulière, dont la lecture attentive lui fit, plus d'une fois, monter les larmes aux yeux, et qui se terminaient ainsi :

« ... Non, madame, votre souvenir n'a rien
» qui puisse m'être pénible, et je n'ai pas à vous
» pardonner. La douloureuse épreuve qui a rompu
» les liens légaux entre nous, n'a fait que rap-
» procher mon cœur du vôtre. Les larmes qu'en
» cette cruelle nuit, vous avez versées sur mon sein,
» ont effacé toutes les amertumes, et il ne me reste

» pour vous, qu'un sentiment attendri qui me per-
» met de me dire toujours,

  » Votre fille respectueuse et affectionnée.

      » Berthe de Solanges. »

Depuis huit mois environ, elle avait épousé Philippe ; sur quoi Adrien, renonçant à la marine, se
fit recevoir à l'École centrale, afin de rester près
d'eux.

Raoul et Thérèse se sont séparés d'un commun
accord ; ils vivent on ne sait où, oubliés.

Pour l'aimable de Prailles, il a rendu sa belle
âme au Seigneur, dans une maison hospitalière.

Enfin, M. Penardier, touché tout-à-coup de la
grâce, s'est jeté tête baissée dans le monde clérical,
affrontant le mépris de ses anciens amis Pelgrumot,
Lévy Lévy-Max et autres Coquart, qui le traitent
d'apostat.

Un ministère genre « honnêtes-gens » a fini par
l'*honorer* d'une candidature officielle.

Asnières. — Mai 1873.

                FIN

F. AUREAU. — Imprimerie de Lagny.